DAISY JONES and The Six

黛西·瓊斯與六人組

泰勒·詹金斯·芮德——著　徐彩嫦——譯

Taylor Jenkins Reid

獻給伯納德・漢斯與莎莉・漢斯，一個誠摯愛情故事的典範。

目次

作者的話

透過這本書的出版，我希望可以清晰勾勒出一九七〇年代知名樂團「黛西・瓊斯與六人組」（Daisy Jones & The Six）的成名之路，還有一九七九年七月十二日那天，他們在芝加哥巡演時無預警解散的幕後真相。

過去八年間，我進行了許多採訪，訪問對象包括樂團的前任及現任成員、他們的家人朋友，以及當時在他們身邊的樂壇名人。這份口述歷史紀錄主要由訪談對話集結編輯而成，此外也包含了相關的電子郵件、文字紀錄和歌詞。（本書最後也附上專輯《奧羅拉》〔Aurora〕的全本歌詞。）

儘管我希望這本書會是一份翔實的全面紀錄，但我也必須承認這是不可能達成的目標。有一部分我想採訪的人行蹤不明，有的受訪者樂意分享，有的卻含糊其詞，有的人則已經不幸離世。

這是該樂團成員第一次，也是唯一一次公開評論他們合作時發生的往事。然而我得強調，無論是大事或小事，有時相同事件在不同人的回憶裡也會有所差異。

真相往往藏匿於模稜兩可的字裡行間。

追星少女黛西・瓊斯：一九六五—一九七二

黛西・瓊斯生於一九五一年，成長於加州洛杉磯好萊塢山。她的父親法蘭克・瓊斯（Frank Jones）是知名的英國畫家，母親珍娜・勒菲佛（Jeanne LeFevre）則是來自法國的模特兒。一九六〇年代末期，青少女時期的黛西就已經在日落大道（Sunset Strip）一帶聲名鵲起。

******

伊蓮・張（〔Elaine Chang〕傳記作家，著有《時代野花：黛西・瓊斯傳》〔Daisy Jones: Wild Flower〕一書）：黛西・瓊斯還沒成為黛西・瓊斯前，就已經擁有一些顛倒眾生的特質。

你看到的是一個在洛杉磯長大的有錢白人女孩，從孩提時期顯露麗質天生的風采。她的大藍眼攝人心魄，藍得深邃，有如鈷藍晶石。我最喜歡的一則趣聞是，八〇年代有一家隱形鏡片公司推出的產品正好名為「黛西藍」。她還有一頭濃密的紅銅色長捲髮，就算站得遠也不容忽視。她的顴骨高聳，看起來輪廓鮮明。更別提她有一副深具特色的好嗓音，不必經過訓練就是個渾然天成的歌手。而且她的家境富裕，應有盡有——想見藝術家就有藝術家，想嗑藥就嗑藥，想上夜店就上夜店，沒有什麼買不到的事物。

可是她得不到任何陪伴。她沒有兄弟姊妹，在洛杉磯也沒有其他親戚。她的雙親完全活在各自的世界，常常無視她的存在。儘管他們會毫無顧忌地要求她當藝術家朋友的模特兒，但那是因為許多藝術家看到黛西總會忍不住想捕捉她的美，因此我們可以看到許多以童年黛西為主角的畫作和照片，然而其中完全沒有法蘭克・瓊斯的作品。黛西的父親一天到晚忙著跟裸體男模特兒工作，根本沒空理女兒。總而言之，黛西的童年時光多半很孤單。

其實黛西是個愛交際的外向孩子——因為喜歡美髮師，她常常要求剪頭髮；她會問鄰居需不需要幫忙遛狗；受訪的一戶人家甚至笑著分享說，她曾經想幫郵差烤生日蛋糕。這個女孩極度渴望人際連結，偏偏她的生活中沒有人真的對她感興趣，她的父母尤其如此。這使她非常傷心。但這也是她長大後成為眾人偶像的原因。

我們都愛痛苦又美麗的人。沒有誰比黛西·瓊斯更頹壞同時又美得不可方物。

當黛西開始在日落大道出沒，完全不令人意外，畢竟那是集結光輝與污穢的所在。

黛西·瓊斯（黛西·瓊斯與六人組的主唱）：從我家到日落大道，走一下就到了。大約十四歲左右，我受不了待在家裡，想要找點事做。就算還沒到可以進酒吧和夜店的法定年齡，我還是照去不誤。

我記得還很小的時候就跟飛鳥樂團（The Byrds）的巡演工作人員討過香菸。我很快就學到了，不穿胸罩的話，別人會以為我的歲數比較大。有時我還會學一些酷女孩，把頭巾弄成髮帶。我想要看起來像路邊的那些追星族，不僅穿得像，他們手上的大麻菸和扁酒瓶也不能少。

所以某一天晚上，我在威士忌搖擺舞（Whisky a Go Go）[1]外面跟這個工作人員討菸

---

1 日落大道上的知名夜店，以搖滾樂團現場表演聞名，一九六四年開業至今，已有無數搖滾名人在此演出，包括門樂團、珍妮絲·賈普林、槍與玫瑰等等，是許多樂團的發跡地。人們暱稱為 The Whiskey。

抽──那是我第一次抽菸，可是我裝得像是犯菸癮的樣子。一邊忍著不要把喉嚨中的刺癢或其他東西咳出來，一邊使勁跟他眉來眼去。現在回想起來還真丟臉，無法想像我當時有多矬。

後來有個人過來跟這個工作人員說：「我們該進去設定效果器了。」他轉過來問我：「要進來嗎？」結果我就這樣偷偷溜進威士忌搖擺舞，也是第一次。

那晚我待到凌晨三四點。從沒做過這種事，做了之後突然覺得我確實活著，是某個事物的一部分。一夕之間我彷彿變成另一個人。任何人給我什麼酒，我就喝什麼酒；給我什麼菸，就抽什麼菸。

回到家，又醉又茫地穿過正門，倒在床上。我敢打賭我父母連我出門都沒注意到。

隔天一覺醒來，晚上我又出門，做一樣的事。

後來，日落大道的夜店圍事都認得我，無論我想去哪裡都讓我進去。威士忌搖擺舞、倫敦之霧（London Fog）[2]、暴動酒店（The Riot House）[3]。沒人在意我幾歲。

葛瑞格・馬堅尼斯（〔Greg McGuinness〕大陸凱悅嘉寓酒店的前禮賓員）：呃天吶，我不曉得在我注意到之前，黛西已經在凱悅酒店出沒多久了，但我清楚記得她給我的第一印象。那時我在講電話，這個高得不像話又瘦得不像話的女生走了進來，她的瀏海很厚，還有一雙你這輩子所看過最大、最圓的藍眼睛，嗯，她還有很好看的燦爛笑容。當時她挽著一個男人的手臂，我不記得是誰了。

那時在日落大道有很多女生來來去去，你看得出來她們其實是假裝成大人的小妹妹，可是黛西看起來就是大人。她不像在學任何人，只是在做自己。

在那之後，我注意到她常常進來酒店。她總是在笑，好像沒什麼事會讓她厭煩，至少在我看到時是這樣。感覺很像在看小鹿斑比在學走路，雖然她很天真、很脆弱，但你就是忍不住會注意到她。

說實在，我也會為她擔憂。那個環境有很多男人都……都偏好年輕女生。三十幾歲的搖滾明星睡十幾歲的少女，我不是說這樣沒問題，只是在那個時代真的屢見不鮮。你看看，洛瑞・馬蒂斯（Lori Mattix）跟吉米・佩奇（Jimmy Page）在一起時才幾歲？十四吧？還有伊吉・帕普（Iggy Pop）跟莎貝兒・史塔（Sable Starr）？他還把莎貝兒寫進歌裡，老天，他居然有臉炫耀。

至於黛西，看得出來，從歌手到吉他手到工作人員——每個人都在注意她。每次遇到她，我都會盡力關照她別出事，也會密切留意她的動向。我很喜歡她。因為她比她周遭發生的任何事都特別。

黛西：性和愛，讓我學到不少教訓。久了就懂了，男人就是會予取予求，毫無歉疚，還有些人要的只是一點點的你，不要全部的你。

2　一九六〇年代的知名夜店，現已歇業。

3　西好萊塢凱悅酒店的別稱，因為許多搖滾明星入住時都會製造一些　動，做出一些荒唐事。

我確實認為有的女生可能不覺得自己被佔便宜，像是一些石膏屌藏家（Plaster Caster）[4]，或是驚世女孩集合體（GTOs）[5]的某些成員，可能吧。不過對我來說，一開始感覺就很糟。

我破處的對象……是誰不重要。反正他年紀比我大，是個鼓手，我們在暴動酒店的大廳相遇，他邀我上樓一起吸幾條，還說我是他的夢中情人。

我受他吸引，主要是因為他受到我吸引。我希望有人把我當成特別的個體，巴不得有人能一直關注我。

我還不知道發生什麼事，我們就已經在他床上了。他問我知不知道自己在幹嘛，我說當然，事實上什麼都不懂。那時大家都在說自由戀愛和性愛有多好多好。如果你夠酷、夠嬉皮，你就應該喜歡做愛。

我一直盯著天花板，等他完事。我知道我應該要有些動作，可是我只能僵著，一動也不敢動。整個房間只聽得到我們的衣服摩擦床單的聲音。

我完全不懂自己在做什麼，也不懂為什麼自己明明不想做那些事卻還是做了。人生到了這個階段，我已經接受過很多治療，真的是非常多治療，現在我明白了很多事，也更了解自己。我那時想要待在這些男人——這些明星——身邊，因為我不知道要怎麼突顯自己的重要性，我以為，如果想要一直待在他們身邊，就得取悅他們。

他完事後起身，我拉下洋裝裙襬。然後他說：「你想回去朋友身邊的話也沒關係。」其實我沒什麼朋友，但我聽得出來，他的意思是我該走了。所以我就離開了。

他再也沒跟我講過話。

席夢・傑克森（〔Simone Jackson〕迪斯可舞曲女星）：我記得某天晚上在威士忌搖擺舞的舞池看到黛西。每個人看到她，眼睛都會不由自主停在她身上。如果世界是銀色的，黛西就是金色的。

黛西：席夢變成我的好朋友。

席夢：我走到哪都帶著黛西，就像多了一個妹妹。

我記得……日落大道暴動[6]的時候，我們都跑去潘朵拉盒子（Pandora's Box）[7]那邊抗議

---

4 找搖滾明星做勃起的陰莖石膏翻模並加以收藏的女性視覺藝術家，最知名的是來自芝加哥的石膏鑄模人辛西雅（Cynthia Plaster Caster），後來被視為在六〇年代性解放的象徵。

5 即Girls Together Outrageously，經常出沒日落大道的追星族組成的全女子團體，活躍於一九六八到一九七〇年，一九六九年發行專輯《永久損害》（Permanent Damage），沉寂後在一九七四年解散。其中以潘蜜拉・戴斯・巴斯（Pamela Des Barres）最知名，著有回憶錄《我是樂團的人：追星族告白》（I'm With the Band: Confessions of a Groupie）。

6 日落大道的宵禁暴動，也稱為「嬉皮暴動」。日落大道一帶的店家及居民不滿夜店及搖滾演唱會帶來的夜間騷動，要求市議會通過宵禁相關法案，包括晚間十點開始宵禁及交通管制。一九六六年十一月十二日年輕人上街抗議，後來與警察爆發衝突。

7 位於十字路口的潘朵拉盒子原是咖啡店，一九六二年開始引進夜間音樂表演，散場時常常引起交通混亂，因此成為宵禁法案關注的焦點。一九六六年十一月，市議會投票表決通過，勒令潘朵拉盒子停業並拆除。年輕人及音樂人紛紛聲援潘朵拉盒子，但該店仍於一九六六年底停業，一九六七年八月遭拆除。

宵禁和警察管制。黛西跟我一起出門，參加示威，途中遇到一些演員，接著一起去巴尼餐酒吧（Barney's Beanery）狂歡。後來我們跟其中一個人回家，黛西直接倒在露臺上不省人事。我們一直等到隔天下午才離開。她那時差不多十五歲，我大約十九歲。我一直在想：除了我之外，難道沒有任何人在乎這孩子過得好不好嗎？

話說我們那時候都有吃快速丸[8]，就連年紀這麼小的黛西也不例外。如果想保持纖瘦身材又想要整晚醒著，不用點什麼藥不行。通常是苯丙胺或黑美人。

黛西：減肥藥是最方便的選擇。我甚至不覺得自己主動選了什麼。一開始我們也不覺得自己有嗑藥嗑到嗨。古柯鹼也是。旁邊有人在用，你跟著碰一口，大家根本不會認為這樣會有什麼成癮問題。那時就是這樣。

席夢：我的製作人在桂冠峽谷（Laurel Canyon）買了房子給我住。他想跟我上床，我拒絕了，但他還是買了房子。我讓黛西搬來跟我一起住。

我們睡在同一張床上六個月。我可以證明，她都沒怎麼在睡覺。凌晨四點我快要入睡的時候，黛西還會要求讓燈亮著，因為她想讀書。

黛西：有很長一段時間我的失眠問題很嚴重，從小就這樣。我到晚上十一點都還很清醒，覺得自己還不累，我的父母只會對我吼：「去睡就對了！」大半夜，我只能做一些安靜的事來打發時間。我媽在家裡隨手放了一些羅曼史小說，我就會拿來讀。通常凌晨兩點我父母還在樓下開趴，我就坐在床上開著檯燈，讀著《齊瓦哥醫生》或是《冷暖人間》（Peyton Place）。後來就養成深夜讀書的習慣。看到什麼就讀什麼，我不挑書。驚悚小說、偵探小說、科幻小說都可以。

我剛搬去跟席夢住的時候，有一天在比奇伍德峽谷的路邊撿到一箱歷史傳記，一帶回家立刻就讀了起來。

席夢：我跟你說，我睡覺會開始戴眼罩都是因為她（大笑）。後來會繼續戴是因為這樣看起來很時髦。

黛西：我在席夢家住了兩星期，回家去拿衣服。

我爸看到我就問：「你今天早上是不是弄壞了咖啡機？」

我回答：「爸，我現在沒住在這裡好嗎。」

席夢：我告訴她，跟我住的條件是要去上學。

黛西：上高中很麻煩。我知道想拿優等成績的話，老師說什麼就要乖乖照做。可是我也知道學校教的很多東西都是狗屁。記得有一次我們的作業要寫哥倫布發現美洲的過程，於是我寫了一份哥倫布沒有發現美洲的報告，因為他真的不是發現美洲的人，結果老師給我打F。

8 Speed即安非他命，有多種樣態，在此指藥丸類的苯丙胺（Benzedrine）及黑美人（black beauty）。

我找老師抗議：「可是我寫的是事實。」

老師說：「可是你寫的不符合作業題目。」

席夢：她太聰明了，可是老師好像不想承認這一點。

黛西：很多人都說我高中沒畢業，其實我有。我上台領畢業證書，席夢在台下幫我鼓掌歡呼。她這麼以我為榮，讓我也開始為自己感到驕傲。那天晚上，我把畢業證書從盒子裡拿出來，摺一摺，當成書籤夾進我正在讀的《娃娃谷》（Valley of the Dolls）。

席夢：我的第一張專輯沒紅起來，唱片公司放棄我，製作人把我們趕出他買的房子。我找了餐廳服務生的工作，在雷默特公園區跟表姊合租房子。黛西只能搬回去跟她爸媽住。

黛西：我收拾好之後，從席夢家開車把東西載回我父母家。我進門時，我媽正在一邊講電話一邊抽菸。

我說：「嘿，我回來了。」

她說：「我們買了新沙發。」然後就繼續講她的電話。

席夢：黛西的美貌應該是從媽媽那邊遺傳來的。珍娜很漂亮。我記得以前看過她幾次。眼睛很大，嘴唇很豐滿，整個人很有魅力。很多人都會告訴黛西，她長得像媽媽。她們確實長得像，可是我知道最好別跟黛西這麼說。

記得有一次我跟黛西說：「你媽好美喔。」

黛西回答：「對啊，也就只有美而已。」

黛西：我和席夢被趕出來後，我第一次意識到自己不能繼續四處漂流，靠別人養。那時差不多十七歲吧，我第一次思考自己的人生有什麼目標。

席夢：有時候黛西會來我住的地方。她沖澡或洗碗盤時，會唱珍妮絲・賈普林（Janis Joplin）或強尼・凱許（Johnny Cash）的歌。她超愛唱〈上帝買賓士車給我好不〉（Mercedes Benz），唱得比任何人都好。那時我在找新的唱片公司，上了很多歌唱課，花了很多力氣練習，結果咧，黛西毫不費力就唱得很好。我應該要因為這一點討厭她，可是我無法討厭黛西。

黛西：我最喜歡的回憶是……席夢和我一起開車去拉辛尼加，那時應該是開我那台BMW。現在那裡變成大型購物中心了，不過在那時還是唱片工廠（Record Plant）錄音室。我忘了我們要去哪了，可能是要去詹氏吃三明治。但我記得我們在聽《織錦畫》（Tapestry）這張專輯，放到〈你有一個朋友〉（You've Got a Friend）這首歌時，席夢和我大聲跟著卡洛・金（Carole King）唱，同時我也很認真聽了歌詞，覺得非常有同感。那首歌總會讓我想到席夢，還有對她的感激。

知道世界上有個人會為你做任何事，而你也願意為這個人做任何事，內心會有一種平靜。她是第一個讓我有這種感覺的人。在車上聽到那首歌讓我有點想哭，我轉頭，正要對席夢開口說話，她卻已經在點頭說：「我也是。」

席夢：我常常勸黛西多加利用她的好嗓子。偏偏黛西不想做的事，怎麼勸都沒用。她那時真是越來越有個性了。我們剛認識的時候，她還有一點天真傻氣，可是（笑）我們應該說她越來越堅強了。

黛西：我那時在跟兩個男生約會，其中包括微風樂團（Breeze）的韋亞特·史東（Wyatt Stone）。我對他的感覺跟他對我的感覺就不太一樣。

有一天晚上，我們在聖塔莫尼卡的公寓屋頂呼麻，韋亞特說：「我好愛你，我不明白為什麼你不愛我。」

我說：「我對你的愛就如同我想給任何人的愛。」我真的是這麼想的。那時我已經不太想向任何人展現脆弱的一面了。我從太小的時候就受到太多傷害。我已經不想再經歷那種感覺了。

那晚韋亞特上床睡覺後，我睡不著。我看到一張紙上有他正在寫的歌，顯然是在寫我。裡面提到紅頭髮，還有我一天到晚在戴的圈形耳環。

然後我注意到，他在副歌寫說我心胸寬大卻裝不下愛。我看了老半天，想著「這樣聽起來不太對」。他壓根不了解我。於是我想了想，拿了紙筆，寫了一些東西。

他睡醒後，我說：「你的副歌改一下比較好，像這樣『大眼睛，是非分明／寬大心胸，不受人所控／她能給的只有少少愛。』」

韋亞特抓起紙筆說：「什麼，再說一次？」

我對他說：「我只是在舉例。自己的歌拜託自己寫好嗎。」

席夢：〈少少愛〉（Tine Love）是微風最紅的歌。韋亞特宣稱他自己寫了整首歌。

韋亞特・史東（微風樂團的主唱）：這個問題有什麼好問的？很多事已經船過水無痕。誰還記得？

黛西：類似的事好像越來越常發生。有一次我在巴尼餐酒吧跟一個男的吃早餐，他做編劇和導演。通常早餐的飲料我都會點香檳，可是那天早上因為睡眠不足，我覺得很累，所以我需要咖啡。不過我不能只點咖啡，因為我剛吃了藥，精神還不錯，可是我也不能只點香檳，因為喝了會想睡。這樣你應該了解我的問題吧？所以我會同時點香檳和咖啡。在那些服務生跟我比較熟的店，我都會說這個組合是「起起伏伏」（Up and Down），一個提振精神，一個平復精神。結果這個男的聽了覺得很好笑。他說：「這個點子我總有一天會用到。」然後就寫在餐巾紙上，放到後口袋。我自己就在想：憑什麼你會覺得我自己不會想用這個點子？可是他當然還是在他的下一部電影裡先用了。

當時的情況就是這樣。想到絕妙主意的都是男人，我好像只能當他們的靈感來源。幹，去他的。

這就是為什麼我會想開始寫自己的東西。

席夢：我是唯一鼓勵她施展才能的人。其他人都只會利用她擁有的事物創作他們自己的東西。

黛西：我才不想當其他大人物的繆思女神。

我不是繆思女神。

我就是大人物。

其他都是欠幹的廢話。

六人組成團：一九六六—一九七二

「六人組」起初是一個藍調搖滾樂團，團名叫「鄧恩兄弟」（Dunne Brothers），一九六○年代中期在賓州匹茲堡創團。比利（Billy）和葛藍（Graham）兩兄弟的父親老威廉・鄧恩（William Dunne Sr.）在一九五四年離開家，他們由單親媽媽瑪琳・鄧恩（Marlene Dunne）扶養長大。

*****

比利・鄧恩（六人組的主唱）：爸爸離開時，我七歲，葛藍五歲。我小時候印象最深的回憶是，爸爸告訴我們說他要搬去喬治亞州，我問能不能跟他去，他說不行。

不過他把銀音牌舊吉他留了下來，葛藍跟我會搶著彈。我們閒著沒事就一直彈。沒有人教，我們自己學會的。

然後，等我年紀比較大了，放學後我有時會留在學校，在合唱團教室玩鋼琴。

後來，在我十五歲左右，媽媽存錢買了一把二手的史崔特電吉他（Strat）[9]給我和葛藍當聖誕禮物。葛藍想要史崔特，我就讓給他，自己用銀音牌那把。

葛藍・鄧恩（六人組的主音吉他手）：比利和我有了各自的吉他後，我們開始一起寫新歌。我其實想要用銀音牌，但我看得出來那把琴對比利有特別的意義，所以我才拿了史崔特。

比利：一切就從那裡開始。

葛藍：比利變得非常喜歡寫歌，尤其特別喜歡寫歌詞。那時他開口閉口都是巴布．狄倫。至於我嘛，我其實比較喜歡羅伊．奧比森（Roy Orbison）。我們兩個對自己都有很高的期許，想成為披頭四。可是誰都想成為披頭四。那時候大家都會想當披頭四，然後又想成為滾石合唱團。

比利：我覺得狄倫和藍儂無人可比。《自由不羈的巴布．狄倫》（Freewheelin' Bob Dylan）和《一夜狂歡》（Hard Day's Night）非常……我那時……他們是我的人生標杆。

9 即Stratocaster的簡稱，芬達牌（Fender）電吉他的常見型號之一。

一九六七年，青少年時期的鄧恩兄弟找了鼓手沃倫・羅茲（Warren Rhodes）、貝斯手彼特・洛文（Pete Loving）、節奏吉他手查克・威廉斯（Chuck Williams）加入他們的行列。

*****

沃倫・羅茲（六人組的鼓手）：鼓手一定要有樂團，不像歌手或吉他手，可以完全一個人在台上表演。不會有妹子說：「喔，沃倫，打一下〈嘿，喬〉（Hey Joe）的鼓點給我聽嘛。」

有這種機會當然要加入啊。我那時都在聽何許人合唱團（the Who）、奇想合唱團（the Kinks）、雛鳥樂團（the Yardbirds）之類的東西。我想成為凱思・穆恩（Keith Moon）還有林哥（Ringo）還有米契・米切爾（Mitch Mitchell）。

比利：沃倫我們從一開始就很喜歡。然後彼特的加入也很理所當然。他跟我們同校，在一個高中生樂團裡當貝斯手，他們還在校園舞會登台過，後來解散了，我就說：「彼特來加入我們吧！」他本來就很隨和，很快就說好；畢竟他就是想要玩搖滾樂。

再來就是查克。他比我們大好幾歲，住在比較遠的城鎮，因為彼特認識又強力推薦，我們才找他來。查克給我們的第一印象是個乾淨的模範生——下巴方方的，有一頭金髮，看起來很守規矩。可是一讓他試彈，我們就發現他比我更適合當節奏吉他手。

我本來就想當主唱，有了完整的五人編制，就可以專心做這件事。

葛藍：我們進步得飛快。說實在的，我們那時做的事就只有練團而已。

沃倫：每一天都差不多一樣。一起床，就拿著鼓棒去比利和葛藍家的車庫。如果上床睡覺時，拇指有流血，就表示那天練得很順。

葛藍：坦白說，我們那時也沒有別的事做吧？除了比利，我們都沒有女朋友。所有的女生都想跟比利約會。而且我敢說，那時候比利每個星期都會愛上不同的女生。他從小就那樣。才上小學二年級，他就敢邀班導去約會誒。媽媽老是說他天生就容易為女人痴狂，還常開玩笑說他這輩子會栽在女人手上。

沃倫：我們會去家庭派對表演，也會去不同酒吧。這樣大概持續了六個月吧，或者再久一點。酬勞就是啤酒。因為我們都未成年，這樣其實還不錯。

葛藍：我們去的地方不是每一個都，怎麼說，很有格調。有時候台上在表演，下面就突然打起來了，然後你就會開始擔心自己受到波及。有一次我們在一家小酒吧表演，舞台前面有個人不知道嗑了什麼，開始見人就打。我本來好好地在彈我的吉他，他卻突然朝我衝過來！然後轉眼間，砰，他就倒在地上了。原來比利制伏他了。

比利從我們小時候就這樣。我去小雜貨店買東西，有另一個小孩想要搶我的零錢，比利馬上就跑過來把他打趴。

沃倫：那時候大家都知道不能在比利面前講葛藍的任何壞話。是這樣的，葛藍在我們剛開始的時候其實沒彈得那麼好。記得有一次彼特和我就跟比利說：「也許我們應該換掉葛藍。」

然後比利回答：「這種話再說一次，我跟葛藍就換掉你們。」（笑）老實說，我覺得比利有這種反應也滿屌的。那時我就想：好吧，那我以後就不要再介入人事的討論了。比利和葛藍想把樂團當成他們的，無所謂。我喜歡把自己當成他們僱用的鼓手，我想要的也只是在一個好樂團裡玩得開心而已。

葛藍：我們演出的場次多了，城裡漸漸有人認得我們。而且比利開始認真當主唱真的有差。他長得好看，你懂吧？其實我們都長得不賴。然後我們開始留長頭髮。

比利：我到哪裡都穿牛仔褲，還要搭配很大的皮帶釦。

沃倫：葛藍和彼特開始穿那種很緊的上衣，我跟他們說：「我看得到你們激突誒。」可是他們覺得這樣才屌。

比利：有一場婚禮請我們去表演。這對我們來說很不得了。你想想，在婚禮上表演代表現場至少有一百人會聽到。那時我大概十九歲。

我們去跟這對新人面試的時候，用了我們當時最好的歌。是我寫的一首民謠風慢歌，叫做〈永不再〉（Nevermore）。現在回想起來很尷尬，我說真的。那首歌寫的是卡斯頓維爾九人團（Catonsville Nine）[10]之類的。我以為自己是下一個狄倫。但總之我們得到了表演的機會。

在婚禮上表演到一半，我注意到有個五十幾歲的男人在跟一個二十歲左右的女生跳舞，心裡想說：這老頭知道自己看起來很變態嗎？

然後我發現變態老頭是我爸。

葛藍：我們的爸爸身邊有個年紀跟我們差不多的年輕女孩。我猜我在比利發現之前就看到他了。我們的媽媽把他的照片收到床底下鞋盒裡，看過那些照片自然就認出他了。

比利：我不敢相信。那時他離家已經差不多十年了，人應該在喬治亞州才對。可是這個王八蛋就在舞池中央，沒發現兩個兒子就在台上。他很久沒看到我們了，甚至已經不認得我們，無論是我們的臉或聲音，都不認得了。

我們結束表演時，我看著他離開舞池。連看也沒有多看一眼。你說，到底要多沒血沒淚，才會變成一個連兒子站在眼前都沒注意到的人？真的有這樣的人嗎？

我的經驗是，血緣是特別的連結。你一看到就會知道那是自己的孩子，就會全心全意愛這個孩子。有血緣的人應該會這樣才對。

葛藍：比利在婚禮上問了一些人。原來我們的爸爸一直都住在附近的城鎮，跟新娘的家人還親戚有些交情。比利氣瘋了，還說：「他甚至沒認出我們。」我倒是覺得他很可能有認出

10　即九位出身於卡斯頓維爾的天主教反越戰運動份子。一九六八年五月十七日他們潛入當地的徵兵辦室偷走三百多份徵兵檔案並焚毀。雖然參與者後續遭到判刑入獄，但他們的行動仍啟發了不少反戰份子，到一九七〇年代仍有人效仿。

來，只是不曉得該跟我們說什麼。

比利：當你爸不在乎你，連打聲招呼都不願意，你的人生難免會亂七八糟。我不是說我覺得自己很可憐。我也沒有想要坐在那邊問人說：「為什麼他不愛我？」那是一種更……呃，好吧，世界就是這麼黑暗。有的爸爸就是不會愛他們的兒子。

我只能跟你說，他是一個負面教材。

葛藍：反正他好像就是個臭酒鬼，沒有他是好事。

比利：婚禮結束了，大家都在收東西，我喝太多啤酒了……然後我注意到有個雞尾酒女服務生站在飯店吧檯旁邊。（微笑）很漂亮的女生。棕色頭髮很長，到腰部，還有一雙大大的棕色眼睛。我最無法抗拒的棕色眼睛。我記得她穿的是藍色短洋裝，長得很嬌小，是我喜歡的樣子。

我站在飯店大廳，正要去停車的地方。她在吧檯招待客人。你可以看得出來，她不會讓任何人欺負自己。

卡蜜拉・鄧恩（〔Camila Dunne〕比利・鄧恩的太太）：喔天啊，他好不好看喔……他很瘦但很結實，我一直都喜歡這種類型。而且他的睫毛很濃密，看起來很有自信，笑起來又那麼好看。我看到他站在飯店大廳時，就在想：我怎麼都遇不到這種男生？

比利：我直接走進飯店酒吧，朝她走過去，嗯，一手拿著效果器，一手拿著電吉他。我說：「小姐，我可以跟你要電話號碼嗎？」

她站在收銀台，一手扠著腰，臉上笑笑的，看起來有點狐疑。我不記得她到底說了什麼，但意思大概像這樣：「如果你不是我喜歡的類型呢？」

我靠向吧檯對她說：「我的名字是比利．鄧恩，鄧恩兄弟樂團的主唱。如果你把號碼給我，我就為你寫一首歌。」

她心動了。不是每個女人都吃這一套，但是對好女人往往有用。

卡蜜拉：我回家告訴我媽，我交男朋友了。她問：「這男孩人好嗎？」

我回答：「我不知道。」（大笑）好人又不見得適合我。

一九六九年夏秋，鄧恩兄弟開始在匹茲堡與鄰近城鎮進行更多表演。

******

葛藍：卡蜜拉剛開始出來跟我們玩的時候，坦白說，我不覺得她會跟比利在一起很久。但我早就該料到她不一樣了。有一次她來看我們表演，那是我第一次看到她，她穿了湯米·詹姆斯（Tommy James）的上衣，音樂品味很好。

沃倫：等我們幾個開始有砲可以打，比利卻死會了。我們去把妹的時候，他就一個人坐在那裡，抽大麻、喝啤酒裝忙。

有一次我從一個妹子的房間裡出來穿褲子，看到比利坐在沙發上，看迪克·卡維特（Dick Cavett）的脫口秀。我說：「兄弟，你應該甩了那個女朋友。」是啦，我們都喜歡卡蜜拉，她身材火辣，對你有什麼不滿都會當面說出來，這點我也很喜歡。可是拜託，有必要這樣嗎？

比利：我曾經熱戀過，覺得那就是愛。可是遇到卡蜜拉是一種截然不同的感覺。她……讓我覺得活在這個世界有意義，她甚至讓我更喜歡自己。

她會來看我們練習，聽我寫的新東西，還會給一些很好的建議。她有一種平靜……你很難在其他人身上看到。跟她在一起的時候，我會覺得一切都會很好，彷彿有北極星在指引方向。

我想，那應該是因為卡蜜拉本來就是容易滿足的人，不像我們有的人生來就覺得世界不公、心裡委屈。我曾說過，我是有缺陷的人，而她是完整的人，這也是我會寫〈生來破碎〉（Born Broken）這首歌的原因。

卡蜜拉：比利第一次見我父母時，我有一點緊張。第一印象很重要，而且見我父母的話，你只有一次機會可以建立好印象。我幫他打理全身上下，包括襪子，還要他打上唯一的那條領帶。

他們很喜歡比利，覺得他很迷人。不過我媽也擔心，我把自己託付給一個玩樂團的人能不能得到好結果。

比利：好像只有彼特懂我為什麼對女朋友那麼專一。有一次我們在收東西準備上路，查克就說：「你就跟她說你不能只有一個女人。女生會懂的啦。」（笑）卡蜜拉才不可能同意。

沃倫：查克很屌，講話常常一下就講到重點。他長那樣可能會讓人以為他很無趣，可是他就是會講出你意想不到的話。現狀合唱團（Status Quo）就是他介紹給我的，我到現在還在聽。

一九六九年十二月一日，美國兵役登記局（Selective Service System）為一九七〇年的徵兵次序進行抽籤。生日都在十二月的比利和葛藍，都抽到三百多號，沃倫的生日剛好不在抽籤範圍，彼特的生日排序則落在中間偏後，生於一九四九年四月二十四日的查克則是得到必須入伍的二號。[11]

******

葛藍：查克收到了入伍令。他說要去越南那天，我記得我就坐在他家廚房。比利跟我一直在幫他想一些免服兵役的辦法，可是他說不想當懦夫。我們去杜肯大學旁邊的酒吧表演那次，是我們最後一次看到他。我對他說：「等那邊了結了，你還是要回來跟我們搞樂團。」

沃倫：比利暫時頂替了查克的位子，後來我們聽說艾迪・洛文（〔Eddie Loving〕彼特的弟弟）吉他彈得很好，就請他來試彈。

比利：沒有人可以取代查克。可是我們接的表演越來越多，我也不想一直在台上負責節奏吉他的部分，於是我們找了艾迪，希望他可以支援一陣子。

艾迪・洛文（六人組的節奏吉他手）：我跟大家處得還不錯，不過我看得出來，比利和葛藍只希望我去適應一個他們設定好的模型，你懂我的意思嗎？只會叫我「這樣彈」、「那樣做」。

葛藍：幾個月後，我們從查克的老鄰居那裡聽到一些消息。

比利：查克在柬埔寨陣亡了。我記得他到那裡還不到半年。

有時候，你難免會坐下來發呆，想說為什麼死的不是你，你有什麼特別，憑什麼可以安全活著。這個世界毫無道理可言。

11　這次抽籤主要針對生日在一九四四年一月一日到一九五〇年十二月三十一日的男性，全年三百六十六個生日隨機分配次序，例如九月十四日是一號，六月八日是三六六號，分配到一九五號以後的人不必受到徵召。除了生日籤之外，還有姓名首字母籤，英文二十六個字母也隨機分配了次序，一號是J，二六號是V，也就是說，同一天生的人當中，姓名縮寫是J.J.J.的人會比姓名縮寫是V.V.V.的人先受到徵召。

一九七〇年年底，鄧恩兄弟在巴爾的摩品特酒吧表演，寒冬樂團（Winters）的主唱瑞克・馬可斯（Rick Marks）正好在場。瑞克對他們的生猛風格印象深刻，也很喜歡比利，便邀請他們擔任寒冬樂團的暖場樂團，一起參加東北地區的巡迴表演。

鄧恩兄弟與寒冬樂團一起表演後，音樂風格很快就受到影響，同時也對寒冬樂團的鍵盤手凱倫・凱倫（Karen Karen）產生興趣。

*****

凱倫・凱倫（六人組的鍵盤手）：我第一次見到鄧恩兄弟，葛藍問我：「你叫什麼名字？」

我說：「凱倫。」

他又問：「你姓什麼？」

我以為他沒聽清楚又問一次：「你叫什麼名字」

我就回答：「凱倫。」

他笑著反問：「凱倫・凱倫？」

從此大家都叫我凱倫・凱倫。其實我姓舍柯（Sirko），但大家已經習慣叫我凱倫・凱倫。

比利：凱倫為寒冬樂團的音樂添加了一層豐富的色彩。我開始在想，說不定我們也需要類似的東西。

葛藍：比利跟我開始想……我們需要的可能不是像凱倫的人，我們需要的搞不好就是凱倫。

凱倫：我離開寒冬是因為我受夠團裡每個人都一副想跟我上床的樣子。我只想單純當個音樂人。

而且我很喜歡卡蜜拉。她來看比利，都會在表演結束後留下來。我喜歡看到比利在她身邊或是跟她講電話的感覺。整體氣氛比寒冬好太多了。

卡蜜拉：他們跟著寒冬樂團去巡迴，每個週末場我都會開車去找他們，待在後台晃來晃去。通常我要花四個小時開車才會到他們表演的場地，這些地方很髒亂，到處都是口香糖，有時鞋底還會黏在地上抬不起來，但我只要跟門口的工作人員報上名字，他們就會帶我去後台，然後我就變成他們的一份子。

我一進去，葛藍和艾迪他們就會叫「卡蜜拉！」然後比利就會走過來抱我。後來凱倫也來了……一切感覺很自然。我會覺得：這裡就是我的歸屬。

葛藍：凱倫．凱倫是一大生力軍，我們的音樂聽起來更好了。而且她很漂亮。我的意思是，她才貌雙全。我一直覺得她長得有點像艾莉．麥克洛（Ali MacGraw）。

凱倫：我很高興鄧恩兄弟的團員看起來沒有想要把我的意思，但葛藍．鄧恩不能算在裡面。不過我知道他欣賞我的外表，也欣賞我的才能，所以我不覺得討厭，甚至還覺得他有點可愛。另外，如果特別用七〇年代的標準來看，那時候葛藍還滿帥的。

我其實不太懂為什麼大家都說「比利是性感偶像」。是啦，他的髮色很深，瞳孔顏色也很深，顴骨也很高什麼的。可是我沒那麼喜歡輪廓精緻的男生，我喜歡男生看起來有點危險氣息，但個性很溫柔，像葛藍那樣，肩膀寬，胸毛多，有一頭棕色的頭髮，夠帥，同時保留一點粗獷的氣質。

但我得說，比利真的很懂得牛仔褲穿搭。

比利：凱倫是很棒的音樂人。事實很簡單，我才不在乎你是男的、女的、白人、黑人、同性戀、異性戀，或是其他，彈得好就是彈得好。音樂之下應該人人平等。

凱倫：男人常常以為，他們把女人當人看就應該受到表揚。

沃倫：差不多在這個時期，比利好像開始酒越喝越多。他會跟我們一起狂歡，等我們跟遇到的妹子各自離開，他還會自己一個人繼續喝。

不過他隔天早上看起來都很正常，不像我們又忙亂又宿醉。另一個比較正常的人應該是彼特。自從他在波士頓遇到這個叫珍妮的女生，就一天到晚在跟珍妮講電話。

葛藍：比利做什麼事都不太會拿捏分寸，想前進就衝了，愛上一個人就會為她瘋狂，一開喝就猛灌，就連花起錢來，也像是口袋破了一個大洞一樣。所以，他跟卡蜜拉交往，我都會勸他不要太急著趕進度。

比利：卡蜜拉偶爾會過來找我們，但大多時候都只是在家等我們回去。她還跟父母住在一起，我在旅途中每晚都會打電話給她。

卡蜜拉：他沒零錢打電話，就會打對方付費電話，等我一接聽，他就會說：「比利．鄧恩愛卡蜜拉．馬蒂內茲！」然後在開始計費前掛斷。（大笑）我媽都會在旁邊翻白眼，可是我覺得他這樣好可愛。

凱倫：我加入幾週之後，就跟他們說：「我們應該要改團名。」繼續用鄧恩兄弟很奇怪。

艾迪：我早就在說我們應該要改團名了。

比利：原來的團名已經培養出一些樂迷了，我不想改名。

沃倫：我們沒辦法決定新團名。我記得有人提議「傻蛋」（Dipsticks），我倒是很想用「幹活」（Shaggin’）。

艾迪：彼特說：「你不可能讓六個人都同意用這個團名。」

然後我說：「那不然用六人組？」

凱倫：我老家費城那邊有個節目經理打電話來，說寒冬樂團取消參加音樂節，問我們想不想去。我說：「好啊，可是我們團名不再是鄧恩兄弟了。」

他問：「那節目單上我要放什麼？」

我回答：「還不確定，但我保證我們六個人會全員到齊。」

我覺得這個好像聽起來不錯：「六人組。」

沃倫：這個團名很讚的一點就是聽起來很像「西斯夥伴」（the Sex）。但我不記得有人提到過這點。應該是明顯到沒必要特地指出來了吧。

凱倫：我那時並沒有聯想到其他諧音。

比利：「西斯夥伴」？沒有吧，這不是我們用這個團名的理由。

葛藍：因為聽起來很像西斯，這是我們會採用的主要原因。

比利：我們用六人組的新團名在費城登台，然後又在當地得到另一個表演邀約。還有一場在哈里斯堡，然後又一場在艾倫敦。跨年夜我們受邀到哈特福的一家酒吧表演。

那個時候沒賺什麼錢。但只要沒出門表演，我一定會把所有的錢用來跟卡蜜拉約會。我們會去離她家不遠的披薩店，偶爾我也會跟葛藍或沃倫借錢，帶她去比較高級的地方。她老是要我別這樣，還說：「如果我想跟有錢人在一起，我就不會把電話號碼給在婚禮表演的樂團歌手。」

卡蜜拉：比利有獨特的魅力讓我為他著迷。我很容易被有特色的人吸引，像是害羞的悶騷男啦，憂鬱小生啦。我大部分的女性朋友都在找買得起漂亮鑽戒的男人。可是我想要的是有趣的男人。

葛藍：大概在一九七一年左右，我們開始在紐約表演。

艾迪：紐約就是……在那裡你會發現自己已經非同小可。

葛藍：有一晚，我們在包厘街的酒吧表演，出來街上時遇到一個正在抽菸的人，說他名叫羅德．雷耶斯（Rod Reyes）。

羅德．雷耶斯（六人組的經紀人）：比利．鄧恩是個搖滾明星，用看的就能看出來。他有非常狂妄的自信，知道要打動群眾裡的哪些人。他的歌有一種屬於他的情調。

只有某些人有這樣的特質。如果你找九個沒聽過滾石合唱團的人來，在米克．傑格（Mick Jagger）面前排成一排，他們還是可以指著他說：「這個人是搖滾明星。」

比利有這種特質，而且他們這一團很好聽。

比利：我們在殘骸表演完之後，羅德跑來找我們……那真的是我們的人生轉捩點。

羅德：我開始跟他們合作之後，提出了一些想法，有的成員很喜歡，但有的人可能……很難接受。

葛藍：羅德說我有一大半的吉他獨奏應該拿掉，因為只有喜歡特殊吉他技巧的人會覺得有趣，其他人都會覺得很無聊。

我說：「為什麼我要理那些不在乎吉他技巧好壞的人？」

他回答：「如果你想出名，你就要讓一般人感興趣。」

比利：羅德要我別再寫那些我不了解的東西。他說：「何必重新發明輪子？你可以寫你的女友。」毫無疑問，這是最好的職涯建議。

凱倫：羅德希望我穿低胸上衣，我跟他說：「作夢比較快。」後來我們沒再討論這個問題。

艾迪：羅德安排我們在東岸到處表演，南到佛羅里達，北到加拿大。

沃倫：你覺得玩搖滾樂最好的時光是什麼時候？很多人都會以為是成為天團的時候，我跟你說其實不是，因為那個時期都在承受壓力和期望。當每個人都以為自己快要抵達某個地方，前方充滿可能性，那才是最好的時光。可能性會讓你有種很純很屌的喜悅。

葛藍：我們旅行的時間越久，玩得就越瘋。比利也變得……嗯這麼說好了，比利喜歡受到矚目，尤其是女生的關注。不過那時候，他還沒有太超過，只是享受關注而已。

比利：那時候有很多事情要適應。你愛著在家裡等著你的人，但你必須馬不停蹄從一個城鎮到另一個城鎮。很多女生都跑來後台，特地來看我。我那時……我很迷惘一段關係應該要發展成什麼模樣。

卡蜜拉：比利跟我，那時常常吵架。我必須承認，我想追求的很不切實際。一方面我想要一個搖滾明星男友，另一方面我又希望他可以常常陪我。他不能照我希望的做，我就很生氣。那時我還太年輕了。他也是。

有時我們吵得太厲害，會連續好幾天都不理對方。然後我們其中一方就會打電話道歉，兩個人就和好。我愛他，也知道他愛我，但還是很不容易。我媽也曾提醒過我：「太容易你也不會感興趣。」

葛藍：有一天晚上，比利和我從家裡出發，要坐車去忘了是田納西州還是肯塔基州還是哪裡，卡蜜拉來送行。羅德的車子都到了，比利還在跟卡蜜拉難分難捨。

他撥了撥卡蜜拉額邊的頭髮，把嘴唇放在她的額頭上，我記得沒有親嘴，只是讓嘴唇停留在她的額頭上。然後我就在想：我不曾像他那樣關心過一個人。

比利：我為卡蜜拉寫了〈夫人〉（Señora，西語），我跟你說，大家都愛死了。沒多久，我們表演到很嗨的時候，觀眾還會從座位站起來，開始跳舞，跟我們一起唱。

卡蜜拉：我不忍心糾正他說我算是「小姐」（señorita，西語），有時你就是要睜一隻眼閉一隻眼。而且，我一聽到那首歌的歌詞……「讓我揹著你／你貼著我的背／路很漫長／夜很漆黑／但我倆會大膽前行／我與我的金貴夫人。」

我很喜歡。我好愛那首歌。

比利：我們把〈夫人〉和〈當你在日光下閃耀〉（When the Sun Shines on You）這兩首歌做成試聽帶。

羅德：那時候我最好的門路都在洛杉磯。記得差不多在一九七二年左右，我就跟團員說：「我們應該要去西岸。」

艾迪：加州就是搞出一堆酷炫東西的地方，你懂我的意思嗎？

比利：我只想到：我的內在有個聲音要我這麼做。

沃倫：我已經準備好要去了。我說：「那我們上車吧。」

比利：我去卡蜜拉家，我們兩個坐在床邊討論。我問：「你想跟我們一起走嗎？」

她反問：「我跟著去要幹嘛？」

我回答：「我不知道。」

她又說：「你想要我跟著你到處跑嗎？」

我說：「大概吧。」

她想了一下，回答：「謝謝你喔，那我不去。」

我問她還能不能繼續交往，她又問：「你會回來嗎？」我老實回答說不知道。

她說：「那就不能了。」她甩了我。

卡蜜拉：他要離開了，我很不爽。於是我對他發脾氣。我不知道還能怎麼辦。

凱倫：我們上路去表演之前，卡蜜拉打電話給我，說她跟比利分手了。我說：「我以為你很愛他。」

她就說：「他也沒吵著要我留在他身邊，連試都沒試！」

我跟她說：「如果你愛他，就要讓他知道。」

她回答：「要走的人是他啊！他才是應該要彌補的人。」

卡蜜拉：愛和驕傲會互相牴觸。

比利：我能怎麼辦？她不想跟我走，然後我……我又不能留下來。

葛藍：我們收好行李，跟媽媽道別。她那時已經跟送信人結婚了。我知道送信人的本名叫戴維，不過他在世的時候我都叫他送信人，因為他本來就在我媽公司送信，是送信人無誤。

總之，我們留下媽媽跟送信人在一起，自己上車離開了。

凱倫：我們一路從賓州表演到加州。

比利：卡蜜拉做出抉擇了，然後那時候的我就在想：好啊，現在我單身了，看看她能不能接受。

葛藍：比利那次在路上徹底玩瘋了。

羅德：比利的問題，我最擔心的不是女人。當然那時候比利確實跟很多女生廝混。問題是他下台後會放縱到，我隔天下午要打他耳光才能叫醒他，這樣你就知道他有多荒唐。

卡蜜拉：跟他分手後，我後悔得不得了。就是……搬石頭砸自己的腳。每天都哭著醒來。我媽一直要我去找他，跟他復合，可是我覺得一切都太遲了。他沒有我也照樣過他的日子，追尋他的夢想，做他原本想做的事。

沃倫：我們一到洛杉磯，羅德就安排我們去住凱悅酒店。

葛瑞格・馬堅尼斯（大陸凱悅嘉寓酒店的前禮賓員）：喔，老天……我很希望可以告訴你六人組入住時的情況，可是我沒辦法。那時有太多樂團來了，發生了很多事，我沒辦法記得每一個來住的樂團。我記得後來看過比利・鄧恩和沃倫・羅茲，但那個時候真的沒什麼印象。

沃倫：羅德到處請人幫忙，我們開始在更大的場地表演。

艾迪：洛杉磯很值得去。眼睛看得到的每個地方，都是熱愛音樂又懂得享受的人。我就在想：我們他媽的怎麼沒早點來這裡啊？妹子正點，藥又便宜。

比利：我們在好萊塢附近表演了好幾場。在威士忌搖擺舞、羅克西劇院（the Roxy Theatre）[12]、保茱夜總會（P.J.'s）[13]。我還寫了一首新歌〈離你更遠〉（Farther from You），講的是我有多想念卡蜜拉，我覺得離她有多遙遠。

開始在日落大道登台後，感覺得出來我們的聲勢越來越旺。

葛藍：我們也開始穿更好看的衣服。到了洛杉磯，你的穿搭不跟著升級也不行。從那時開始，我穿襯衫會敞開胸前的領子，覺得自己這樣帥呆了。

比利：我差不多是從那時候開始喜歡上……那個叫什麼來著？加拿大式燕尾服？我會穿牛仔襯衫配牛仔褲，幾乎每天都這樣穿。

凱倫：如果穿迷你裙和靴子什麼的，我會無法專心彈琴。我不是說不喜歡那種造型，只是我大多時候還是會穿高腰牛仔褲和高領上衣。

葛藍：凱倫穿高領看起來性感爆了。

羅德：他們得到更多好評之後，我幫他們在吟唱詩人俱樂部（Troubadour）[14]安排了一場表演。

12 一九七三年開業的夜總會，知名搖滾金屬樂表演場地。

13 西好萊塢的知名夜總會，店名來自創辦人之一的保羅和他的女友茱蒂，一九七三年歇業。

14 位於西好萊塢的夜總會，一九五七年落成，許多知名音樂人早年都曾在此表演或從此發跡，例如巴布·狄倫、老鷹合唱團、槍與玫瑰。

葛藍：〈離你更遠〉是好歌。你可以看得出來比利也這麼想。他不會裝，因此他的痛苦或高興，你都感覺得到。

在吟唱詩人表演的那天晚上，我在台上，看向凱倫，你知道嗎？她對這首歌很投入，然後我又看向比利，他把所有情感都放進歌聲裡了，那時候我覺得：這真是我們最棒的表演。

羅德：我看到泰迪・普萊斯（Teddy Price）站在後面聽。我還沒見過他，但我知道他是跑者唱片公司（Runner Records）的製作人。我們有幾個共同朋友。表演結束後，他上前來跟我說：「我助理之前在保茱夜總會聽過你們的表演，我跟他說今天會來聽聽看。」

比利：我們一下台，羅德就帶著這個很高的胖傢伙來找我，介紹說：「比利，這位是泰迪・普萊斯。」

泰迪對我說的第一句話——而且你要知道他有很重的上流社會英國腔——「你能這樣為那個女生寫歌真他媽的太有才了。」

凱倫：看到那時的比利，就像看到一隻遇到命定主人的狗。他非常想討好泰迪，拿到唱片約，全身上下都表現出這種感覺。

沃倫：泰迪・普萊斯醜到無法無天，那張臉大概只有他媽受得了。（大笑）開玩笑的。但他真的醜。我很佩服他看起來不在意這種事。

凱倫：當男人最大的好處就是這點。長得醜也不會怎麼樣。

比利：我跟泰迪握手，他問我說，還有沒有寫其他歌，類似我們表演過的那種，我說：「有的。」

他又問：「你有沒有想過你們樂團五年後或十年後的樣子？」

我回答：「我們會成為全世界最出名的樂團。」

沃倫：那天晚上我第一次在奶子上簽名。有個女生跑過來解開釦子，然後說：「簽在這裡。」我就簽了。我跟你說，這種事一輩子都忘不了。

接下來那週，泰迪到位於聖費爾南多谷的排練室，聽了他們準備的七首歌。不久後，他們受邀到跑者唱片公司，見執行長理奇·佩倫提諾（Rich Palentino），簽下錄製與發行合約。泰迪·普萊斯將親自擔任他們的專輯製作人。

*****

葛藍：簽完約大概是下午四點。我們六個人走出來，站在日落大道上，陽光直射我們的眼睛，感覺好像洛杉磯正在對我們敞開雙手說：「來吧，寶貝。」

幾年前我看到一件T恤寫「我的陰影很深，因為我的未來太光明」，我覺得穿那件衣服的臭小子根本不懂自己在說什麼。因為他不曾站在日落大道上，看著亮到讓人眼瞎的陽光，身邊站著五個好朋友，口袋裡還有簽好的唱片合約。

比利：那天晚上，大家都去彩虹酒吧燒烤餐廳（The Rainbow）[15]開趴慶祝，我獨自走在街上，在路邊找了一個公共電話亭。最瘋狂的夢想成真了，心裡卻很空虛，你能想像那種感覺嗎？如果不能跟卡蜜拉分享，這一切就沒什麼意義。所以我打電話給她。

電話在響的時候，我心跳得非常快。把手指放在脈搏上可以感受到劇烈的震動。可是卡蜜拉一接起電話，感覺就很像忙了一整天終於可以躺在床上了，聽到她的聲音，我就沒那麼緊張了。我說：「我好想你。我覺得如果沒有你。我應該活不下去。」

她回答：「我也很想你。」

我說：「我們幹嘛這樣折磨自己？我們應該要在一起才對。」

她又說：「對，我知道。」

我們都沉默了一下，然後我說：「如果我拿到唱片合約，你會嫁給我嗎？」

她說：「什麼？」

卡蜜拉：如果那個消息是真的，我會非常為他開心，畢竟他努力了那麼久。

比利：我又說了一次：「如果我拿到唱片合約，你會嫁給我嗎？」

她問：「你拿到唱片合約了嗎？」

那一刻我就知道了，卡蜜拉是我的靈魂伴侶。跟其他任何事情比起來，她更在意我的唱片合約。我說：「你沒有回答我的問題誒。」

她又問：「你到底有沒有拿到唱片合約啦？有，還是沒有？」

我問：「那你要嫁給我嗎？要，還是不要？」

她沒有說話，過了一下才回答：「要。」

然後我才說：「拿到了。」

---

15 店的全名是Rainbow Bar and Grill，位於羅克西劇院隔壁的餐廳酒吧，樓上是表演場所Over the Rainbow，一九七二年開業至今，是搖滾明星及樂迷的愛店。

她開始在那邊尖叫，高興得不得了。我說：「親愛的，你過來跟我一起住吧。我們把大事辦一辦。」

媒體寵兒：一九七二—一九七四

為了在日落大道之外的地方也能闖出一番名堂，黛西·瓊斯開始寫自己的歌。她沒受過任何音樂相關訓練，只憑著紙筆，就做出一本創作集，很快收集了超過一百首歌的初步構想。一九七二年的某個夏夜，黛西參加我的命樂團（Mi Vida，西班牙文）在白臘樹林俱樂部（Ash Grove）[16]的表演，那時她正在跟樂團主唱吉姆·布雷茲（Jim Blades）交往，節目快結束時，吉姆邀黛西上台一起唱〈傳道者之子〉（Son of a Preacher Man）。

*****

席夢：那時黛西已經把頭髮留得很長，瀏海撥到旁邊。她常常戴圈形耳環，還老是沒穿鞋子，看起來非常酷。

在白臘樹林俱樂部那天晚上，我和黛西本來坐在後面，吉姆想讓她上台，可是她一直拒絕，但吉姆拗她拗了一整晚，最後黛西還是上台了。

黛西：感覺很不真實。所有人都在看我，等著看會有什麼事發生。

席夢：她剛開始跟吉姆唱歌的時候，看起來有點害羞，完全出乎我意料。可是我感覺得出來，她後來越唱越投入，大概到第二次副歌，她就放開了，臉上有了微笑，在台上很享受的樣子。到了快唱完的時候，吉姆停下來，全部都給黛西唱，她讓全場觀眾嗨翻了。

吉姆·布雷茲（我的命樂團的主唱）：黛西的嗓子非常好，有點沙啞但沒有分岔破音的刺耳感，你會覺得聲音要先穿過她喉嚨的小石頭才發得出來。因此她無論唱什麼聽起來都會很複雜、有趣，又有點難以捉摸。我自己的聲音就沒什麼特色。如果唱的歌夠好，你不必有好歌喉就能當歌手。可是黛西根本是天生的歌手，簡直奇才啊。

她唱歌都是用下腹部發聲。很多人要花好幾年才學會這種技巧，黛西自然而然就做到了，開車的時候或摺衣服的時候，就在你旁邊用腹部發聲唱歌。我一直很想說服她上台跟我一起唱歌，她都不肯，直到我們在白臘樹林表演的那天晚上。

我猜她後來願意公開唱歌，是因為她太想當詞曲創作者了。我跟她說過：「你寫的歌最吸引人的地方就是，唱的人會是你。」她最大的資產就是大家無法不去注意她，我跟她說要好好利用這一點。

黛西：我那時覺得吉姆的意思就是，只要觀眾看到我的長相，就不會在意我唱得怎麼樣。吉姆真的很會激怒我。

吉姆．布雷茲：如果我沒記錯的話，黛西還對我丟口紅。不過等她冷靜下來，她又問我，想演出的話可以從哪裡開始。

黛西：我很想讓人聽到我寫的歌。於是我開始在洛杉磯到處唱歌。有時唱幾首自己寫的歌，有時跟席夢一起表演。

16　一九五八年於西好萊塢開業的音樂夜總會，一九七三年歇業。

葛瑞格・馬堅尼斯：那時候，黛西跟很多人交往。

比如，啊，對了，有一次提克・袁恩（Tick Yune）和賴瑞・哈普曼（Larry Hapman）在甘草糖披薩唱片行（Licorice Pizza）[17]外面打架，提克劃傷賴瑞的臉那次？他們超瘋，我正好就在旁邊，那時我正好去買《月之暗面》（*Dark Side of the Moon*）的唱片。所以那是什麼時候？一九七二年的年底左右？還是一九七三年的年初？我在唱片行向外看，看到提克用腋下夾著賴瑞的頭。大家都說他們是在為黛西打架。

然後我也聽說迪克・波勒（Dick Poller）和法蘭奇・貝茨（Frankie Bates）都想找她做試聽帶，可是她拒絕他們了。

黛西：突然之間，很多人都來找我做試聽帶。這些人都想當我的經紀人，可是我知道他們想幹嘛。洛杉磯有太多男人都在編好聽的屁話，等著傻女孩上當。

漢克・艾倫（Hank Allen）是這群人當中比較不會亂獻殷勤的人，也是唯一我比較受得了的人。

那時我已經搬離我父母家了，住在馬爾蒙莊園酒店（Chateau Marmont）[18]的獨棟小屋。漢克會一天到晚來留字條，不只談我這個人，也會談到我的歌，他是唯一這麼做的人。

我跟他說：「好吧，如果你想當我的經紀人，就當吧。」

席夢：我們剛認識的時候，我是年紀比較大、言行比較世故、裝扮比較流行的那個。可是到了七〇年代初期，黛西反而成了比我時髦的人。

有一次我去馬爾蒙找她，在她的衣櫃看到一堆侯斯頓（Halston）交領綁帶洋裝和連身褲。我問她：「你什麼時候買了這麼多侯斯頓的衣服？」

她說：「喔，那是他們送的。」

我說：「他們是誰？」

她回答：「就侯斯頓的人啊。」

她那時候什麼作品都還沒有，還沒出專輯，也還沒出單曲，可是她跟搖滾明星的合照常常出現在雜誌裡。大家都愛死她了。

剛好讓我可以順便挑幾件侯斯頓的衣服帶回家。

黛西：我去拉瑞比聲音工作室（Larrabee Sound）錄漢克要我錄的試聽帶。那時好像是唱傑克森．布朗（Jackson Browne）的歌。漢克想要我把歌唱得很甜美，可是我不想。我用自己想唱的方式唱，有一點用力，有一點喘氣的感覺。漢克說：「我們再錄一次好不好？你把它唱得平順一點，可能用高一點的音唱？」

我拿起包包說：「不要。」然後就走人了。

---

17 一九六九年於洛杉磯開業的唱片行，因為黑膠唱片長得像披薩大小的甘草糖而得名，曾經發展成連鎖店，目前只剩一間門市，也是二〇二一年同名電影的靈感來源。

18 日落大道上一九二〇年代開業的豪華酒店，有獨立的度假小屋客房。

席夢：過沒多久跑者唱片就簽下她了。

黛西：除了寫歌之外，我什麼都不在乎。我可以唱歌，可是我不想在台上當人偶，唱別人想說的話。我想要做自己的歌。我想要唱自己的歌。

席夢：所有可以輕易到手的東西，在黛西眼裡都沒什麼價值。錢啦、外表啦、甚至她的好嗓子也是。她想要有人好好聽她說話。

黛西：我跟跑者唱片簽約，但我沒仔細看裡面的條文。

我不想讀合約，不想注意我應該要付什麼錢給什麼人，不在乎我應該要做什麼。我只想寫歌、嗑藥。

席夢：他們安排了一場專案啟動會議。為了這場會，我還去她家，一起幫她準備最合適的服裝，一起看她的創作本。那天早上她出門去開會的時候，腳步輕快得像在漫步雲端。

可是過了大半天之後，她跑來我家，看起來很不對勁。我問她：「怎麼回事？」她只是搖搖頭，默默走進來。她走到我的廚房，拿起我們本來要開來慶祝的香檳，打開瓶蓋，然後走進我的浴室。我跟著她，看到她打開浴缸的水龍頭，然後脫掉衣服，坐到水裡，直接從瓶口喝香檳。

我說：「告訴我，發生什麼事了？」

她回答：「他們根本不在乎我。」我猜，他們在會議中給她看了一些他們希望她唱的歌，可能都是從庫存歌單裡選出來，像〈搭飛機離開〉（Leaving on a Jet Plane）之類的歌。

我問：「那你寫的歌他們說什麼？」

她說：「他們不喜歡我的歌。」

黛西：他們讀了我的整本創作集，找不到半首——完全找不到——他們覺得我可以錄的歌。

我問：「那這首呢？或是這首？還有這首呢？」

我坐在會議室跟理奇．佩倫提諾開會，慌慌張張翻著我的創作集。我那時一直想說他們一定還沒讀過裡面的東西，因為他們只會說那些歌還不完整，我還沒準備好當詞曲創作者。

席夢：她在浴缸裡喝得很醉，我能做的只有在她醉到睡著時把她拖出來，放到床上。也只能這麼做。

黛西：我隔天早上起來，回到我住的地方。以為在游泳池邊躺一躺就會忘記這些事，但是沒用，於是我抽了一些菸，在我的小屋吸了幾條。然後漢克來了，勸我別衝動。

我說：「幫我解約。」但他只會一直說我不是真的想解約。

我回答：「沒錯，我就是想解約！」

然後他會說：「不，你不想。」

我氣到跑出房間，快得連漢克都追不上。直接開車殺到跑者唱片，到了停車場才發現身上還穿著比基尼上衣和牛仔褲。我衝到理奇．佩倫提諾的辦公室，直接把合約撕了。理奇只是大笑，跟我說：「漢克剛剛有打電話來警告說你可能做這種事。親愛的，簽約解約沒那麼簡單。」

席夢：黛西可能會是下一個卡洛・金，或是蘿拉・尼羅（Laura Nyro），不，她搞不好會是瓊妮・密契爾（Joni Mitchell）。可是他們只想把她當成奧莉薇亞・紐頓強（Olivia Newton-John）。

黛西：我回到馬爾蒙，哭個不停，眼影流得滿臉都是。漢克坐在小屋門口的階梯等我。他說：「不然你先睡一睡，起來感覺就會好了？」

我說：「我睡不著。我用太多古柯鹼和安非他命了。」

他說他有東西要給我。我以為會是白板[19]之類的東西，最好是有屁用啦。結果他給我一顆紅中[20]。一沾枕頭就跟熄燈一樣，起床感覺好很多，也不會頭痛或怎樣。有生以來我第一次睡這麼熟。

從那時開始，我就是白天靠安非他命，晚上靠紅中，吃藥配香檳。

看起來過得很爽，對吧？其實過得爽不等同於好人生。但我的醒悟總是比行動來得還晚。

19 安眠酮（quaalude）的別稱。

20 巴比妥酸鹽類（Barbiturates）屬中樞神經抑制劑，臨床上用於治療失眠、鎮靜、誘導麻醉及癲癇等。Seconal即Secobarbital，因其藥品膠囊外觀為紅色，故俗稱「紅中」。

六人組首發片：一九七三——一九七五

六人組在洛杉磯定居下來，在托潘加峽谷的山丘上合租一棟房子。他們開始準備為首張專輯錄音。泰迪和首席聲音工程師亞提・施耐德（Artie Snyder）率領的一群工作人員在錄音室進行錄音前置工作，他們所在的聲音城市工作室（Sound City Studios）位於加州凡奈斯。

******

凱倫：搬家那天我就覺得：這裡是垃圾場。整棟房子看起來舊得快解體了，大門跟鉸鍊分離，彩色玻璃窗也殘缺不全，我很討厭這個地方。可是一兩週後，卡蜜拉來了。她從樹林裡的車道開車過來，下車後她居然說：「哇，這裡也太讚了吧。」她一說這個房子好，我就開始喜歡了。

卡蜜拉：房子周圍有種一些迷迭香，我很喜歡這一點。

比利：說實在，卡蜜拉回到身邊的感覺真的太好了。可以再抱著這個女人真的讓我很開心。我們要結婚了，然後我在洛杉磯，要跟弟弟一起錄唱片，每件事看起來都金光閃閃。

沃倫：葛藍和凱倫選了廚房旁邊的兩間臥室，彼特和艾迪選車庫，比利和卡蜜拉想住閣樓，結果我得到了唯一附浴廁的臥室。

葛藍：沃倫的房間有附廁所。他以前都說他有自己的浴室，其實沒有，他的房間角落只是多了一間廁所而已。

比利：泰迪是夜貓子。所以我們都下午進錄音室，一直待到深夜，有時甚至待到早上。

我們錄音的時候，外面的世界彷彿不存在。你待在暗暗的錄音室裡，想的只有音樂。

我和泰迪整個陷在裡面。調快節奏、用不同的音調錄音……做了各式各樣的嘗試。我還會試著加入新的樂器。一進錄音室就會完全忘記時間。等我回家，卡蜜拉已經睡了，整個人用被子包得緊緊的。我通常會有點醉，安安靜靜上床躺到她身邊。

那時候我都會在早上陪卡蜜拉。其他情侶會在忙了一天之後一起去吃晚餐，卡蜜拉和我是一起去吃早餐。我最喜歡的早上回憶都是我一夜沒睡回家的時候，卡蜜拉正好醒過來，我們兩人會開車去馬里布，在太平洋海岸公路那邊找地方吃早餐。

每次她都會點一樣的東西：一杯冰紅茶，無糖，加三片檸檬。

卡蜜拉：冰紅茶加三片檸檬。氣泡水加兩片萊姆。馬丁尼要用兩顆橄欖和一顆小洋蔥。我對飲料很講究。（大笑）我對很多事都很講究。

凱倫：你知道嗎？大家都以為比利到哪裡卡蜜拉就跟到哪，隨時都在照顧比利，但其實不是這樣。她有不容小看的力量。她想得到的事物通常都會到手，幾乎每次都這樣。她想說服你的時候，會很有說服力，甚至有點強勢，奇妙的是，她不會讓你覺得自己是在向她屈服。她很固執，也知道要怎麼達到自己的目的。

記得有一天早上，差不多快中午的時候，她跟比利下來客廳。我們都還穿著前一天晚上的衣服。我們要等到晚一點才會進錄音室。卡蜜拉說：「你們都想要吃好一點的早餐嗎？就是那種有薄煎餅、格子鬆餅、培根、蛋……什麼都有的那種？」

但比利已經聽說葛藍和我等一下要去吃漢堡，他想跟我們一起去。

然後卡蜜拉說：「那我幫大家做漢堡。」

我們說好。然後卡蜜拉就讓比利去買漢堡肉，也要他順便買一些培根，還有明天要用的蛋。

接著她開始熱煎鍋，沒多久又來跟我們說比利買的漢堡肉不夠好，所以她等一下只會煎培根。既然煎了培根，她覺得再煎個蛋也理所當然，既然煎了蛋，那不如也順便煎一些薄餅。

轉眼間來到下午一點半，我們坐在餐桌一起吃早午餐，桌上沒有半個漢堡，但每一樣東西都很好吃，因此除了我沒人注意到卡蜜拉做了什麼。

這也是我為什麼會喜歡卡蜜拉。她不是把光環都讓給別人的壁花女孩，你要仔細觀察才會發現她的不凡。

艾迪：我們六個人常常不在家，應該說大多時間都不在家，所以我以為卡蜜拉會做家事，可能稍微打掃一下，你懂我的意思嗎？有一次我就對她說：「也許我們不在家的時候，你可以打掃一下之類的。」

卡蜜拉：我說：「好喔。」然後我接下來什麼都沒清。

葛藍：那時候我們很忙。比利一直在寫歌，我們一直在討論哪一段要怎麼彈之類的。不是在家就是在錄音室，有時還在那邊睡。

我記不清有多少個晚上，凱倫和我熬夜熬到日出，就只是為了調整一個反覆樂句或一段旋律。

沃倫：我就是從那時候開始留小鬍子。你看看，現在有的男生沒辦法把鬍子留得很有型，但我可以。我從我們錄第一張專輯就開始留，到現在都沒刮掉。

呃，其實我刮過一次，可是刮完看起來就跟剃掉毛的貓一樣怪，所以我又讓鬍子長回來了。

葛藍：錄一張專輯，尤其是第一張專輯，會把你掏空。當我們其他人在錄音室表現得不順，比利就會變得有點緊迫盯人。我猜這是他從那時開始每天都要吸幾條的原因，他要讓自己保持在亢奮的狀態。

比利：我一直想要把這張專輯打造成人類有史以來最偉大的專輯。（大笑）應該說我那時候也不是一個會思考什麼現實問題的人。

艾迪：比利掌控了整張專輯的走向，泰迪也放手讓他去做。

所有的歌都是比利寫的，每個人負責的部分也幾乎全由他寫。他一進錄音室，就會管吉他，管鍵盤，還有對鼓的部分提出要求。他對彼特沒那麼嚴格，讓他有稍微多一點自由發揮的空間。可是我們其他人彈出來的所有音符和效果，他都要管，我們也都順著他的要求。

我一直在觀察其他人，看看有沒有人會發表意見。可是沒人有意見。我好像是唯一會在意這種事的人，不過我提出反對意見時，泰迪都會站在比利那邊。

亞提・施耐德（《六人組》、《七八九》、《奧羅拉》等專輯的首席聲音工程師）：泰迪認為比利是六人組當中最有才華的人，他沒有直接這樣跟我說，不過我們一起在控制室工作那麼多年，有時樂團成員回家了，我們還會一起出去喝個兩杯，吃個漢堡。泰迪滿能吃的，你跟他說：「我們來喝點東西。」他會回你：「我們來吃些東西。」也就是說，我跟他很熟。

他真的對比利另眼相看。他會問比利的意見，但不會問其他人，跟整團人講話的時候，也都在看比利。

別誤會我的意思，他們六個人都很有才華。我曾經拿凱倫彈過的樂段給另一位鍵盤手參考。我也曾聽泰迪跟另一位製作人說，彼特和沃倫有一天會成為搖滾史上最厲害的節奏組合。應該說他對他們都很有信心，只是他特別看重比利。

有一天晚上，我們一起走去停車場，泰迪說比利有一種別人教不來的天賦，我也認同。我到現在還是這麼想。

葛藍：比利總是在思考我們要不要再多錄一次，混音時哪裡要再怎麼調。泰迪一直跟我們說，他希望我們做出來的東西越原始越好。泰迪真的花了不少心力讓比利只是當比利。

比利：泰迪有一次跟我說：「屬於你的聲音，是一種情調。對，就是這樣。屬於你的情調比其他任何東西都重要。

我記得那時問他：「什麼樣的情調？」

我寫的就是愛情，用有點咆哮的聲音唱出來，然後我們加上比較猛的吉他，還有很藍調的貝斯。我那時以為泰迪可能會回答什麼「從酒吧帶妹子回家」或是「打開車頂飆車」之類，可能是有點好玩，又有點危險的感覺。

結果他只是說：「很難用言語表達的情調。你要我描述，我也講不出什麼所以然。」

這件事我一直放在心上。

凱倫：在真正的錄音室錄一張專輯，超級麻煩。旁邊會有技師調音調設備什麼的，有人會幫你弄午餐，也有人會幫你買散裝零食[21]。每天都會有一大桌午餐會換成晚餐。

有一次我們在錄音，有個人遞了一盤巧克力脆片餅乾進來，我說：「我們已經吃很多餅乾了。」

那傢伙說：「應該沒吃過這種的啦。」原來是摻了藥的餅乾。完全不知道從哪弄來的。

艾迪：〈再一次就好〉（Just One More）這首歌一天之內就寫好錄完了。那天有人送了一些摻了大麻的餅乾，我們這整首歌，主要是比利寫的，我也有幫忙，表面上看起來，是在說想在

21 這裡指的是用零錢交易的散裝藥物。

上路前跟喜歡的妹子再睡一次，但實際上是在講那天吃的大麻餅乾，我們都想再多吃一塊。

沃倫：我拿了三塊餅乾，把一塊藏起來，想要之後再吃，結果比利居然在寫這首想要再吃一塊的歌，我就在想說：靠夭！他知道我這裡還有一塊！

葛藍：那次真的很好笑。我們都玩得很開心。

比利：那時候給你一種感覺……你知道自己會永遠記得，這一生的這一刻。

葛藍：全部錄完音的前一晚，我忘了從哪裡回家，看到凱倫坐在露臺的欄杆上，眺望著峽谷，沃倫坐在旁邊的椅子上，像是要把一根塑膠湯匙削成細長的聖誕樹。

凱倫看到我就說：「可惜水淹到腳踝了，不然我想去爬山。」

我問他們：「你們嗑了什麼，還有剩嗎？」

凱倫：那次是麥司卡林[22]。

沃倫：那天晚上，就是葛藍、凱倫和我嗑鳥羽玉仙人掌的那天晚上，我跟自己說，如果專輯被當成一坨屎，我也不會有事，因為我還可以做湯匙維生。清醒過來會發現根本不合邏輯，不過我後來確實繼續抱持這種想法。畢竟你總不能把雞蛋放在同一個籃子裡。

葛藍：全部錄音工作結束是在十一月，應該是吧。

艾迪：錄音在三月左右完成。

葛藍：然後還有大約一個月或兩個月的時間，比利和泰迪在錄音室裡處理混音的部分。我有找幾天去錄音室，聽聽他們在做什麼。如果我有什麼想法，比利和泰迪都會好好聽我說，他們會放最後混出來的音軌，好聽到讓我不敢相信。

艾迪：錄完音之後只有泰迪和比利可以進錄音室。弄了好幾個月之後，我們終於可以去聽專輯變什麼樣子。

最後聽起來還滿猛的。我跟彼特說：「我們聽起來真他媽的不賴。」

比利：我們在跑者的會議室把專輯放給理奇．佩倫提諾聽。我的腳在桌子下用力打拍子。可見那時我有多緊張。那是我們最重要的機會。如果理奇不喜歡，我可能會大爆發。

沃倫：在我們眼裡，理奇就是個穿西裝打領帶的老頭。我想說：這隻資本主義走狗憑什麼批判我？他看起來超像政府的爪牙。

葛藍：我後來不想再看理奇，乾脆閉上眼睛聽。然後邊聽邊想：沒道理這老傢伙會不喜歡啊。

---

22 三甲氧基苯乙胺，俗稱仙人掌毒鹼，屬於苯乙胺的衍生物，從烏羽玉屬仙人掌種籽和花粉提取的致幻劑。

比利：〈當你在日光下閃耀〉最後一個音結束。我一直盯著理奇。葛藍和泰迪也是，我們所有人都盯著他。理奇微微笑著，對我們說：「你們做了一張好專輯。」

理奇喜歡，一切就好辦了。感覺很像我本來還有一部分固定在地上，現在被放開了。也很像有人拉了開傘索，我從掉落變成在空中飛。

尼克・哈里斯（〔Nick Harris〕搖滾樂評）：他們的同名首發專輯是值得尊敬的樂壇敲門磚。他們懂得用拘謹、簡約的手法寫好聽情歌，也深諳迷幻感官的暗示藝術。這張純粹無贅飾的藍調搖滾專輯中，融合了些微的民謠特色，大器的樂句有著縈繞不絕的旋律，比利・鄧恩順耳的低吼與鼓點同時重擊聽眾的心。

他們的初登場可謂前途光明。

拍攝專輯封面後，發片相關活動緊接而來，他們跟《克里姆》（*Creem*）[23]雜誌進行了一次訪談，專輯掀起了一些話題，因此跑者唱片和羅德．雷耶斯開始規劃三十個城市的宣傳巡迴演出。

*****

比利：每件事都來得很快。我那時……有那麼長的時間你只是無名小卒，突然間你出名了，你開始感受到成功就在手中，生活開始越來越好，越來越不一樣，這時你應該要停下來，問問自己，你真的值得擁有這一切嗎？

如果你不是冷血混蛋，就會得到「不值得」這個答案。因為你真的不配擁有這一切。想想老家跟你一起長大的玩伴，他們現在一天要做三份工作來養家，或是像查克一樣在海外犧牲自己的性命。不，你不值得擁有這一切。你必須學會調和認知，學著擁有這一切，同時知道自己不配，否則你就會像我一樣，拒絕去想這些事。

這正是我急著上路去開巡迴演唱會的原因。一旦上路，你就不必去面對現實問題，就好像為人生按下暫停鍵一樣。

23　一九六九到一九八九年發行的傳奇搖滾雜誌，曾創造出「龐克搖滾」（punk rock）及「重金屬」（heavy metal）等詞。

艾迪：我們即將展開盛大的巡迴之旅，你懂我的意思嗎？在超屌的地方接受訪問，有我們自己的巡迴巴士。感覺很爽，非常非常爽。

比利：我們要上巡迴巴士的前一晚，卡蜜拉跟我躺在床上，在被子裡交纏在一起。她那時頭髮很長，就是那種我在裡面走著走著會迷路的長度。

她的頭髮和手常常有一種土味和草味。她以前常常會抓一些迷迭香枝葉，在手裡揉碎，然後用手抹頭髮。就算到了現在，每次聞到迷迭香，我都會覺得自己立刻回到那時候，又傻又年輕，跟自己的樂團和心愛的女人住在山丘上的房子。

就在那一晚，我們即將上路的前一晚，我一直聞著她頭髮上的迷迭香。我們隔天早上就要出發了。就在那時候，她告訴我了。

卡蜜拉：我懷孕七週了。

凱倫：卡蜜拉想要孩子。我的話，我始終知道自己不太可能有孩子。就是一種感覺。我覺得如果你內心深處相信自己會有孩子，就會有，相反的也一樣。

你不相信的話，不能催眠自己去相信。

你相信的話，也不能逼自己不去想這件事。

而卡蜜拉是想要孩子的。

比利：起先，我很高興。我想應該是吧。不然……（停頓）我真的很努力想要表現出開心的樣子。我想我知道……我那時的確很高興。我只知道那時自己非常害怕，因此我只能高興。

　　我開始專注做所有我覺得合理的事。於是我立刻就決定，我們應該要馬上結婚。我們本來就一直在討論巡迴回來之後要辦婚禮，但我那時決定要立刻舉行婚禮。我也不知道為什麼這件事對我來說這麼重要……但……（停頓）反正我一知道她懷孕，就覺得我們要先建立一個正常的家庭才行。

卡蜜拉：凱倫認識一位牧師，從朋友那裡拿到牧師的電話，我們半夜打過去，他馬上就過來了。

艾迪：那時是凌晨四點。

卡蜜拉：凱倫在門廊前後做了一些裝飾佈置。

凱倫：我把鋁箔紙撕成一條一條掛在樹上。（大笑）現在大家這麼注重環保，可能會覺得這是在搞什麼鬼。但我必須說，這種佈置很好看，在風中輕輕搖擺還會反射月光。

葛藍：沃倫在他的鼓組有弄一些聖誕小燈泡，因為他覺得自己看起來會發亮很屌。我問他說能不能用小燈泡來裝飾，他在那邊找藉口說已經都打包起來了。我說：「沃倫，馬上把你的燈泡拿出來，不然我就跟大家說你是大混蛋。」

沃倫：是比利和卡蜜拉半夜突然決定要結婚，又不是我的問題。

凱倫：等我和葛藍裝飾完之後，外面遠遠看還滿美的。無論婚禮計畫了多久，任何人看到我們的佈置應該都會想馬上結婚。

比利：卡蜜拉在梳妝打扮的時候，我在浴室看著鏡子裡的自己。我一直跟自己說我可以——我做得到、我可以。我走到露臺上，然後卡蜜拉穿著白上衣和牛仔褲下樓。

凱倫：她穿了一件黃色的針織背心，看起來很美。

卡蜜拉：我一點都不緊張。

艾迪：我的拍立得還剩一張底片，所以我拿來拍照。可是我不小心切掉他們的頭，在照片上只看得到卡蜜拉的腳和頭髮，還有胸部以下的比利，他們手牽手，面對面，沒拍到頭氣死我了。是說我那時也嗑藥嗑茫了。

葛藍：卡蜜拉說無論比利做什麼都會愛他到底，還有他們跟肚子裡的寶寶會互相扶持之類的。說得很像他們已經組成一支運動隊伍一樣。我轉頭，結果看到彼特在哭。他想要假裝沒這回事，但其實超明顯，他的眼睛裡還含著淚水。我給他一個「有什麼好哭？」的眼神，他只是聳聳肩。

沃倫：彼特哭爆久。（大笑）那傢伙笑死我了。

比利：卡蜜拉說——我還記得她說的話——她說：「我們這個團隊，會永遠永遠在一起，我會一直支持我們。」但我的腦中也有一個聲音在告訴我，我不應該成為任何人的父親。我無法讓這個聲音安靜下來……我的腦中一直迴盪著這句話：你會搞砸，會毀了一切。

葛藍：其實，對一個沒有爸爸的男人來說，當爸爸很難，因為你完全不知道應該要怎麼做，也沒有人可以問。

我後來有了自己的孩子，才有點懂比利的心情。如果你是走在最前面的人，你只能用開山刀劈開前面的路。「爸爸」讓我們聯想到是「廢柴」、「混帳」、「酒鬼」。現在比利身上也多了「爸爸」這個標籤，他必須想辦法讓這個標籤變成適合他的樣子。我當爸爸的時候，至少有比利這個榜樣，可是比利那時候沒有任何參考對象。

比利：那個聲音一直說：你沒有父親，你要怎麼當爸爸？

那個聲音……（停頓）是一段混亂日子的開端，那段時間我變得不像自己。其實這麼說也不對。我不喜歡這個說法——因為你不可能變得不像自己。你一直都是你，只是有時候，你這個人，就是一個爛人。

凱倫：他們接吻的時候，我看得出來卡蜜拉的眼淚快流出來了。比利把她抱起來，抱著她跑上樓，我們笑到不行。後來是我付錢給牧師，因為比利和卡蜜拉忘記了。

比利：我記得我跟卡蜜拉躺在床上，就在我們結婚後，心裡想的是要離開。我一直在等上巴士的時間，因為我……我沒辦法面對她。我知道如果她看得到我的表情，就猜得到我腦袋裡出現了什麼想法。

我沒辦法對她說謊。我不確定這是好事還壞事。大家都覺得撒謊是壞事，可是……我不知道。有時候撒謊可以保護人。

我躺在那邊等天亮，聽到巴士開過來的聲音，就跳下床，跟她吻別。

卡蜜拉：我不想讓他走。可是我也不可能讓他留下來。

葛藍：我早上起來的時候，比利已經在巴士旁邊，跟羅德說話。

比利：我們把所有東西裝上巴士，司機開出我們的車道，卡蜜拉穿著睡衣跑下門口的階梯，她一邊跑一邊揮手道別。我也對她揮手，但……我其實不敢看她的臉。

葛藍：那天早上，在巴士上，我看不太懂他的心情。

比利：那天晚上，我們到了聖塔羅莎，在起點客棧（Inn of the Beginning）[24]為表演做準備。可是我的狀態一直不對勁。

艾迪：我們巡迴演出的第一場不太順利。舞台上沒發生什麼狀況，可是我們表演的時候就是少了平時的那種默契，你懂我的意思嗎？比利搞錯了〈生來破碎〉的兩句歌詞。然後在進入一段過門時葛藍慢了好幾拍。

凱倫：我不太擔心表演不順的問題。可是看得出來比利和葛藍對我們的表現感到沮喪。

比利：後來我們回到飯店。一堆女生湧進房間。飯店幫我們準備了很多酒，我喝得比平常還多，一手拿著拿著高球杯，一手拿著一瓶金快活，不停給自己滿杯、滿杯又滿杯。

我記得葛藍有叫我喝慢一點，可是我心裡有太多事同時發生了。

我要當爸爸了，然後我是人夫了，卡蜜拉留在洛杉磯，我們剛剛表演得很爛，我們的專輯剛上市也不曉得之後會怎樣。

龍舌蘭酒可以沖淡一切。

所以葛藍叫我別喝的時候，我沒在聽。附近還有古柯鹼，我用了一下。有人拿白板出來，我也抓了幾顆過來。

沃倫：我們住在汽車旅館兩間相鄰的房間，我後來跟一個妹子到其中一間的角落親熱。這妹子很屌，她把圍巾當成上衣，她突然跳起來問說她妹在哪裡。我根本不知道她把妹妹也帶來了。

不知道是誰回答她說：「她應該在比利那邊。」

比利：差不多凌晨三四點的時候，我斷片了。後來在飯店的浴缸裡醒過來……旁邊有人。

24　一九六八年開業的酒店，位於聖塔羅莎附近的城鎮科塔蒂（Cotati）。

（停頓）是個……金髮女孩，趴在我身上。要跟你說這件事我也覺得很丟臉，但這件事確實發生過。

我起來，開始吐。

葛藍：我醒來，看到比利站在停車場抽菸，不停地走來走去，自言自語，看起來像在發神經。我走過去看他，他說：「我搞砸了，親手毀了一切。」

我知道發生了什麼事。我有試著阻止他，可是攔不住。我說：「老哥，下次別再幹這種事了。好好記住。別再犯同樣的錯。」

他點頭說：「好。」

比利：我打電話給卡蜜拉，想聽聽她的聲音。我知道我不能跟她說自己做了什麼事。我警告自己，絕對不能再做同樣的事，這才是重點。

卡蜜拉：你問我知不知道他會在外面亂搞，說得很像我可以知道或完全不知道，很像這是一種黑白分明的事。事情不是這樣的。你只能懷疑，有時懷疑少一點，有時懷疑多一點，然後你會覺得自己根本瘋了。再後來，你會問自己，忠誠是不是你在婚姻中最重視的事情。

我想我可以這麼說：我看過很多人結婚後對伴侶都很忠誠，可是他們都不快樂。

比利：講完電話的時候，卡蜜拉說她要掛電話了，我說：「好吧。」然後我記得她說：「好啦，親愛的，我們愛你。」

我說：「我們？」

她回答：「就是我和寶寶啊。」

這句話讓我……我好像連再見都沒說就掛掉電話了。

凱倫：卡蜜拉算是我的朋友。我不管是老實跟她說比利做的事，還是幫比利瞞著，都會很尷尬，我很討厭比利讓我陷入這種處境。

比利：喝酒、嗑藥、到處睡，這些事差別不大。

你有不能跨越的界線，一旦跨越了，你就會發現，即使不守規矩，世界也不會馬上毀滅——這個發現會讓你萬劫不復。

你畫了一條又寬又粗的黑線，但你正在把這條線變模糊。每越線一次，這條線的顏色就會越來越淺、越來越淺，然後有一天，你會站在那邊看很久，想著：這裡以前好像有一條線的樣子。

葛藍：我們的行程有固定的節奏：抵達城鎮、檢查設備、表演、開趴、上巴士。而且我們表演得越好，玩得越兇。旅館、妹子、藥——每到一個地方，每天每晚，都是旅館、妹子、藥。我們每個人都一樣，不過玩最瘋的還是比利。

沃倫：我們那時有個規矩；全團每個人手上各有五支火柴棒，這是表演完邀人來開趴的邀請函，有火柴棒的人才能進來。我們會把火柴棒給觀眾群裡面任何一個看得順眼的妹子。這是我們避免怪人混進來的辦法。

羅德：我來跟你說管理一個搖滾樂團是怎麼回事。我們去了各式各樣的地方，從隨團技師到工作人員，所有人隨時都要發揮各種創意來解決問題。可是沒有人——沒有半個樂團成員——會想到我們怎麼一直都有足夠的汽油可以上路。

一九七三年的年底剛好遇到石油危機，到處都缺汽油。巡迴演出經理和我還要賄賂加油站服務員，讓他們覺得我們不加油就會沒命，才買得到汽油。我還幹過偷換車牌[25]這種事。

沒有人會注意到這些，因為他們不是在到處跟妹子上床，就是喝酒喝到掛，嗑藥嗑到茫。

凱倫：比利在這趟旅途中變成了一個我完全不認得的人。他會在巴士上睡死，懷裡抱著一個女的；他還會邀請一些女生跟著我們一起從一個城市移動到另一個城市。

艾迪：然後，到了晚上，比利還會請工作人員隨時幫他補充龍舌蘭酒和白板。

凱倫：專輯賣得很好，所以我們的巡迴演出有加場。我打電話跟卡蜜拉說這個消息，然後她說：「凱倫，我可以去找你們嗎？」

我連想都沒有多想，就直接回答：「不行，你待在家等我們。」

沃倫：我來總結一下我們第一次巡迴的情況：我到處打砲；葛藍到處嗑藥；艾迪到處醉倒；

凱倫一天到晚心情不好；彼特一天到晚都在跟女友講長途電話；至於比利，以上五種行為他一個人全包了。

艾迪：渥太華的表演結束後，我在後台跟午夜破曉樂團（Midnight Dawn）的人喝啤酒。葛藍也在，還有凱倫。彼特正在等他女友珍妮，因為珍妮那天要從波士頓開車過去找我們。我還沒見過她。彼特老是神祕兮兮的，我爸媽連他的高中女友長什麼樣都不知道！所以我很期待可以見到珍妮，想看看我哥一天到晚講電話的人到底長什麼樣。

然後她來了——個子很高，有一頭長長的金髮，穿著很短的洋裝，還有鞋跟很高的鞋子，腿長得不像話，那時我就想：難怪彼特會為她瘋狂。

然後就在珍妮後面，卡蜜拉出現了。

卡蜜拉：我想給他一個驚喜，因為我很想他，在家很無聊，我……那時很焦慮。雖然，我結婚了，還懷孕六個月，我大部分的時間就一個人待在托潘加峽谷的老房子，有太多理由讓我想出門去找他了。

當然，其中一個理由就是想去看看他怎麼樣，他在做什麼。這是最重要的一點。

---

25 在一九七三年石油危機期間，如果車牌尾數是奇數，只能在每個月的奇數日加油；如果車牌尾數是偶數的人，則只能在每個月的偶數日加油。

凱倫：我叫她別來，可是她不肯聽。她想給比利一個驚喜。那時她的肚子已經看得出來有懷孕了。大概五個月吧？差不多。她穿著孕婦裝，頭髮往後紮起來。

葛藍：我看到卡蜜拉，心裡想：喔不！我慢慢偷溜出去，等到卡蜜拉看不到我，就開始狂奔。我猜比利不是在巴士上，就是在旅館。我不確定哪一邊，只能賭一把，跑了兩個街區去旅館。

早知道我應該選巴士那邊。

凱倫：她在巴士上找到比利。我一方面希望自己可以阻止她，另一方面卻很高興她終於發現這一切。

艾迪：我不在現場，但我聽說她當場抓到他在，呃……我不知道還有沒有別的方式可以講……就是，有人在幫他口交，是一個追星的妹子。

比利：感覺很像是，我一直在玩火，可是當我真的被燒到，還是莫名奇妙嚇了一大跳。

我記得卡蜜拉的表情。她……與其說是生氣或受傷，她看起來比較像是震驚。她愣在原地，看著眼前的一切，沒有任何反應。我起來穿褲子的時候，她一直瞪著我。

跟我在一起的女生早就跑出去了——應該是不想牽扯上什麼麻煩。

巴士的門關起來之後，我看著卡蜜拉說：「對不起。」那是我開口的第一句話，也是我唯一能說的話。這時卡蜜拉才像是終於明白先前發生什麼事，當下我們在做什麼。

卡蜜拉：我相信我應該說了很多，嗯，你也知道，很難聽的話，但我想我的意思表達得很清楚：「幹你以為自己是誰啊敢給我偷情？你以為世界上還有別的女人比你眼前這位還好嗎？」

沃倫：我那時在外面跟工作人員聊天，正好看到他們快吵完架的畫面。從擋風玻璃那邊可以看到車裡的情況，看起來好像是卡蜜拉打了比利，她手上有個包包，她好像用包包打了比利，然後他們兩個就走出巴士了。

卡蜜拉：我要他先去沖個澡，然後再繼續談。

比利：我那時希望她離開我。（停頓）我想了很久，然後發現……我做那些事的目的就是這個。我一直希望她會因此放開我。

那天晚上，我沖完澡，卡蜜拉跟我坐在旅館房間。我感覺到自己越來越清醒，但我很不喜歡那種感覺，於是吸了一條。我記得那時卡蜜拉看著我，問我：「你想要怎樣？」

她不是用惱怒的語氣問我。她是真的想知道：我想要怎樣？我不知道要怎麼回答。我只是聳聳肩，同時覺得自己很蠢，在這種時候，在這個女人面前，我居然只能聳肩。這個女人懷了我的孩子，我居然只能像一個十歲小孩一樣對她聳肩。

她盯著我，等我回答，但我完全沒有答案。然後她說：「如果你以為我會讓你毀掉我們的人生，你一定是瘋了。」說完就離開房間了。

葛藍：卡蜜拉找到我，說她要回家了，不會再管比利幹了什麼好事。她要我這一晚看好比利。我已經受夠照看比利了，可是你無法向卡蜜拉這樣的女人說不，何況她還懷著身孕。所以我只能說好。

然後她又交代：「他醒的時候給他看這封信。」

比利：我醒的時候，肚子很不舒服，頭爆痛。感覺眼睛在流血。凱倫站在我旁邊，手裡拿著一張紙，看起來一臉不爽。我搶過她手上的紙開始讀，是卡蜜拉的筆跡，她寫說：你的荒唐期限只到十一月三十日，在那之後你都要當個好男人，懂了嗎？

寶寶的預產期是十二月一日。

卡蜜拉：我想，我只是拒絕相信比利就像他自己想像的那麼糟。

我的意思不是說他做的事是假的。不，他做的事非常真實，全部都真的發生過。我這輩子從沒這麼迷惘、害怕過。每天想到他做的事，我就渾身不舒服，我甚至很難告訴你哪一部分最不舒服，因為我的心悶著，胃在翻騰，頭也一陣陣抽痛。他做的事和我的痛，都是真的。

可是那不代表我非得全盤接受。

羅德：我跟卡蜜拉不熟，但我覺得她留在比利身邊的決定不難理解。她認識比利的時候，他還是個好男人，等到她發現他開始崩壞了，她已經投入太多了。

如果她希望寶寶有個爸爸，她只能拯救比利。這樣不難懂吧？

比利：於是我像個白痴一樣，對自己說：好啊，這些事我就做到十一月底，之後就什麼都不碰了。要做就趁現在做到底，這樣以後才不會想再做一次。

有時候我在想，成癮者跟其他一般人也沒什麼不同，他們只是更懂得自我欺騙。我那時候就很會騙自己。

凱倫：他完全沒有停止那些亂七八糟的行為。

羅德：巡迴演出的場次又加開了，因為我們後來還當了瑞克・葉茨（Rick Yates）的開場樂團。這對曝光很有幫助。這張專輯有個很好的開始。〈夫人〉正在排行榜上爬升。

可是呢，比利很失控。卡蜜拉抓包之後，他就更變本加厲了。藥啦、妹子啦、酒啦什麼都加倍就對了。

說實在，我本來覺得這一切還在掌控範圍內，不妙，但可控。

我甚至想，只要他沒有碰藥效更強的鎮靜劑，像是苯二氮平、海洛因之類的，可能還是會沒事。

葛藍：我不知道該怎麼辦。不知道該怎麼幫他，或該不該相信他對我說的話。坦白說，我覺得自己很笨。我明明是他弟，應該要知道他需要什麼，我應該要能夠看得出來他什麼時候有用藥，什麼時候假裝沒有。

可是我真的不知道。我也覺得……很丟臉，因為我沒辦法每次都看出來他想幹嘛。

艾迪：我們或多或少都在倒數日子。就是，比利不再嗑藥酗酒的倒數六十天。然後是倒數四十天，倒數二十天。

比利：我們在達拉斯幫瑞克・葉茨暖場。瑞克・葉茨很愛用海洛因。我就想說：那我至少要試一次海洛因。

我那時覺得這個決定非常合理：如果成癮的話，海洛因比較容易戒掉。因為我沒有要用針頭注射；我要用吸的。而且我以前也用過鴉片，我們都用過。後來我跟瑞克・葉茨在德州廳（Texas Hall）後台，他讓我試一下……我就自暴自棄接受了。

羅德：我都會跟我的藝人說千萬別碰苯二氮平和海洛因。興奮熬夜熬不死人，嗑藥嗑到睡著就完了。看看珍妮絲・賈普林、吉米・罕醉克斯（Jimi Hendrix）、吉姆・莫里森（Jim Morrison）就知道，鎮靜劑會讓你睡到連呼吸都沒了。

葛藍：那時候事情越來越糟。他開始跟瑞克・葉茨一起吸白粉，我在旁邊看著很難過。我已經盡力留意他的一舉一動，也一直想阻止他再碰那些東西。

羅德：我一發現他跟瑞克・葉茨一起做的事，就打電話給泰迪。我說：「這裡要多一隻殭屍了。」泰迪說他會處理。

葛藍：如果一個人打定主意不想停，什麼建議、教訓都沒用，把他綁起來也阻擋不了。

艾迪：倒數十天左右，他開始在台上忘詞，我那時候就想說，他這輩子大概都戒不掉了。

比利：十一月二十八日，泰迪到哈特福看我們表演，我們一下台，他已經在後台等著。

我問：「你怎麼會來？」

他說：「你該回家了。」他一路拽著我的手臂不放，直到我們上了飛機。原來卡蜜拉要生了。

我們一下飛機，他就把我塞進他的車裡，載我到醫院。我們在醫院大廳前面的紅線區併排停車。泰迪說：「比利，快去啊。」

走了這麼長的一段路，我接下來要做的只是走進醫院的大門……可是……我做不到。我沒辦法用那個狀態去看孩子。

後來泰迪一個人下車走進醫院。

卡蜜拉：我在產房待了十八小時，身邊只有我媽。我還期待我老公會像別的好男人一身乾乾淨淨走進來。後來我才明白，沉淪太深的人沒辦法自救，因此事情不會照我期望的發展。但那時我卻抱持著那樣的期望，我也不知道為什麼。

結果，門開了，進來的不是比利……是泰迪．普萊斯。

我累壞了，還因為荷爾蒙的關係整個人很緊繃。這時我懷裡抱著剛出生的小寶寶，一個長得很像比利的小女嬰，我決定幫她取名「茱莉亞」。

我媽那時已經打算把我跟孩子接回賓州了。我也很想回去。在那種時候放棄比利，畢竟比繼續相信他容易。我很想說：「告訴他，我會獨自把孩子帶大。」但我還是得為自己和孩子爭取一下我們的未來，於是我跟泰迪說：「告訴他，他可以現在就來當孩子的爸爸，或者立刻去勒戒。」

泰迪點點頭，離開了。

比利：我在大廳外面等了大概有好幾個小時吧，坐在車裡一直弄車門的手把。然後泰迪終於下樓，跟我說：「是女兒。她長得很像你，名字叫茱莉亞。」

我不曉得該說什麼。

泰迪又說：「卡蜜拉給你兩個選擇。你要嘛就是滾上去當你的好老公和好爸爸，再不然就是我載你去勒戒中心。你選一個吧。」

我把手放在車門手把上，想著你也想得到的：我還可以逃跑。

但我猜泰迪也知道我在想什麼，因為他說：「卡蜜拉並沒有給你其他選項，比利，所以你只能二選一。有些人喝完酒、嗑完藥，日子照過，但你跟他們不一樣。你不能再荒唐下去了。」

我想起小時候，大概六歲還七歲的時候，我非常喜歡收集火柴盒小汽車，對每一台車都愛不釋手，可是我媽沒有什麼錢，沒辦法買那麼多台給我們。我會在人行道上找其他人掉的車子，結果還真的找到好幾台。跟鄰居小孩玩的時候，也會偷拿一兩台。還有幾次，我直接從店裡偷。我媽發現我偷藏那麼多車子，要我坐下，問我說：「為什麼你不能像其他人那樣，高高興興玩自己手上的那幾台車子就好？」

我一直沒辦法回答這個問題。

我就是像不了別人。

那天在醫院，我看到一個男人推著輪椅走出大廳，輪椅上面坐著抱小嬰兒的女人。我看著這個人，覺得……我想成為那種人，但我不知道該怎麼辦到。

我一直想要走進醫院，去看看我的孩子，但我同時也會想到這孩子有我這種爸爸，運氣也太差了。

（哽咽）我不是不想見她。我真的非常非常想見她。你應該無法想像……我不希望我女兒看到這樣的我。

我不希望……在她還這麼小的時候，我不希望她張開眼睛，就看到一個渾身酒臭藥味的男人，像個破爛垃圾站在那裡，讓她懷疑：這是我爸嗎？

我覺得……讓孩子看到我那副樣子太丟臉了。

所以我逃了。這是我的畢生恥辱，但我得老實說：我去勒戒中心，是因為我不敢去看女兒。

卡蜜拉：我媽說：「親愛的，我希望你知道自己在做什麼。」我好像吼了她，但我心裡其實在想：我也希望我知道自己在幹嘛。

你知道嗎？這件事我想了很久，應該有幾十年了吧。後來終於想清楚當初我為什麼會做那樣的決定。

我認為，讓他的弱點來決定我的人生走向，或是我的家庭樣貌，是不對的。我才是手握決定權的人。我想要跟他過好日子，跟他組好家庭，跟他經營幸福婚姻，跟他一起擁有美好家園，我想跟原本的他一起完成這些事。我知道我們一定做得到，無論過程有多艱辛。

比利在一九七四年冬天進了勒戒中心。六人組取消了剩下的巡迴演出場次。其他團員趁機休了長假。沃倫買了一艘船，停泊在瑪麗安德爾灣的岸邊。艾迪、葛藍、凱倫繼續住在托潘加峽谷的房子，彼特暫時留在東岸，陪女友珍妮．曼斯。卡蜜拉在鷹岩租了一間房子，在那邊養小孩。

在勒戒中心待了六十天之後，比利．鄧恩終於見到了他的女兒茱莉亞。

*****

比利：我不確定我去勒戒的理由正不正確。說不上來羞愧、恥辱、逃避什麼的算不算好理由。但我有留在那裡的好理由。

我留下來，因為我去的第二天，團體治療師就告訴我，別再想像女兒會覺得我很糟糕了。他要我開始想像，我要做些什麼，才能讓女兒以我為榮。我跟你說，這句話真的有用。我開始一直想這件事。

慢慢的，這件事變成隧道盡頭召喚我的光……想像一個女兒……（停頓，恢復冷靜）想像自己是會讓女兒感到幸運的爸爸。

每天，我不停努力，讓自己更接近那樣的形象。

葛藍：比利離開勒戒中心那天，我開車去載卡蜜拉和寶寶，三個人一起去接他。那時茱莉亞已經長成我見過最胖的小寶寶了。（大笑）真的啦！我還跟卡蜜拉說：「你都餵她奶昔嗎？」

肥嘟嘟的臉頰，還有圓圓的小肚子，可愛得不得了。

勒戒中心外面有一張附遮陽傘的野餐桌，卡蜜拉抱著茱莉亞坐在那邊等，我進去找比利。他穿的衣服，就是我最後一次看到他穿的那套，那時我們都還在哈特福。不過他有變胖一點，氣色看起來健康多了。

我問：「你準備好了嗎？」

他說：「好了。」但他看起來有點不確定。

我摟著他的肩膀，說一些我認為應該可以鼓勵他的話。我說：「你會成為一個好爸爸。」我好像應該要早點對他說這句話，不曉得為什麼到那時才想到。

比利：茱莉亞出生六十三天之後，我見到她了。即便到了現在，我也……很難不責怪自己。可是我看到她的那一秒，我的天。（微笑）站在野餐桌旁邊，跟他們在一起，彷彿有人拿斧頭把我砍碎，在痛苦中我感受到了一切，從內心深處蔓延到全身。

我居然……建立了一個家庭。沒有計畫，沒有多想，也沒有成家的人應該具備的各種條件，偏偏，我就這樣建立了一個家庭。我眼前還有一個剛來到這世界的小小人，她的眼睛像我，但她不知道我做過什麼事，只會在乎我從那一刻開始是個什麼樣的人。

我跪倒在地上。對卡蜜拉只有感激。

我、我真的不敢相信自己讓卡蜜拉經歷了什麼，也不敢相信她居然還願意站在我面前，給我另一次機會。我不值得她這樣對我。我知道我不值得。

我告訴她，下半輩子我會努力加倍補償她。那天的承諾，應該是我這輩子最謙卑的承諾，也是我心中充滿最多感激的承諾。

我知道我們基本上結婚已經快一年了，但我到那時才把自己真正交給她。永永遠遠，此生不渝。還有我的女兒。我會為她們付出一切，全心全意養育這個小女孩。

我們上車時，卡蜜拉小聲對我說：「我們，會永遠永遠在一起。別再忘記了，好嗎？」

我點點頭，她親了我一下。然後葛藍開車載我們回家。

卡蜜拉：我想，相信就是，在別人有所表現之前，你先相信。否則就不是相信了，對吧？

《第一張》：一九七四—一九七五

一九七四年，黛西・瓊斯拒絕進西好萊塢的唱片工廠錄音室參加任何錄音，繼續無視她與跑者唱片公司的合約。

同時，席夢・傑克森與超視線唱片（Supersight Records）簽了新約，發行的節奏藍調舞曲大為暢銷，讓她一躍成為國際級歌手，她的作品後來也被視為原生迪斯可舞曲的經典曲目。她以〈愛情的藥〉（The Love Drug）和〈讓我動一動〉（Make Me Move）等歌曲攻佔了法國與德國的舞廳排行榜冠軍。

一九七四年夏天，席夢前往歐洲開巡迴演唱會，黛西則變得越來越焦躁。

******

黛西：我白天忙著讓自己曬黑，晚上忙著嗑藥。我不再寫歌，因為如果沒有人想讓我錄成唱片，寫再多也沒意義。

漢克每天都來看我，一副關心我的樣子，其實只是想說服我進錄音室，像是在哄不願意上場比賽的冠軍馬。

然後有一天，泰迪・普萊斯來找我。我猜他是奉命來搞定我的，來說服我進錄音室。那時泰迪大概四五十歲左右，英國人，很迷人，有點爸爸的感覺。

我一打開門就看到他站在門口，連招呼都沒打，就直接說：「黛西，廢話少說，你再不去錄專輯，跑者就要把你告上法院了。」

我回答：「我無所謂。他們可以把錢拿回去，讓我不能繼續住這裡也行。大不了我去睡紙箱。」我那時非常難搞，完全不知道吃苦是什麼滋味。

泰迪說：「親愛的，只是進錄音室而已。到底有什麼難？」

我跟他說：「我想寫自己的東西。」我想我可能還像小孩一樣把手交叉放在胸前。

他回答：「我讀過你的東西。有些地方看起來不錯，可是裡面沒有一首歌是完整的。你沒有東西可以錄啊。」他說我應該好好履行我跟跑者簽的合約，同時他也會幫我把歌打磨到可以出專輯的程度，他認為「可以把這點當成合作的共同目標。」

我說：「我現在就想要發行我的作品。」

我這句話惹惱他了，他說：「你只想當一個職業追星族嗎？這就是你想要的嗎？現在你眼前有個機會讓你做自己的作品，可是你寧可讓鮑伊搞大你的肚子。」

我要先在這裡澄清一件事：我從來沒跟大衛・鮑伊上過床。至少，我很確定我沒有。

我回答：「我是藝術家。你們不讓我錄我想錄的專輯，我就不進錄音室。永遠不進。」

泰迪說：「黛西，在完美的條件下才願意創作的人才不是藝術家，只是混蛋而已。」

我直接在他面前甩門。

那天晚一點的時候，我打開創作集，認真看每一頁。雖然很不想承認，但我看到他說的問題了。有幾句還不賴，可是我沒有任何從頭到尾都很完整的東西。

我那時寫歌的方式，就是一想到什麼旋律，就幫這段旋律配上歌詞，然後就沒再管這些旋律和歌詞了。我不會在寫完一兩段之後繼續發展同一首歌。

我坐在小屋的客廳裡，創作集放在腿上。我看向窗外的時候發現，如果不去努力嘗試——就是為我想要的事物去流血流汗流眼淚——我永遠完成不了任何東西，也永遠不可能影響任何人。

過了幾天，我打電話給泰迪，跟他說：「我會錄你的專輯。我會照你說的做。」

他回答：「是你的專輯。」然後我發現他是對的。就算沒有完全照我想要的方式做，專輯還是我的。

席夢：回洛杉磯的某一天，我去馬爾蒙找黛西。我發現廚房冰箱上有一張紙，上面寫了一些歌詞。

我問：「這是什麼？」

黛西回答：「我正在寫的歌。」

我說：「你不是通常都會有幾十首嗎？」

她搖搖頭回答：「我想把這首寫到好。」

黛西：我年輕時學到了一個很重要的教訓——了解什麼是憑空得到的，什麼是努力得來的。我以前很習慣憑空得到東西，沒意識到努力得來的東西對一個人的靈魂有多重要。

如果我只能感謝泰迪・普萊斯一件事——說實在，我有太多事要感謝他了——我會感謝他讓我學會付出努力贏取想要的事物。

我從那時開始懂得努力。進錄音室工作，盡量保持比較清醒的狀態，唱他們要我唱的歌。我不會每次都照他們的指示唱，會提出一些自己的想法，而且我也覺得因為我有堅持保留一點自己的風格，這張專輯做得比我預期還好。不過通常我都照他們的要求，遵守遊戲規則。

專輯做完了，十首抒情歌漂漂亮亮包裝在一起。泰迪問：「你覺得怎麼樣？」

我跟他說，做出來的東西跟我想的不太一樣，但這張專輯應該還是有屬於自己的好。我覺得專輯有點像我，又不太像我，我不確定這樣是很棒、很糟，還是怎樣。泰迪笑了，說我聽起來像個藝術家。我喜歡他的回答。

我問他，專輯應該取什麼名字，他說不知道。我說：「我想取《第一張》，因為我打算之後還要出很多張。」

尼克・哈里斯：黛西・瓊斯在一九七五年的年初發行了《第一張》。他們把她包裝成下一個達絲蒂・史賓絲菲爾（Dusty Springfield）。在專輯封面上，淺黃色背景中有一面鏡子，她正在照鏡子。

整張專輯沒有任何突破框架的歌，可是日後再回顧，會發現潛藏在表面之下的粗礪和鋒利。

她的第一首主打歌，翻唱〈在那好日子〉（One Fine Day），編曲比其他大多數的版本還複雜；第二首主打歌翻唱〈我的沉淪路〉（My Way Down），受到熱烈歡迎。

由此可見，這張專輯展現的黛西・瓊斯風格還不成熟，但已經達成出專輯的目的——大家開始認識她的名字；她上電視在《美國音樂台》（*American Bandstand*）登台表演；《馬戲團》週刊（*Circus*）有一張跨頁是她戴著招牌圈形耳環的美照。

她的外貌出眾，言行大膽又有趣。她的音樂還沒什麼個人特色，然而……你感覺得出來黛西·瓊斯潛力無窮，她的時代終將來臨。

《七八九》：一九七五—一九七六

才剛離開勒戒中心，回家跟卡蜜拉和女兒團聚，比利・鄧恩又開始寫歌了。等他收集夠多素材，六人組就重回錄音室錄製第二張專輯。從一九七五年的六月到十二月，六人組製作了即將收錄於《七八九》的十首歌。可是他們完成時，泰迪告訴他們，理奇・佩倫提諾對這張專輯沒什麼信心，覺得裡面沒有夠強的主打歌。

*****

比利：感覺很像在往前走的時候突然被砍斷腿。我們都已經準備好了，我們覺得專輯做得很好。

艾迪：老實跟你說，我很意外泰迪到了那個節骨眼才提出這個問題。我聽專輯母帶的時候，就覺得整體聽起來偏軟，至少以每首歌的主題來說是這樣。比利寫的每一件事都跟他的家人有關。

彼特說得最貼切：「搖滾樂表達的是第一次跟女友親熱的興奮感；不是描寫跟老婆恩愛的日常。」這是彼特說的喔！他還是跟比利差不多專情的人誒。

葛藍：我跟泰迪說，我們有很多歌可以當主打歌。我問他說：「那〈等一下再呼吸〉（Hold Your Breath）呢？」

他說：「太慢了。」

我又問：「那不然〈屈服〉（Give In）？」

他說：「太重搖滾了。」

我不死心又問了幾首歌，可是泰迪一直說理奇是對的。歌都很好，但我們需要吸引更多聽眾群的東西。他說我們這次的目標必須是暢銷榜冠軍。我們的第一張專輯表現得很好，如果我們想繼續成長，目標就要訂高一點才行。

我說：「是沒錯啦，可是我們又不一定要當第一名。最俗濫的歌才會跑到第一名啊。」

泰迪說：「你們要把冠軍當目標，因為你們做的音樂比任何人都還要他媽的好。」

這確實有道理。

比利：我不記得是誰想到要做二重唱的。我自己不可能想到這個點子。

艾迪：泰迪說我們應該要把〈甜蜜巢〉（Honeycomb）做成男女對唱，我就更加不懂了。他找了全專輯最軟的歌，還說要再加上一個女生的聲音，這樣就可以解決問題了嗎？感覺會把這首歌弄得更像流行金曲四十強的東西。

我跟彼特說：「我才不想待在該死的抒情搖滾團哩。」

比利：〈甜蜜巢〉是一首浪漫的歌，但也有點傷感的情懷。歌裡寫的是我承諾要讓卡蜜拉過的生活。她希望我們有一天可以搬去北卡羅萊納州，住在那邊度過我們的晚年。她媽媽的娘家在那邊。她希望可以住在離水邊近一點的地方，房子周圍有寬闊的土地，最近的鄰居住在一英哩外之類的。

這是我寫給她的誓言，代表著我有一天要給她的事物。廣大的農莊，很多孩子，人生風暴過後的平靜。〈甜蜜巢〉就是這樣。我不覺得讓別人加進來唱這首歌有什麼意義。

泰迪不認同。他說：「再多寫一個女聲的部分。寫卡蜜拉會怎麼回應你。」

葛藍：我覺得我們應該讓凱倫試試對唱的部分。她的音質很好。

凱倫：我的聲音特質擔不起主唱的角色。我可以在合唱時幫人和音撐場面，可是獨唱就沒辦法了。

沃倫：葛藍每次稱讚凱倫都會把馬屁拍到馬腿上。我那時都會想：老兄，你沒機會了啦。找別的妹子吧。

比利：泰迪一直想找在舞廳很活躍的女生來唱這首歌。我不喜歡這個主意。

凱倫：泰迪差不多講了十個女生的名字，比利才開始放棄抗拒。我親眼看著這件事發生。比利看著泰迪寫給他的名單，一個一個看，一個一個說：「不要、不對、不行。棠雅・雷汀？不行。蘇西・史密斯？不行啦。」然後比利問：「黛西・瓊斯是誰？」

這時泰迪激動了起來，說他很希望比利會這麼問，因為他認為黛西就是我們要找的人。

葛藍：在那之前幾個月，我在金熊夜總會（Golden Bear）[26]聽過黛西唱歌。我覺得她很迷人，聲音很沙啞又很有魅力，可是我不覺得她適合我們的專輯。她比我們年輕，唱的東西偏流行。我問泰迪：「為什麼不能讓琳達・朗絲黛（Linda Ronstadt）來跟我們錄這首歌啊？」那時候很多人都喜歡她。結果泰迪說我們應該要找同公司的人。他說黛西的音樂比較偏市場主流，這對我們也有好處。

這時我就懂泰迪為什麼推薦黛西了。

我跟比利說：「如果泰迪是想要幫我們拓展到不同的聽眾群，那找黛西就很合理。」

比利：泰迪不肯放棄，一直黛西黛西黛西。就連葛藍也開始勸我。我說：「行。如果這個黛西有興趣的話，那我們就試試看。」

羅德：泰迪是很厲害的製作人。他知道圈內有很多人開始在注意黛西・瓊斯，這首歌如果做得好，就會很轟動。

黛西：我當然聽過六人組，畢竟我們在同一家唱片公司。我也在廣播上聽過他們的歌。

我那時對他們的第一張專輯沒有太多興趣，不過泰迪放《七八九》給我聽的時候，我覺得很震撼，立刻愛上那張專輯，還一口氣連聽十次〈等一下再呼吸〉。

我喜歡比利的聲線，聽起來有點悲涼，感覺很脆弱。我那時想：這個男人聽起來經歷過一些滄桑。我覺得他歌聲裡的哀愁感聽起來很美，那是我沒有的東西。我的聲音聽起來像一

26 一九二三到一九八六年在杭亭頓海灘營業的夜總會，有搖滾樂及鄉村音樂的表演。

條全新的牛仔褲，比利聽起來卻像是已經穿很多年的牛仔褲。

我覺得我們應該可以互補，帶出很不一樣的東西。後來我一直聽初始版的〈甜蜜巢〉，可以感覺得出來似乎少了什麼。我讀了歌詞，然後我……我懂那首歌了。

我覺得這是我的機會，幫這首歌加點什麼，做出貢獻。要進錄音室錄這首歌讓我很興奮，因為我覺得自己終於可以真正發揮用處了。

比利：黛西來的那一天，我們都進錄音室了，但我覺得除了我和泰迪，其他人都應該回家。

黛西：我本來打算穿侯斯頓的衣服，可是我睡過頭了，又弄丟鑰匙，還找不到我的藥瓶，整個早上一團亂。

凱倫：她出現的時候，身上只有一件男用襯衫當成洋裝在穿，就這樣。我那時還想：她的褲子呢？

艾迪：黛西．瓊斯是我看過最漂亮的女生。她的眼睛很大，嘴唇超豐滿，還長得跟我差不多高，看起來很像一隻瞪羚。

沃倫：黛西沒臀又沒胸，木匠最喜歡這種，平整得像切好的木板，工作時好下手。唔，我是不知道她好不好下手啦，可能很難。看看男人對她的反應就知道，局面完全由她掌控，她自己也知道這一點。就連彼特看到她，也一副舌頭快要收不回嘴巴裡的樣子。

凱倫：她很漂亮，我擔心一直盯著她看會冒犯到她。可是我後來轉念一想：擔心個屁，她這輩子搞不好都是這樣被人盯著看。她搞不好還以為盯著看就是一般的看。

比利：我看到她就自我介紹了一下，然後說：「很高興見到你。很感謝你來幫我們這個忙。」我問她要不要聊一下這首歌，練習一下她要錄的部分。

黛西：我已經練習了整個晚上。而且我幾天前跟泰迪一起在錄音室把這首歌聽了好幾遍。我很清楚自己要做什麼了。

比利：黛西只說：「不必了，謝謝。」就這樣。我的想法意見似乎對她毫無價值。

羅德：她直接進錄音間，做發聲練習開嗓。

凱倫：我說：「各位，我們沒必要都留在這裡看著她吧。」可是沒人移動。

黛西：我後來只能說：「可以給我一點喘息的空間嗎？」

比利：大家終於退出去，留下我、泰迪和亞提。

亞提・施耐德：我讓她用其中一間獨立錄音間。我們做了兩次測試，不知道為什麼麥克風一直收不到聲音。

我大概花了四十五分鐘才弄好麥克風。她站在那邊，三不五時唱幾句，說「測試測試，一二三」幫我的忙。我可以感覺到比利整個人越來越緊繃，可是黛西冷靜面對這一切。我說：「抱歉，麻煩你了。」她會說：「這種事急也沒用，該好的時候就會好了。」

黛西對我滿好的。她總會讓我覺得她是真的關心我這一天過得怎麼樣。做得到這點的人不多。

黛西：那首歌的歌詞我大概讀了一百萬次吧。要怎麼唱，我有我的想法。

比利唱得像在哀求。我覺得，他唱的方式聽起來像是他自己也不確定能不能信守承諾。我喜歡這種感覺。這首歌有趣的地方就在這裡。所以我的計畫就是，把我的部分唱得像是我想要相信他，只是內心深處可能還是有懷疑。我認為這個做法可以讓這首歌的層次更豐富。

我們終於弄好麥克風之後，亞提給我開始的手勢，比利和泰迪看著我──然後我靠近麥克風，開始唱得像我不相信比利會在蜂巢附近買房子，不相信這一切會成真。那就是我詮釋這首歌的角度。

副歌的歌詞本來是「我們想要的生活等著我們／我們會活到那天，一起欣賞水光倒映燈影／你會摟著我，你會摟著我，你會摟著我／直到那天來臨。」

我第一次照原來的歌詞唱，第二次唱的時候，做了一點小改動。我這樣唱：「我們想要的生活會等人嗎？／我們會活到那天，一起欣賞水光倒映燈影嗎？／你會摟著我，你會摟著我，你會摟著我直到那天來臨嗎？」

我把陳述句唱成問句。

比利還沒等我唱完，就打斷我，按了對講鈕。

比利：她唱錯歌詞了。當然不能讓她用錯的歌詞繼續唱下去。

亞提．施耐德：比利絕對不會讓別人在錄音時那樣打斷他，他當時那麼做，我嚇了一大跳。

比利：這首歌寫的是痛苦掙扎後的快樂結局。我不認為懷疑的語氣適合這首歌的意境。

凱倫：比利寫那首歌是為了說服自己，他想給卡蜜拉的未來不會改變。但其實他和卡蜜拉都知道，他隨時都有可能變回老樣子。

我會這麼說是因為，比利離開勒戒中心的第一個月，就胖了四公斤半，因為他會在半夜吃一堆巧克力棒。後來他沒再吃，可是開始做木工。那陣子如果去比利和卡蜜拉他們家，會看到比利一直在弄一張桃花心木餐桌，然後旁邊還有幾張他釘好的醜醜餐桌椅。

亂買東西這件事我已經不想說了。喔，不過最糟的可能是跑步——大概有兩個月吧，比利天天都會跑到不能跑為止，每次都穿著超短的運動短褲和無袖背心在街上跑。

羅德：比利很努力。他好像做很多事都很容易，但其實他花了很大的力氣才讓自己沒再碰酒和藥。你也可以看得出來他承受很多壓力。

凱倫：比利寫那些歌想告訴自己，一切都控制得很好，幾十年後他還會保持這個狀態，老婆和家人也都還會在他身邊。

可是黛西唱這首歌，只用兩分鐘就把他佈置好餐具的桌布拉掉了。

羅德：黛西又多錄了好幾次，每一次很容易的樣子，好像不必花什麼力氣做什麼事，每個音符就輕輕鬆鬆唱出來了。

比利離開錄音室時，我看得出來他很焦躁。我說：「別把工作帶回家。」但他的問題不是他會把工作帶回家，而是他會把家庭帶進工作。

凱倫：〈甜蜜巢〉本來是一首關於安全感的歌，這下成了描寫不穩定的歌。

比利：那天晚上，我跟卡蜜拉抱怨黛西把歌詞改成問句這件事。

其實那時候卡蜜拉照顧茱莉亞忙得不得了，然後我還在旁邊為這首歌的事抱怨個不停。她只是這樣回我：「比利，這只是一首歌，又不是現實人生。別讓歌影響你的人生好嗎。」她說得容易。對，我應該放下這件事比較好。

偏偏我放不下。我就是不喜歡黛西把歌詞改成問句，也氣她憑什麼覺得可以這麼做。

卡蜜拉：當你把人生都放進音樂裡，你就沒辦法理性看待自己的音樂。

葛藍：我覺得黛西做的事完全出乎比利的意料。

亞提・施耐德：我們把黛西的聲音和其他部分剪輯在一起時，覺得天啊——他們兩人的聲音搭配得太好了——好聽到泰迪甚至想把其他東西都拿掉。於是他讓我把鼓聲變輕，加強鍵盤的部分，把葛藍的一些花俏炫技剪掉。

最後配器只剩下主要伴奏的空心吉他和負責節奏的鋼琴，主軸都集中在人聲。這整首歌完全變成人聲的交互作用——它還是有動感，節奏還是很輕快，你還是可以跟著律動，但你最先注意到的會是人聲。然後你會沉醉在比利和黛西的歌聲裡。

艾迪：他們把一首搖滾歌曲弄成流行歌！還在那邊覺得很得意！

羅德：最後的混音結果泰迪非常滿意。我也很喜歡。不過大家都看得出來，比利很不爽。

比利：我喜歡新的混音結果。可是我不喜歡黛西的部分。我說：「這個混音可以用，但是要把她的聲音拿掉。就算不做男女對唱也能聽。」可是泰迪一直告訴我要相信他。他說我寫了一首暢銷金曲，我得讓他做該做的事。

葛藍：你也知道吧？比利習慣主導一切。寫歌詞的是他，作曲、編曲的也是他。比利去勒戒，巡迴演唱會就取消；比利準備好進錄音室，我們就要全部去報到。一切都圍繞著他進行。

所以他很難接受〈甜蜜巢〉變成這樣。

比利：我們是一個團隊。

艾迪：老天，比利應該不會承認他以前怎麼輾壓我們其他人。本來是比利想怎樣就照比利說的做，可是黛西一出現，他就沒辦法每次都事事順心了。

黛西：我那時真的不懂為什麼比利看我不順眼。我來錄音，讓一首歌變得稍微好聽一點，究竟他有什麼好不滿的？

幾天後，我去錄音室聽最後的剪輯成果，遇到比利，我對他笑，跟他打招呼，結果他只是點點頭。他給我的感覺很像在說，承認我在那裡是在給我恩惠。連一點專業的風度都沒有。

凱倫：這是男人的世界。其實這整個世界都是男人的世界，而音樂圈……女生在裡面並不好混。你必須要得到男人的認可才能做事，得到認可的方式大概就兩種。一種是讓自己像男人，這是我選擇的方式。或者讓自己的一舉一動都非常女性化，很會跟人打情罵俏、眉來眼去，他們喜歡這樣的女生。

可是黛西打從一開始就不屬於這兩類人。她會讓你覺得「不接受我就給我滾」。

黛西：我才不管我有沒有名。我也不管你會不會讓我錄你的歌。我只是想做出有趣又前所未有特別的東西。

凱倫：剛開始玩音樂的時候，我本來是想學電吉他。結果我爸幫我報名鋼琴課。他這麼做也沒有惡意，他只是覺得女生適合鍵盤樂器。

我每次想做任何事，類似的事情就會發生。

我去應徵寒冬樂團前，買了一件很好看的迷你裙，淺藍色的，上面還配了一條寬皮帶，我覺得簡直是一件幸運裙。不過，我去試彈那天沒有穿這件裙子，因為我知道只要一穿，他們就會把我當女生。我希望他們把我當鍵盤手，所以那天我穿牛仔褲，還有從我哥那裡偷來的芝加哥大學T恤。

黛西就不會這樣。她可能永遠都不會想到要做這種事。

黛西：任何時候我想穿什麼就穿，我想跟誰做什麼就做。如果誰有意見，干我屁事。

凱倫：你應該知道，我們有時候會遇到那種沒什麼志向但面臨困境卻不慌不忙的人，對吧？黛西就有點像這樣，而且她完全沒在管世界運行的法則。

我本來覺得自己可能會因此討厭她，但我沒有，反而還很喜歡她這點。因為這表示她不會輕易接受我以前受過的折磨。而且有她在，我也不必再忍受那些鳥事。

黛西：凱倫的手指比很多人的整個身體都有才，六人組根本沒讓她充分發揮才能。不過她後來有改變這件事，在錄下一張專輯的時候。

比利：母盤送去壓片的時候，我跟泰迪說：「你讓我討厭自己的歌。」

泰迪回我說：「你可能要過很久才會放下這件事。不過我的直覺告訴我，攻佔排行榜頂端之後，你就不會那麼痛苦了。」

尼克．哈里斯（搖滾樂評）：在〈甜蜜巢〉一曲中，比利和黛西的聲音及表現方式，為日後的黛西．瓊斯與六人組奠定了良好的基礎。

他們的聲音產生了特別的化學反應——比利的善感，黛西的易傷——攫獲你的心，縈繞你的耳。比利吟得低沉絲滑，黛西唱得高亢沙啞，融合起來卻不費吹灰之力，彷彿已有合作多年的默契。這兩股聲線交織成深刻動人的呼喚與回應，述說著浪漫的理想未來終將幻滅的故事。

這首歌本來有過於甜膩之嫌，然而尾段的處理卻讓整首歌的甜度收斂得恰到好處。原本會成為校園舞會配樂的歌，忽然畫風一轉，成了人生缺憾的鐵證。

《七八九》是一張好專輯，甚至可以說是偉大的專輯。浪漫程度更甚於他們的首發專輯，少了性與藥的暗示，卻搖滾依舊，節奏不失澎湃，反覆樂句照樣犀利。

其中〈甜蜜巢〉顯得特別突出。這首歌向世界宣告，六人組也有做出頂級流行歌的實力。這無疑會是一個轉捩點——他們將成為天團，從這裡開始。

數字巡迴演唱會：一九七六—一九七七

《七八九》在一九七六年六月一日上市。〈甜蜜巢〉在排行榜上從第八十六名開始竄升。

六人組先是以類似駐場的頻率在威士忌搖擺舞登台，為接下來的全國巡迴演出做準備。

*****

葛藍：我們在洛杉磯活動了一陣子，改進我們的表演。基本上每一首歌都會照專輯的編曲在台上合奏，但所謂的每一首不包含〈甜蜜巢〉。比利為這首歌做了一個沒有黛西的版本，就是把黛西的部分拿掉，用他原本想錄的方式唱這首歌。聽起來不賴，只是感覺怪怪的，好像少了什麼。其他歌倒是合得很好。我們每一首歌、每一個音符都合作無間。大家在台上彈得很暢快，觀眾在台下叫得氣氛熱烈，表演很成功。

比利：有的人一星期會來兩三個晚上，為了看我們；而且我們表演的時候，人還會越來越多。

羅德：比利應該要邀請黛西參加幾場洛杉磯的表演。我跟他這樣講，可是他左耳聽右耳出。

席夢：他們表演的時候完全沒想到要找黛西，她覺得很難過。至少我跟她聊天時感覺到的是這樣。我們已經不像以前那麼常聊天，畢竟我忙著在外面巡迴。不過我還是有持續在關心她發生了什麼事，她也一樣。

凱倫：黛西跟出入威士忌搖擺舞的人都很熟。她在日落大道認識的人比我們多太多了，所以她出現在我們表演的場子根本是遲早的事。

黛西：我沒有要踢館搞破壞的意思。如果比利不想找我跟他們一起表演，那也沒關係。可是我不想因為他們沒找我就刻意不去威士忌搖擺舞。

還有，那時候我開始跟漢克上床，對，這麼做不太明智，但老實說，那時候我常常不是醉就是茫，頭腦確實不是很清楚。我甚至不覺得漢克很吸引我，也不認為我有多喜歡他——他長得有點矮，下巴方方的，可能笑起來還不錯看。會跟他在一起，只是因為他似乎一直都在我身邊。

總之，那天我跟漢克一起去彩虹酒吧燒烤餐廳，我們出來的時候，在威士忌搖擺舞外面遇到他朋友，就一起進去了。

凱倫：葛藍對我點點頭，用眼神示意她站在台下的位置。然後我們發現比利也看到她了。

艾迪：那時候我們都在威士忌搖擺舞表演，幾乎每天晚上都在那邊。我要怎麼彈，比利都有很明確的指示，十足的控制狂。可是黛西會不會出現，他控制不了。

而且天啊，她穿那套短洋裝美呆了。女生那時候都不穿胸罩的，這個潮流沒有延續下來真是太可惜了。

比利：我能怎麼辦？她就站在那邊，我還能不讓她一起唱這首歌嗎？她是在逼我啊。

葛藍：比利對著麥克風說：「各位女士先生，黛西・瓊斯今晚到現場了。你們想聽我們一起唱〈甜蜜巢〉嗎？」

黛西：我走到麥克風旁邊，比利正好面對觀眾，我就想說：比利・鄧恩有穿過不是丹寧布做的襯衫嗎？

比利：她上台的時候打赤腳，我忍不住想：這女孩在幹嘛？穿好鞋子啦。

黛西：樂團開始演奏，我站在麥克風旁邊等著。第一句比利先唱，他開始唱的時候我在旁邊看觀眾，觀察他們看他的樣子，他真的很會表演。

我不曉得大家有沒有注意到他這方面的才能。現在大家都會講說我們一起表演的時候看起來有多合拍，不過我看過比利私底下的樣子，他真的很有才能，是天生就懂得魅惑群眾的人。

比利：輪到黛西的時候，我轉頭看著她唱，我們沒有排練過，也不曾一起唱過，我本來有點預期我們的表演會很慘烈，可是才過幾秒，我就不再有這種想法，只是看著她。

她的聲音確實很有爆發力。而且她唱歌時幾乎都在微笑，當你認真聽，應該可以聽得出來，黛西的歌聲具有穿透性的感染力，你可以從她唱的每個字聽到她的微笑。

黛西：快唱到第二次副歌時，我考慮過要把歌詞改回去。我知道比利非常討厭我把歌詞改成問句。可是等我要開口唱時，我又想：我在這裡不是為了讓比利喜歡我，而是為了做好我的工作。後來我就照錄音時的方式唱了。

比利：在旁邊聽到她唱那段讓我覺得尷尬。

凱倫：黛西和比利站在一起，對著同一支麥克風唱歌。黛西唱歌時比利看她的樣子，還有黛西看比利的樣子……應該可以說火光四射。

黛西：最後我們和聲唱最後一段，跟唱片不一樣，但我們自然而然就那樣唱了。

比利：我感覺得出來，我們唱的時候，觀眾被我們迷住了。一唱完，大家都在尖叫，是真的在尖叫。

黛西：我知道，在那場表演，我們一起創造了某種特別的事物。我感覺得到。

不管我覺得比利有多混帳，能跟另一個人一起這樣唱歌，表示有一小部分的我跟這個人有所連結，這種感覺讓人很惱火，而且很難排解。

那時的比利就像尖銳的小碎片，會刮人的小碎片。

緊接著他們在威士忌搖擺舞的精彩演出，跑者唱片宣布黛西・瓊斯將擔任六人組的暖場嘉賓，一起參與名為「數字巡迴演唱會」的世界巡迴演出。

比利請求羅德、泰迪和理奇・佩倫提諾改變主意，取消讓黛西參與演出的計畫，可是泰迪給他看了迅速飆漲的售票記錄，最後他不得不妥協。為了排進加開場次，他們的預定行程正在持續延長。

等到他們跟黛西正式展開巡迴，〈甜蜜巢〉已經打入排行榜前二十名。

*****

比利：誰幫我們暖場不重要。我更在乎的是要怎麼在這一路上保持清醒。畢竟這是我在勒戒後第一次上路。

卡蜜拉：比利說他會每天跟我報備三次，還會寫下他做的每一件事。我跟他說，他不必向我證明什麼，因為這樣只會讓他壓力更大，對他一點用也沒有。他只要知道我相信他就夠了。我回答：「讓我知道我能做些什麼讓你覺得比較輕鬆，我不想為難你。」

比利：我決定帶卡蜜拉和茱莉亞一起上路。卡蜜拉那時懷了雙胞胎，已經有兩個月的身孕。我們都知道，等到肚子越來越大，她就不可能常常來看我們了，我希望她先待在我身邊，讓這一切有個好開始。

黛西：參加巡迴讓我很興奮。我還不曾巡迴過。我的專輯賣得還不錯，也得到一些好評，推出〈甜蜜巢〉後，我的專輯賣得更好了。

葛藍：我們都很高興黛西一起來巡迴。她可以跟我們一起玩，是很屌的女生。

有一陣子我們一直在上廣播、拍照，我們的歌在排行榜上越跑越前面，專輯賣得越來越好。我被路人認出來好幾次。以前通常只有比利會被認出來，現在大家也開始認得我和凱倫了。我走在路上還會看到有人穿六人組的T恤。

只要事情能照這樣發展下去，我其實不在意他們要安排誰一起去巡迴。

比利：我們的第一場表演在納許維爾的進出口俱樂部（Exit/In）[27]，我決定，無論幫我們暖場的人是黛西還是誰，我都會用同樣的態度對待。我們以前都是當別人的暖場樂團，現在我們成為主角了，其他樂團以前怎麼對待我們，我想盡量用同樣的方式接納她，先不管個人恩怨。

凱倫：第一場表演開始前，黛西也還沒上台的時候，我們都在後台。黛西趁機吸幾條；有個追星女不知用了什麼手段找到我們，沃倫正在讀她的小紙條；忘了艾迪和彼特那時在做什麼；比利自己一個人在發呆；葛藍和我在聊天。我記得好像是從那場開始的樣子……葛藍剃

27 納許維爾的表演場所，一九七一年開業至今，經過多次轉手仍持續經營。

掉他的鬍子，少了邋遢感，他看起來帥多了。

這時有人來敲門，是卡蜜拉和茱莉亞，她們來跟比利道晚安。

黛西一看到卡蜜拉和茱莉亞，馬上就把藥收進抽屜，抹了抹鼻子，還把手上那杯白蘭地還威士忌之類的酒放得遠遠的。那是我第一次看到她這麼警覺。也許她多少還是在乎這個世界的運行法則。她跟卡蜜拉握了握手，還跟茱莉亞揮手，我記得她還叫茱莉亞「小小雀」。

等到黛西要上台了，她說：「祝我好運吧！」

每個人都在忙別的事沒注意到，除了卡蜜拉，她聽到後祝黛西好運，態度非常誠懇。

卡蜜拉：第一次遇到黛西·瓊斯，我不知道要怎麼看待她。她看起來很散漫，同時也非常和善。我知道比利討厭她，但我不覺得我必須跟他有一樣的想法。

如果硬要說的話，她真的非常漂亮。跟雜誌上的照片一樣，不，可能本人比照片還美。

黛西：我先上台，在納許維爾開場，感覺滿緊張的。我通常不太會緊張，但這次我覺得身體有點放不開。也有可能是吸太多條了。上台之後，我以為台下都是在等六人組的人，但很多人看到只有我也很高興的樣子，他們是為我來的。

我穿著黑色綁帶露背洋裝，戴著金手環和金圈耳環。

除了排練之外，這是我第一次獨自上台，跟漢克幫我找的伴奏樂隊一起。我第一次聽到這麼多觀眾對我吼叫。這麼多人聚在一起，看起來、聽起來都像一個龐大的活物，轟隆隆狂吼的活物。

這種感覺只要有過一次，就會想要一直沉浸在裡面。

葛藍：黛西表演得很好。她的歌聲好，歌也不錯，還很會帶動觀眾。等到我們上台，場面已經炒熱了，觀眾已經覺得很開心了。

沃倫：整個地方都聞得到大麻味，從台上看過去都是煙，後面的人一片模糊。

凱倫：我們上台的那一刻，可以感覺到那裡的人……跟我們之前巡迴的觀眾不太一樣。首先是人比以前多很多，最早的樂迷都還在，不過我們現在還會看到青少年和當父母的人，裡面有非常多女性。

比利：我站在觀眾面前，清醒地感受著他們的雀躍，我知道這時〈甜蜜巢〉已經接近前十名了。我知道自己可以控制眼前的這些人，也知道他們不但想要喜歡我們，他們已經喜歡我們了。我不需要討好他們，我站在台上的時候……我們就已經贏得他們的心了。

艾迪：我們那晚盡其所能把自己榨乾，毫無保留地把一切都給了觀眾。

比利：快結束的時候，我說：「我請黛西．瓊斯回到台上，我們一起唱〈甜蜜巢〉給你們聽，好不好？」

黛西：這時觀眾瘋狂歡呼，整個場地都隆隆響。

比利：他們又尖叫又跺腳，吵得連我的麥克風都在振動，我覺得：哇靠！我們真的成為搖滾明星了。

一九七六年結束前，〈甜蜜巢〉已經高踞《告示牌》百大熱門單曲榜第三名。六人組和黛西受邀上電視，到《唐．克許那的搖滾音樂會》（*Don Kirshner's Rock Concert*）和《強尼．卡森今夜秀》（*The Tonight Show Starring Johnny Carson*）演唱這首歌。結束北美巡迴演唱會的行程後，他們開始準備到歐洲進行較短暫的巡迴演出。卡蜜拉．鄧恩這時懷孕六個月，已經先帶著茱莉亞回洛杉磯。

*****

比利：我不能永遠都把卡蜜拉和茱莉亞帶在身邊，我得想辦法管好自己。

卡蜜拉：我夠了解他，知道自己什麼時候要留下，什麼時候可以離開。

比利：她們不在身邊的第一個晚上很難熬。表演結束後，我記得我坐在旅館套房的陽台上，聽著外面的吵鬧聲，很想去加入那些人。這時我的腦袋裡出現一個聲音說：你不能去，去了你很快就會又醉又茫。

後來我打電話給泰迪。半夜凌晨通常還只是他的晚餐時間。我跟他講了一個自己捏造的假消息。（笑）結果我們變成在討論他會不會娶雅思敏（Yasmine）。他擔心自己年紀比她大太多，我還跟他說不開口的話怎麼會知道結果。電話講得差不多，我也累了，我知道可以去睡了，明天又會是清醒的一天。掛電話前，泰迪問我：「比利，你現在感覺還好吧？」我回答：「對，我很好。」

克服了第一個獨處的晚上，我的感覺好多了。從此也建立了遠離派對的習慣。表演完之後，我會回旅館房間，聽一些唱片，或是去小餐館喝無咖啡因咖啡，讀報紙。有時候彼特或葛藍會陪我。不過大多時候，天曉得葛藍跟著凱倫去哪裡鬼混了。

反正我盡量保持好習慣，讓自己過得像卡蜜拉和茱莉亞還在身邊那樣。

葛藍：不管卡蜜拉在不在都一樣。要工作的時候，比利會跟我們在一起。要玩耍的時候，黛西就來了。這兩個人互不相容，幾乎不會同時出現。

羅德：就在我們出發去瑞典之前，我告訴比利和葛藍說，跑者考慮在歐洲巡迴結束後繼續加開場次。我問如果回美國後再巡迴兩週，他們覺得怎麼樣。

我覺得應該沒辦法。因為我們回來的時候也差不多是卡蜜拉的預產期。比利還擔心他會錯過。

葛藍：這件事沒什麼討論空間。我想不想繼續巡迴？當然想。如果比利得回家，我們是不是就沒辦法繼續？沒錯。偏偏比利就是想回家。那就免談了。

沃倫：我們全都想要再多開幾場，但少了比利我們沒辦法表演。有的表演你可以找臨時代打的吉他手或鍵盤手，可是你不可能找人代替比利。

黛西：我們的演唱會門票都賣完了。有不少來自我的貢獻。

同時，六人組的專輯銷量比我的專輯多好幾倍。他們的專輯做得比較好，這很合理，不過很多人去現場演唱會都是為了看我。有些原本不在乎我是誰的人，聽了演唱會之後還會買黛西．瓊斯T恤。

很多人都在談論我。我也在修整一些寫得比較好的歌。有一首旋律超簡單，歌詞也好記，我覺得還不賴，歌名叫〈當你沉潛時〉（When You Fly Low），內容是關於一個人怎麼面對欠缺自信或受到貶低的情況：「他們要你謙卑／要你頹廢／讓你不能飛／叫你先下跪／逼你只能沉潛。」

我一直跟漢克說，該跟泰迪討論新專輯的事了。但漢克只會說我應該慢慢來。他讓我覺得我好像要求太多了，彷彿我很自以為是，在要求我不應該得到的東西。

我們的關係並不健康，我一開始就不應該跟這樣的男人交往。

一般勸人別嗑藥都不會講到一件事，就是：「嗑藥會讓你跟混帳上床。」這句話應該寫成警語。

而且我還讓漢克滲透到生活中的方方面面：他經常阻撓我跟泰迪溝通，他負責幫我雇用伴奏樂隊，他管理我的收入，他還上我的床。

凱倫：我們去斯德哥爾摩搭的是跑者的私人客機。

黛西：漢克和一些工作人員提早一天出發，但我選擇跟六人組搭同一班飛機過去。表面上是為了跟樂團成員在飛機上玩，其實我只是不想跟漢克一起搭飛機。

艾迪：在飛機上我聽到葛藍跟凱倫講，公司想再加開場次，但他們拒絕了。嘖，我還是第一次聽說這件事。沒人來告訴我或彼特。

我們有一首熱門單曲，跟黛西一起開的演唱會門票也都賣完了。大家都賺了很多錢，樂團成員、隨團工作人員，還有所有靠演唱會維生的人，所有在演唱會場地工作的人——因為比利搞大他老婆的肚子，我們就只能行李收一收回家？

這個決定也沒有投票表決，我們還只能在他們做完決定後才知道。

凱倫：那次搭飛機還滿有趣的。我記得那次沃倫被空服員打了一巴掌。不過我只有聽到巴掌聲，沒看到發生什麼事。

沃倫：我問她那一頭金髮是天生的還是染的。學到教訓了。不是每個女生都能接受這種問題。

凱倫：那一趟旅程黛西跟我大多時候都坐在後面，做我們自己的事。我們面對面坐著，一邊喝雞尾酒，一邊看窗外。我記得黛西拿出一個藥盒，倒出兩顆藥混著酒吞下。

她那時戴了很多手環，整條手臂都是，每動一下就會叮噹響，當她把藥盒放回口袋，手環又開始叮鈴噹啷，我就跟她開玩笑說，有了這些手環根本就等同自備鈴鼓。她覺得這個有意思，拿筆寫在手上。

放下筆之後，她又拿出藥盒，倒出兩顆藥丸放進嘴巴。

我說：「黛西，你才剛吃了兩顆。」

她說：「有嗎？」

我回答：「有啊。」

她聳聳肩，又把藥吞下了。

我說：「拜託你不要變得跟那些人一樣。」

黛西：聽到這句話讓我很不爽。我直接把藥盒塞到她手上，跟她說：「你這麼擔心的話就把這個拿走。我根本不需要。」

凱倫：她把藥丟給我。

黛西：可是一把藥盒拿給她，看到她把盒子收到後口袋，我就慌了。安非他命沒了也沒關係，有需要的話我可以吸古柯鹼。

可是沒有紅中我睡不著。

凱倫：我很意外她可以這麼輕易就把藥給我，然後就不吃了。

黛西：我們到旅館的時候，漢克已經在我房間了。我說：「紅中吃完了。」他只是點點頭，打了一通電話。等到我想睡的時候，手上又有一瓶紅中了。這麼容易就到手了，我很鬱悶。別誤會，我確實想吃藥，也確實有需要。可是這整個無聊的過程就這樣不斷重複，要什麼藥就有什麼藥，沒人來阻擋我。

那晚我睡著之前——手上可能還拿著白蘭地酒杯——我聽到自己說：「漢克，我不想跟你在一起了。」起初我以為房間裡還有另外一個女人在講話，後來我才意識到是我自己在說話。漢克要我快睡，我那時不像在入睡，倒像是要從這個世界上消失了。

隔天早上醒來，我還記得前晚發生的事。把真心話說出來讓我有點難為情，同時又鬆了一口氣。我對漢克說：「我們應該談談昨晚我說的話。」

他回答：「你昨晚什麼都沒說。」

我說：「我說我不想跟你在一起了。」

他聳聳肩說：「對啊，可是你每次快睡著都會講這種話。」

我完全沒發現。

葛藍：大家都覺得黛西應該要甩掉漢克。

羅德：演藝圈有很多為了私利討好藝人的經紀人，這些爛人害我們這些認真工作的人形象也跟著變差。漢克很明顯是在利用黛西。總要有人認真照看她才行。

我跟她說：「黛西，如果你需要幫忙，可以找我。」

葛藍：我想黛西有注意到羅德為我們做的事——他處理每一件事的方式。羅德是第一個相信我們會征服世界的人，他不會跟我們說得到現在的一切就很好了，就應該閉嘴了，他也不會佔我們便宜……不會跟我們上床又一直餵我們藥，讓我們茫到搞不清楚自己在幹嘛。

我跟黛西說：「你就離開漢克，改跟羅德合作吧。羅德已經連你的份也一起做了。」

羅德：其實我那時已經幫黛西做很多事了。我聯絡了《滾石》雜誌的人來看表演。他們打算讓約拿．柏格（Jonah Berg）過來看看，順便在表演後採訪。這次的採訪很有可能會上封面，我特別安排黛西一起來，其實我大可不必這麼做，我可以要求雜誌只採訪六人組，但我想，一起採訪對六人組和黛西都會是好事。

凱倫：約拿．柏格來的那天，我們在格拉斯哥。

黛西：我幹了蠢事。那天才試完音，我就跟漢克吵了一架。

凱倫：葛藍那天下午幫我拿行李過來我房間，因為我的東西不知道為什麼跟他的行李混在一起了。他站在我房間外面的旅館走廊，拿著我裝內衣褲的束口袋，對我說：「我想這應該是你的。」

我把袋子搶過來，對他翻白眼說：「哼，我猜你對我的內褲愛不釋手吧。」這只是在開玩笑。

但他搖搖頭說：「如果要碰的話，我倒希望可以用老派的方式贏得這種機會。」

我大笑說：「你滾啦。」

他回答：「遵命，夫人。」

然後他就回房間了。我關門的時候，卻……我也不知道。

黛西：旅館房間只剩我們兩個，我終於向漢克開口了。他那時摟著我，但我覺得我已經受夠了，不停對他發脾氣，他問我到底是怎麼回事，我回答：「我覺得我們該分手了。」漢克想當作沒聽到，一直說我不知道自己在講什麼，最後我決定攤牌：「漢克，你被開除了。你該走了。」這下他總算聽清楚了。

葛藍：比利跟我正打算去吃點東西——我還跟他打賭說他應該不敢吃肉餡羊肚。

黛西：漢克開始不停罵我。他氣壞了，說話時站得離我很近，口水都噴到我肩膀上了。他說：「要不是我發掘你，你現在只會到處跟搖滾明星上床而已。」

我什麼話都沒回，漢克把我逼到牆邊，我不知道他要幹嘛，也不確定他知不知道自己在幹嘛。

處於這種情況下，眼前有個男人不斷逼近你，你會開始想自己為什麼會跟這個不信任的男人獨處——造成這一刻的每一個決定會閃過你眼前。

直覺告訴我，男人不會做這種事。當他們站在那邊威脅女人，他們會回想自己為什麼一錯再錯，最後錯成混蛋嗎？我懷疑。但他們應該要懂得反省。

我挺直身體，頭腦莫名清晰，手放在胸前保衛我僅存的一點空間。漢克看著我的眼睛，我不知道自己有沒有在呼吸。忽然他捶了一下牆壁，走出房間，甩上房門。

他前腳一離開，我立刻把三道門鎖都鎖上。他在走廊吼了幾句我聽不清楚的話。我坐在床上一動不動。他沒再回來。

比利：我走出房間要去找葛藍，剛好看到漢克．艾倫走出黛西房間，嘴裡還喃喃：「該死的臭婊子。」他看起來有冷靜下來，我覺得應該可以不必理他。可是他突然停下來轉身，像是想回到黛西房間。那時我就知道他會惹麻煩，從他走路的樣子就看得出來，你懂吧？拳頭握很緊，還有咬牙切齒的樣子。我剛好跟他對到眼神，他也看著我，我們互看了一下。我搖搖頭說：「這麼做太傻了。」他一直盯著我，接著低頭看向地板，然後就走開了。

他走了之後，我敲黛西的房門說：「是比利。」

她過了一下才打開門。身上穿了一件深藍色洋裝，沒有袖子的那種。我知道大家都在說黛西的眼睛有多藍，但我到那天才第一次注意到這件事。真的很藍。你知道像什麼嗎？像在大海中央，沒有海岸線，也沒有淺藍的漸層，就是藍得發黑的大海中央，水很深的地方。

我問：「你還好嗎？」

她看起來很悲傷，是我先前沒看過的表情，她回答：「還好，謝謝。」

我說：「如果你想找人聊聊……」我不確定能幫上什麼忙，但我覺得還是應該伸出援手。

她說：「不，我沒事。」

黛西：我都不知道比利在我跟他之間放了一道這麼厚的牆，現在他突然把牆拿開了，我才發現原來有牆。就好比，熄掉引擎後才注意到剛剛的嗡嗡聲是車子引擎的聲音。

我看著他的眼睛，看到了真實的比利。

原來我以前看到的都是防衛心重又冷淡的比利。我才想著：認識現在這樣的比利好像也不錯。他又馬上恢復老樣子了。真實的他就突然出現那麼一秒，然後咻——又突然消失了。

葛藍：我正在等比利過來，這時電話響了。

凱倫：我不知道為什麼會在那天決定這麼做。

葛藍：我說：「喂。」

凱倫也說：「喂。」

凱倫：我們拿著電話沉默了大概一秒，然後我問：「為什麼你不追我啊？」

我聽到他喝啤酒的聲音，他啜了一口然後說：「我不想做注定會失敗的事。」

我還沒想好就忍不住先說了：「我不認為你會失敗誒，鄧恩。」

我才說完這句話，話筒就只剩下嘟嘟聲了。

葛藍：我從走廊跑到她房間，這輩子從沒跑這麼快過。

凱倫：三秒後——真的不誇張——我聽到敲門聲。一開門就看到氣喘吁吁的葛藍。只是在走廊跑一小段路，他就喘成那樣。

葛藍：我看著她。她真的好美。那雙濃眉真好看。我抗拒不了有濃眉的女生。我問：「你剛剛說什麼？」

凱倫：我說：「葛藍，你就來吧。」

葛藍：我踏進她房間，關上門，抓著她狂吻。

你通常不會一大早醒來就想說：今天會是我這輩子最棒的一天。但那天真的是這樣。跟凱倫在一起的那天……是很棒的一天。

沃倫：有件事我不曾跟人提過。不過這件事很有趣，你應該會喜歡。

我們在格拉斯哥巡迴的時候，試完音的休息時間，我正在打啤酒盹——意思就是我會先喝個啤酒，然後睡一下——結果凱倫在隔壁房間跟人做愛的聲音把我吵醒了！吵到我沒辦法再睡下去。

我不知道她在跟誰做，不過我有看到她跟我們的燈光師打情罵俏，所以我猜，她對朋斯有意思。

比利：我離開黛西，想找葛藍一起去吃午餐，可是找不到人。

葛藍：等到我們該出發去表演場地時，凱倫要我悄悄離開她房間，回到我房間換衣服，然後在電梯口等她。

凱倫：我不想讓任何人發現。

比利：我們所有人在後台集合，工作人員像無頭蒼蠅亂成一團，因為黛西的伴奏樂隊沒有半個人出現。

艾迪：看樣子漢克出城之前順道去了一趟阿波羅表演廳（The Apollo）[28]，把那五個幫黛西伴奏的人一起帶走了。他們就這樣離開了。

凱倫：他這麼做真的太卑鄙了。

葛藍：任何事再重要都不會比音樂重要。我們的職責就是上台，為觀眾演出，無論私底下發生了什麼鳥事。

黛西：我的樂隊就這麼離開了，什麼都沒說就走了。我不知道該怎麼辦。

漢克・艾倫（黛西・瓊斯的前經紀人）：我只想聲明，在一九七四到一九七七年間，黛西・瓊斯與我曾經有專業方面的合作關係，後來我們在規劃她的職涯發展時產生意見分歧，雙方同意終止合作。我會繼續祝福她。

比利：我找羅德商量，他已經在設法控制損害。我問他：「如果黛西一個晚上不上台，真的有那麼糟嗎？」

然後，我才說出這句話，就突然想到，他很可能已經在當黛西的經紀人，所以你可以想像，對他來說……確實很糟。

羅德：約拿．柏格會在觀眾席，《滾石》雜誌派他來的。

凱倫：每個人都在想接下來該怎麼辦。但每次沒人注意時，葛藍都會設法跟我對上眼。我一邊笑一邊想：我們應該是要想辦法解決眼前的問題啊。

葛藍：我沒辦法不看凱倫。

凱倫：葛藍是我可以聊心事的對象。那天晚上我發現我很想告訴他下午讓我有多開心。那樣就會變成我想跟葛藍一起聊葛藍。

黛西：我跟羅德說：「也許我可以獨自上台。」我不想放棄，我還想要做點什麼。

艾迪：羅德提議葛藍跟黛西一起上台，這樣他們就可以一起把黛西專輯裡的幾首歌改成空心吉他伴奏版。但葛藍都沒有認真聽，我就說：「我可以伴奏。」

---

28 七〇到八〇年代格拉斯哥的知名音樂地標，自從一九七三年開幕之夜強尼．凱許在此表演之後，許多知名樂團及歌手都曾在此演出，直到一九八五年歇業為止。

羅德：我就這樣讓黛西和艾迪一起上台，完全想像不到會發生什麼事。看著他們走向麥克風，我緊張得像一隻走在熱磚上的貓。

黛西：艾迪跟我表演了幾首歌。全場只有他的吉他和我的歌聲，精簡到幾乎可以說是單調。我記得曲目有〈在那好日子〉、〈直到你回家〉（Until You're Home）。我們表演得還不錯，但沒有特別令人驚豔。我知道《滾石》雜誌的記者也在現場，要讓他留下好印象才行，所以唱到最後一首歌的時候，我決定來點不一樣的。

艾迪：黛西靠過來，給了一個模糊的節拍和音階，要我即興發揮，就這樣。只有「想辦法彈些什麼吧。」我盡力了，你懂我的意思嗎？你不可能就這樣莫名奇妙變出一首新歌啊。

黛西：我那時想讓艾迪彈一些音，讓我可以唱新歌，也就是〈當你沉潛時〉。他開始彈，我跟著唱幾個小節，想讓我們的節奏可以互相配合，可是完全合不起來。後來我說：「好啦，那還是算了吧。」我直接對著麥克風說。觀眾跟著我一起笑了，他們都很支持我，我可以感覺得到。最後我開始獨唱。全場只有我和我的聲音，唱著我寫的歌。

我這麼認真寫了這首歌，從頭到尾都仔細打磨了，裡面沒有半個贅字。然後我終於，搭配自備鈴鼓，還有腳打節拍，自己唱出來了。

艾迪：我在她身後，幫她用吉他的琴身打節拍。觀眾很喜歡。他們目不轉睛看著我們的一舉一動。

黛西：用這種方式唱歌還是有點太匆促了。但這是我發自內心想唱的歌，我寫的每一句歌詞都是我的心聲。

我看著前排的觀眾，他們聽到我的歌聲，也聽見我的心聲。他們都是另一個國家的人，我不曾認識的人，我卻覺得跟他們產生了特殊的情感連結，這是我這輩子從未有過的感覺。

這就是我一直都這麼喜歡音樂的原因。不是因為好聽的聲音，不是因為熱情的觀眾，也不是因為令人興奮的表演，而是因為你可以讓很多話——伴隨著情緒、故事和真相——從你的口中流出來。

音樂可以挖掘，你懂嗎？音樂會在你的胸口插進鏟子開挖，直到挖掘出東西為止。那天晚上，唱出這首歌，我希望做出專屬創作專輯的想法更加堅定了。

比利：黛西在唱〈當你沉潛時〉，我站在後台看著她和艾迪。她很厲害。比……比我想像的還厲害。

凱倫：比利對她目瞪口呆。

黛西：我一唱完，全場觀眾歡呼尖叫連連，我覺得自己在台上已經發揮了所有的能力，也覺得自己成功翻轉局面，讓他們看到一場好表演。

比利：她唱完歌，我聽到她跟觀眾說再見，我想到：我們現在可以唱〈甜蜜巢〉，就我跟她。

葛藍：看到比利走上台讓我吃了一驚。

黛西：我跟平常一樣說：「我今晚的表演到此結束啦！接下來，請大家用熱烈掌聲歡迎——六人組！」但我還沒說完，比利就走上台了。

比利在台上非常耀眼。有的人，如果你把那些燈光打在他們身上，他們會從台上消失；可是有的人照到那些光，反而會更光芒萬丈，比利屬於後面這一類。喔對，下了台就不是了。私底下他臉很臭，藥酒不沾，看不出來有任何幽默感。老實跟你說，那時候我覺得他不怎麼討喜。

可是上了台，他會讓你覺得，他最想做的事就是站在你身邊，跟你一起表演。

艾迪：我正抱著吉他坐著，比利走過來，我問：「想要我彈什麼歌？」

可是比利把手伸出來，要我把吉他給他。我才是他媽的吉他手，他居然想要拿走我的吉他。

他說：「兄弟，吉他借一下好嗎？」

我很想回答：「不要，才不借你。」但我能怎麼辦？台下有幾千人在看。我只好把吉他交出去，比利拿了吉他之後，走到黛西的麥克風旁邊。我站在那邊閒到連懶趴都沒事幹，沒必要繼續待在台上，只好偷偷溜下台。

比利：我向觀眾揮手說：「大家，你們覺得黛西・瓊斯怎麼樣？」他們一陣歡呼。「你們可以讓我問黛西一個問題嗎？」我把手放在麥克風上說：「要不要來唱一下〈甜蜜巢〉？就我跟你？」

黛西：我說：「好啊，我們唱吧。」那時我們只有一支麥克風，所以比利站在我旁邊。他似乎用了不少歐仕派體香劑，他吐的氣混合了香菸和百納卡口香噴霧的味道。

比利：我開始用吉他彈前奏。

黛西：比利彈的節奏比平時還慢，給人一種溫柔的感覺。然後他開始唱：「總有一天，一切會回歸平靜／我們會重拾日常，轉換環境／我們會一起穿越風傾草叢，走到石頭遍布的地方／孩子會圍繞在我們身旁。」

比利：然後黛西唱：「喔，親愛的，我可以等你／一起打造新家園／我可以等你，一起期待花開蜂巢香。」

凱倫：你知道有時候我們會這樣形容別人，說他們讓你覺得他們眼前只有你一個人，對吧？比利和黛西都會做這種事，而且很奇怪，他們可以用這個方式對待彼此。他們像是覺得對方是眼前唯一的那個人，雖然我們在看著他們，但他們兩個像是完全沒注意到旁邊有幾千人在看。

黛西：比利是很棒的吉他手。他的琴音有種複雜、精緻的質感。

比利：節奏慢下來，這首歌聽起來就會有更多親密感。整體感覺更柔、更軟。我這時有點驚訝地發現，黛西很快就能抓到我想要的方向。如果我彈得慢一點，她的歌聲就會多加了一股暖意，如果我彈得快一點，她就會多注入一點活力。跟她配合真的很容易。

黛西：我們唱完，他一手拿吉他，一手抓起我的手。他的手指內側全都長繭了，碰到人難免會刮傷人。

比利：黛西跟我向觀眾揮手，他們一直歡呼吶喊尖叫。

黛西：然後比利說：「好的，各位女士先生，我們是六人組！」這時其他團員也上台了，直接開始唱〈等一下再呼吸〉。

艾迪：我回到台上時，我的吉他被晾在旁邊，我還要自己去拿起來。這讓我很火大。我怎麼做事，他要管，我們什麼巡迴，也是他管，這樣還不夠，他還要拿走我的琴，在台上取代我，然後現在我回到台上了，他還不屑親手把琴還給我？你可以了解我為什麼會這麼氣嗎？

黛西：大家都上台之後，我在比利耳邊小聲問：「我要下台嗎？」他搖搖頭表示不用。於是我加入他們，能和聲就幫忙和聲，不然就是甩我的自備鈴鼓。跟他們一起在台上表演，感覺真的很開心。

比利：我不記得為什麼那天晚上黛西會留在台上。我以為她會下台，但她沒下去，我想說：

好吧。她留下來應該也可以。畢竟，這個晚上已經有很多事沒在照原計畫進行。

沃倫：我敢發誓，那天晚上凱倫渾身都充滿著「我剛嘿咻過」的氛圍。我相信朋斯應該有讓她爽到滿臉發亮。

比利：某一首歌剛唱完，我靠近艾迪，想要為早前的事謝謝他，但他不肯看我，我沒辦法跟他對到眼神。

艾迪：我已經受夠比利在那邊裝好人的舉動了。他就是個混帳，裡裡外外都是不折不扣的自私雞巴人。抱歉講得這麼難聽，但我真的這樣想。老實說，我到現在還是這麼覺得。

比利：快要唱到最後一首的時候，我拍拍艾迪的肩膀說：「謝了，兄弟。我只是想讓表演好看一點，因為《滾石》雜誌有派人來。」

艾迪：他說如果是平常的話就會讓我彈，但因為《滾石》雜誌有來，他想要有好表現。

葛藍：在台上的時候，彼特一直給我眼神示意，我想說有什麼問題，後來他用下巴指向艾迪。

這下我懂了。跟比利在一起，你很容易會覺得自己像是次等公民。雖然我們的感覺是這樣，但觀眾願意付錢來看比利也是我們改變不了的事實。大家就喜歡他的歌啊，喜歡他寫的東西啊，喜歡看他表演啊。比利那樣上台拿走艾迪的吉他，是對的決定。當然他這個動作不太尊重艾迪，確實也會讓人覺得很討厭或不爽，可是節目變得更好看了啊。

樂團大多時候都是精英管理制。就算我們運作得很像獨裁政權，比利會成為領導人也不是因為他是個霸王，而是因為他最有才華。

我跟艾迪講過……如果你想要跟比利拼高下，應該是贏不了，所以我不會幹這種事。艾迪沒聽懂我的意思。

凱倫：那一場的最後一首歌是〈轉身走向你〉（Around to You），黛西跟比利一起合唱整首歌。我們不曾做過整首都用人聲和音的嘗試，聽起來很棒。

黛西和比利之間似乎有種默契，馬上就能知道對方想要怎麼做。

比利：唱完那首歌，我覺得那是我們做過最棒的表演。我轉身跟團員說：「各位，幹得好。」

沃倫：艾迪突然激動了起來，大聲說：「老大這麼滿意真是太好了响。」

比利：我那時應該要看清局面，及時抽身，但我沒有。我不記得自己說了什麼，但很明顯是不該說的話。

艾迪：比利走過來跟我說：「你不要因為今晚不順心就對我大呼小叫。」這句話完全惹到我了。你知道為什麼嗎？因為我覺得那天晚上很順利，我彈得非常好。

所以去他的。我直接這樣對他說：「幹，去你的老大。」

比利回答：「別這麼氣，好嗎？」

比利：我好像叫他冷靜一下之類的。

艾迪：比利覺得不重要的事，不代表對我來說不重要。大家都要我照比利的感受看事情，真的讓我煩透了、受夠了。

比利：我覺得這樣應該就沒事了，又轉頭去看觀眾，對他們說：「謝謝大家！我們是六人組！」

凱倫：燈光熄掉前那一瞬間，我看了一下艾迪，他正好把吉他高舉過肩，我有不好的預感。

黛西：艾迪把他的吉他拿起來，舉到半空中。

葛藍：他砸了吉他。

艾迪：我砸爛吉他，然後轉身下台。我馬上就後悔了。那支是六八年出廠的萊斯保羅（Les Paul）[29]。

---

29 Gibson公司的經典電吉他型號，以吉他手發明者Les Paul為名。一九五二年推出，但因為銷量太差，一度在一九六一年停產，後來由於知名吉他手的使用，一九六八年再度生產，這個版本後來成為後繼產品的標準。由於製作品質精良，此型號被收藏家視為保值性和增值性很高的琴款。

沃倫：琴頸脫離琴身後，艾迪又把琴頸甩到地上，然後轉身下台。我本來有考慮踢幾下我的小軍鼓，一起湊個熱鬧，但那是路德維格的鼓，不會有人想弄壞路德維格的鼓。

羅德：看到他們下台，我的心情有點複雜。一方面是因為，他們剛剛完成了一場精彩萬分的演出。另一方面，我也擔心艾迪會想找機會揍比利，但這時約拿・柏格就要來後台了。所以我一看到艾迪，就把他拉到旁邊，給他一杯水，要他冷靜一點。

艾迪：羅德試著勸我收斂一點。我回答：「比利才應該收斂。」

羅德：你也知道，有時候，我只是想盡責工作。而音樂人呢，他們可以讓我的工作有趣到不行，也可以讓事情麻煩到不行。

團員三三兩兩回來後，比利也下台了。我跟他說：「別惹事，好嗎？剛剛發生的事都先給我忘了。約拿・柏格隨時都會過來，你們得繼續好好表演。」

黛西：那場表演很棒，很美好。下台後我激動得快炸開了。

約拿・柏格（一九七一到一九八三年任職於《滾石》雜誌的搖滾樂記者）：格拉斯哥的表演之後，我第一次在後台採訪六人組，看到他們這麼團結有點意外。他們在台上活力十足，還砸吉他；下了台之後，一切卻非常平和，看起來完全像普通人，這在搖滾明星當中還滿奇特的。

不過六人組本來就不是意料之中的那種樂團。

凱倫：大家都在假裝。

比利和黛西假裝他們下台之後都會有交流，但他們平時其實沒在互動。艾迪也在假裝他沒有那麼討厭比利。應該說，我們那晚其實心裡都在想別的事，只是在約拿・柏格面前，我們都要先放下這些事，表現出一切都很好的樣子。

比利：約拿還滿屌的。他是頭髮有點亂亂的人。我們在後台聊了一下，我請他喝啤酒，我自己喝可樂。

他問：「你不喝酒嗎？」

我說：「今晚不喝。」

我不想讓任何記者知道我的私生活。我很注重隱私，也不想讓人知道我讓家人經歷了什麼事。髒衣服沒必要特地拿出來晾。

沃倫：後來不知道為什麼我們都去了附近的鋼琴酒吧。那是我們第一次全員一起出去玩，也是我們六個人跟黛西的第一次。

黛西穿襯衫和短褲，外面加了一件大衣，那件大衣比她的短褲還長，口袋很深。我們一進去酒吧，她就從很深的口袋裡拿出藥丸，混在啤酒裡喝下去。

我問：「你嗑了什麼？」

約拿這時在吧檯旁邊點飲料。

黛西說：「別跟任何人說。我不想聽到凱倫唸我。她以為我戒了。」

我說：「我又不是為了告狀才問你的。我問是因為我也想要。」

黛西笑了，從口袋裡拿了一顆藥給我。她把藥丸放在我手裡，我還看得到上面的絨屑。就是零散的藥丸從口袋裡拿出來會有的樣子。她那時好像在每個口袋裡都有放一些藥。

比利：我跟約拿坐在一起聊天，他問了當初我們怎麼湊在一起，還有接下來有什麼計畫，諸如此類的問題。

約拿・柏格：訪問一個樂團時，你會想跟每個人都聊聊，因為每個人都可能會有好故事。不過你也可以很明顯感覺到，讀者最感興趣的會是比利和黛西，或是葛藍、凱倫這類的成員。

艾迪：不用說，比利霸佔了約拿，搶走了他的所有注意力。彼特一直叫我抽根大麻冷靜冷靜。

凱倫：在鋼琴酒吧裡其他人都在跟記者講話。我拉著葛藍去了女廁。

葛藍：我才不想公開說誰在哪裡做了什麼。

比利：我很意外發現自己玩得很愉快。當然，我知道艾迪恨我恨得牙癢癢，但我們其他人相處得很好，我有這個機會能再出來玩也很有趣，而且我們剛完成了一場很棒的表演。

黛西：那段時期讓我感覺最好的晚上，就是藥量有抓好的晚上。完美劑量的古柯鹼，完美時機吞下的藥丸，混著讓我心情高昂的適量香檳。

凱倫：後來我跟葛藍回來跟大家會合，我坐在黛西旁邊，跟她分一瓶酒。嗯也有可能我們各喝一瓶？

比利：然後事情一件接著一件發生。

約拿・柏格：我記得好像是我提議他們表演一下。

黛西：結果我跑到鋼琴上大唱〈野馬莎莉〉（Mustang Sally）。

葛藍：如果你沒看過黛西・瓊斯穿著毛皮大衣、打著赤腳站在鋼琴上唱〈野馬莎莉〉，就不算開過眼界。

比利：我不記得為什麼我會跑到鋼琴上。

沃倫：是黛西把比利拉到鋼琴上面。

比利：等到我回過神來，我已經在跟著她唱了。

凱倫：如果約拿・柏格不在現場，比利還會願意跟黛西・瓊斯跑到鋼琴上嗎？（聳肩）

艾迪：這間酒吧有點落伍。那個時候，我們到很多地方，只要唱幾個小節〈甜蜜巢〉，就會聽到「喔天啊！那是你們的歌？」這裡的人完全沒發覺這件事。

凱倫：唱完那首歌，比利想從鋼琴上爬下來，可是黛西抓住他的手，把他留在上面。我問鋼琴師說：「你知道〈傑克・威爾森說〉（Jackie Wilson Said）這首歌嗎？」他搖搖頭，我問：「可以讓我來嗎？」

他起身讓我坐下，我開始彈。

葛藍：黛西和比利迷倒全場。現場所有人都嗨翻了，跟著又跳又唱。就連凱倫趕下來的鋼琴師也跟著大合唱。就是有「叮啊啷啊啷」那首，你應該也聽過。

約拿・柏格：他們的魅力非凡。我真的只能這麼形容：魅力非凡。

比利：酒吧快要關門的時候，黛西跟我從鋼琴上跳下來，有個男的對我們說：「你知道嗎？你們兩個應該去開巡迴演唱會。」

我和黛西互看了一下，然後大笑。我回答：「好主意誒。我會好好考慮。」

凱倫：我們一起走回旅館。

黛西：那時我在穿鞋子，成了一群人當中最晚走的。我以為我落單了，結果發現比利在等我。他雙手插著口袋，有點駝背，看著我穿上涼鞋。他說：「我想讓其他人有機會跟約拿聊聊。」

我們兩個在大家後面慢慢走，聊著我們都很喜歡的范．莫里森（Van Morrison）。

比利：到了旅館大廳，我們跟約拿說再見。

約拿．柏格：我向他們道別，走回我的旅館。我知道我想要寫什麼了，而且巴不得趕快動筆。

凱倫：我跟大家說我要去睡了。

葛藍：我出電梯，假裝要回自己房間，然後直接去凱倫房間。

黛西：比利跟我在走回房間的路上繼續聊。

凱倫：我把門打開一點縫隙，讓葛藍可以直接進來。

艾迪：我很高興約拿走了，我不必再假裝自己可以忍受比利了。我跟彼特抽了一管大麻，然後就去睡了。

黛西：比利跟我從走廊走到我房間門口，我問：「想進來坐坐嗎？」

我只是很喜歡我們剛剛進行的對話，覺得我們終於開始變熟了，可是我一開口，比利就看著地板說：「我覺得這不是個好主意。」

我關上門後，一個人在房間待著，覺得自己太傻了。他顯然以為我在跟他調情，這讓我覺得很難過。

比利：她從口袋拿出鑰匙的時候，也順手拿出一小袋古柯鹼。我知道她回房之後，應該至少會吸一條，我……我不想靠近這個東西。

我不能進那個房間。

黛西：有一瞬間我以為我們會成為朋友，比利會把我當成對等的夥伴，到頭來，我只是一個不該跟他獨處的女人。

比利：我了解自己。跟她進房間絕對不是一個選項，一切只能到此為止。

黛西跟我剛完成了一場很棒的表演，這晚也一起玩得很開心。她很迷人，真的非常迷人，完全無法否認。她的眼睛很大，聲音很好聽，腿也很長。她笑起來……非常有感染力。你一看到她笑，就會發現周遭其他人像傳染到病毒一樣，也跟著笑了。

跟她在一起很好玩。

但她也……（停頓）

你要知道，黛西會在大冷天打赤腳，在大熱天穿外套，無論天氣冷熱都在流汗。她講話從來不經大腦，有時候看起來有點瘋癲，有時候又像是在妄想。

她是個毒蟲，以為大家都沒發現她癮頭很重的毒蟲，可能可以說是最糟糕的類型。

所以不管發生什麼事，就算我想接近黛西．瓊斯，我也絕對不會讓自己靠近她。

黛西：我不知道為什麼他一而再、再而三拒絕我。

比利：如果有一個人的存在可以給你力量，激起你心中的某些情感——就像黛西給我的感覺那樣——你可以把那股力量變成情欲或是愛或是恨。

我覺得恨她是最舒服的狀態，也是我唯一的選擇。

約拿．柏格：以我這個外人的角度來看，這個樂團的獨特和優異之處都來自黛西和比利這個組合。黛西的個人專輯完全比不上六人組做出來的東西。而沒有黛西的六人組也無法企及擁有黛西的六人組。

黛西是六人組當中不可或缺、不可忽視的必要成員。她屬於這個樂團。

我在文章裡這麼寫了。

黛西：羅德在出刊前把文章拿給我們看，文章標題給我非常大的鼓舞。我很喜歡。

約拿・柏格：我還沒寫完就知道要下什麼標了——「六人組應該要有第七人」。

羅德：封面照拍得很好，可以清楚看到他們全部在台上的樣子，比利和黛西共用一支麥克風合唱，葛藍和凱倫正在看向對方，其他人也在賣力演出。在前景的觀眾群中有四五個人高舉著打火機[30]。再來就是那個頭條大標。

沃倫：我們上《滾石》雜誌的封面了。貨真價實的《滾石》雜誌。我得說，在成名的過程中，你會開始厭煩很多事，但不包括上《滾石》雜誌。

比利：我從羅德手中搶過那張紙。

葛藍：我不認為比利看到會高興。

比利：「六人組應該要有第七人」。

羅德：我記得很清楚那時比利說：「你他媽的是在開玩笑嗎？」

比利：我說了，你他媽的是在開玩笑嗎？

黛西：我知道自己不應該對那篇文章發表意見。沒有人承認文章的內容，只有羅德和我趁四周沒人討論了一下。羅德跟我說，如果我想正式加入六人組，就應該耐心等候時機到來。

羅德：幾天後比利終於靜下心來，等我們搭上回洛杉磯的飛機，他已經完全恢復理智。

比利：我不是想要……裝傻。我很清楚我們最紅的歌是跟黛西一起做出來的。泰迪也在考慮之後讓我們跟黛西再合作一兩首歌。我也知道，有了黛西，我們會變得更主流，在行銷方面會更有利，這點我當然也看得出來。可是正式讓她加入的主意，還是嚇了我一跳……而且居然還是別人公開提議這件事。

葛藍：文章都在寫我們跟黛西在一起時表現得有多好。當然，文章的重點是「跟黛西一起」，不過我真心覺得文章是在說我們表現得有多好。

艾迪：那一期出刊的時候，巡迴演唱會已經結束了。我們七個人、羅德、技師和工作人員……我們全都要回家了。

---

30 一九六〇、七〇年之交興起了在演唱會高舉打火機的風氣。此流行從何時何地開始眾說紛紜，有人認為跟一九六九年瑪蘭妮（Melanie）寫〈雨中之燭〉（Candles in the Rain）的由來有關，有人則認為始於李歐納·柯恩（Leonard Cohen）一九七〇年在威特音樂節（Wight Festival）的表演，也有人說跟一九六九年約翰·藍儂與小野洋子在多倫多登台有關。可以肯定的是，巴布·狄倫的樂迷在一九七四年的世界巡迴演唱會帶動了這股風潮，巴布·狄倫發行《大水之前》（Before the Flood）演唱會專輯，也將觀眾燃起點點火苗的照片放在封套。大約從那段時間開始，在演唱會中高舉打火機成了樂迷表示支持的象徵，如今打火機已由手機或螢光棒或應援手燈取代。

沃倫：我們回美國搭的是一般民航客機，我覺得自己像個窮人。

比利：起飛後沒多久，我就離開座位，去找葛藍和凱倫。我問：「如果讓黛西入團的話，你們覺得會怎樣？」

凱倫：我認為文章寫得很有道理。她已經算是我們的榮譽成員了，那麼不如讓她正式加入？讓她來唱我們所有的歌？

葛藍：我跟比利說讓她入團。

比利：他們沒幫上任何忙。

沃倫：搭飛機時有一段時間，比利坐在我旁邊，做了一個利弊分析表，在那邊想該不該讓黛西入團。我發現凱倫從廁所出來，看起來剛嘿咻完的樣子，滿臉通紅，頭髮又亂七八糟的。我轉身看還有誰也離開座位搞失蹤。就是朋斯。

艾迪：我坐後排，所以我看得到葛藍起來，凱倫走來走去，比利去找他們說話。我一直在看，想著到底發生了什麼事。然後我轉身問黛西說：「你覺得他們在那邊幹嘛？」

可是她整個頭埋在一本書裡，只回我：「別吵，我在看書。」

沃倫：比利在寫讓黛西入團的利弊分析表時，我探頭看了一下，他列出的壞處不多，但他似乎在努力動腦想多找一些壞處。

我說：「記得在壞處那邊寫下『會讓你的屌在不想硬的時候變硬』。」

他說我連自己在胡說什麼都不知道。我說：「好啦，你不想聽我的意見。」

他回答：「想，我想。」我認真看著他，他又說：「算了，我不想。」

所以我又靠回座位上，喝我的血腥瑪麗，繼續讀嘔吐袋上面的說明文字。

凱倫：比利拿著一張表回來葛藍和我這邊。他經過很多思考後終於得到結論，他想要做更多暢銷金曲，黛西在這方面可以幫上我們的忙。

我說：「你也要想，她可能會拒絕我們。」比利或葛藍完全沒想到這點。但黛西受到的媒體關注確實比我們還多。

葛藍：我們決定先跟黛西做一張專輯，看看事情進行得怎麼樣再打算。

比利：我正在做一個會影響很多人的決定。對我自己有好處的事，對其他人不見得也會好。我必須考慮這一點。沃倫、葛藍、凱倫、羅德，他們都想要更成功，登上排行榜冠軍。我們都想要成功。我必須把這點納入考量。

無論我個人有多希望可以跟黛西保持健康的距離。

沃倫：我不曉得為什麼比利一直強調大家想要成功這件事。事實就是無論泰迪想要他做什麼，他都會做。

凱倫：很多人說，比利不希望黛西加入，是因為他不想要鋒頭被搶走，但我不認為比利會這麼想。比利不太容易嫉妒別人的能力。這其實也算是他的一個問題，就是別人的才華威脅不到他這件事。

我認為問題在於……他搞不定黛西。至於怎樣搞不定就看你怎麼想了。

比利：在洛杉磯國際機場降落前，我的結論是找機會跟泰迪提一提這個想法。如果他覺得我們應該跟黛西合作新專輯，那我就會邀請她。

羅德：飛機降落後，我跟比利碰頭，問他現在有什麼想法。他說他想跟泰迪討論要不要讓黛西加入。我直接把比利拉到公共電話旁邊，打給泰迪說：「泰迪，告訴比利你今天早上跟我講了什麼。」

葛藍：泰迪當然馬上同意黛西加入啊！

比利：泰迪提醒我，當初見面時，我跟他說過，我想要成為世界第一天團。他說：「你們兩個在一起唱歌，就是達成這個目標的辦法。」

艾迪：降落之後，彼特跟我遇到沃倫、葛藍和凱倫，他們說：「我們打算邀請黛西入團。」我不敢相信。

又來了。完、全、沒、人、他、媽、的、問、過、我。

黛西：他們全都聚在一起竊竊私語，羅德看到我，對我眨了眨眼，然後我就知道了。

比利：我跟泰迪講完電話，就跟羅德說：「好吧，告訴她我們讓她入團。」然後我上計程車，直接回家跟家人團聚。

凱倫：那天離開機場的時候，我們都前往各自的方向，就像學校開始放暑假一樣。

比利：我一走進家門，黛西、樂團、音樂、裝備、巡迴等等，彷彿都消失了。我已經準備好，晚上隨時都可以去幫卡蜜拉買草莓冰淇淋，或是跟茱莉亞玩家家酒。這時只有家人最重要。

卡蜜拉：比利回家了，他通常需要一兩天來適應，但過完這段時間他就恢復了，跟我們在一起時人在心也在，看起來很快樂。我想：哇，好耶，我們找到辦法了。我們這次做對了。

羅德：我等了幾天，等到塵埃落定，比利不會想改變心意的時候，我才打電話給黛西。

黛西：我又回到了馬爾蒙莊園酒店，入住我最愛的小屋。

席夢：黛西結束旅程回來，我也正好回來了。我認為這次巡迴之後有一點很值得注意，黛西的藥癮問題變嚴重了。我發現，她無時無刻都比以前茫。我不禁想：你出去的時候到底都發生了什麼事？她幾乎沒辦法獨處，老是打電話要人去找她，老是求我不要掛電話。她不喜歡一個人在家待著，不喜歡平靜的生活。

黛西：羅德打來那天，我正好找了一些人來我家。那天我拍了《柯夢波丹》的封面照，訪談已經在歐洲做完了，照片到了那天下午才拍。

拍攝結束後，幾個女生過來我家，一起喝粉紅香檳，我正要去游泳，電話響了，我接起來說：「喂，這裡是蘿拉・拉・卡瓦（Lola La Cava）家。」

羅德：黛西一直都用「蘿拉・拉・卡瓦」當假名。有太多男人想要追著她跑，我們不得不設法幫她掩護行蹤。

黛西：我還記得那通電話。我手裡拿著一瓶香檳，沙發上有兩個女生，還有一個正坐在我的梳妝台吸一條。我記得那時有點不爽，因為她把古柯鹼弄到我日記中間的夾縫裡了。

但這時羅德說：「已經確定了。」

羅德：我說：「他們想跟你一起合作一整張專輯。」

黛西：我高興壞了。

羅德：我在跟黛西講話時可以聽到她在嗑藥。每次音樂人有這種問題，我都很掙扎——這真的不是容易的事。我要不要監控他們的用藥？我應該管這種事嗎？如果我知道他們有在用藥，用多少算過量是我可以決定的嗎？如果我可以決定，那麼所謂的過量又是多少？

我始終想不出答案。

黛西：掛掉電話後，我開始尖叫，其中一個女生問我在高興什麼，我回答：「我要加入六人組了！」

沒有人有反應。一般來說，如果你提供的是藥，還有可以嗑藥的漂亮小屋，你大概沒辦法吸引到真正關心你的人。

可是我那晚真的好快樂。我繞著房間跳舞，開了新的香檳，又找更多人過來。然後，凌晨三點左右，派對結束了，我興奮到睡不著，又打電話給席夢，告訴她這個消息。

席夢：我很擔心。我不確定讓她跟一個搖滾樂團去巡迴，對她真的會有好處。

黛西：我告訴席夢說，我要去接她，我們可以一起慶祝。

席夢：那時候是大半夜，我已經睡下了，睡帽戴好了，眼罩也戴好了，才不想出門。

黛西：她說早上會過來找我吃早餐，但我不死心，堅持要去找她。最後她說我的狀態聽起來開車不太安全。我一氣就掛掉電話了。

席夢：我以為她去睡了。

黛西：我全身上下有太多精力了。我試著打給凱倫，可是她沒接。最後我決定要去告訴我父母。我那時莫名其妙覺得他們會以我為榮，說不上來為什麼。事實上，我的歌幾個月前登上了全國排行榜第三名，他們也不曾來找我或捎個信給我，他們甚至不知道我已經回到洛杉磯了。

總之，凌晨四點回去他們家，絕對不是最明智的主意。但人會嗑藥也不是為了讓思考更明智。

他們住得不遠——一英哩的路程可以隔出兩個不同的世界——我決定用走的。從日落大道一路向上爬坡，大約一小時後到我父母家。

我就這麼站在從小長大的房子前面，不知為何，我覺得以前的房間看起來很寂寥，於是我翻過圍籬，沿著排水管往上爬，打破我房間的窗戶，倒在自己的床上。

我醒來一睜開眼，看到的是警察。

羅德：我確實想過，當初有沒有可能對黛西採取不同做法。

黛西：我父母甚至不知道睡在床上的人是我。他們聽到有人闖入，就報警了。一發現是我，他們也沒打算要控告。話雖如此，我藏在胸罩裡的那袋古柯鹼，還有我放在零錢包裡的大麻菸——都被警方發現了。

席夢：早上我接到黛西從牢裡打來的電話。我把她保出來，也對她說：「黛西，你不能再這樣下去了。」但她有聽沒進。

黛西：我在牢裡待得不久。

羅德：幾天後我看到她，她的右手多了一道傷痕，從小指外側延伸到手腕。我問：「你的手怎麼了？」

她的表情像是第一次發現傷痕的存在。她回答：「我不知道誒。」然後開始談別的事情，講了差不多十分鐘，突然天外飛來一筆說：「喔！我為了進老家打破了窗戶，應該是那時候弄到的。」

我問：「黛西，你還好嗎？」

她說：「很好啊。為什麼這麼問？」

比利：巡迴結束後的幾星期，卡蜜拉在凌晨四點搖醒我，說她要生了。我把茱莉亞從床上抱起來，然後立刻送卡蜜拉到醫院。

她躺在醫院床上，汗流浹背，不停尖叫，我握著她的手，在她額頭上放一塊冷水沾濕的毛巾，吻著她的臉頰，固定她的雙腿。然後醫生說要幫她剖腹，我只能站在他們許可的最近距離，我在她進手術室前握了握她的手，告訴她別怕，一切都會沒事的。

然後我的雙胞胎女兒出生了，蘇珊娜和瑪麗雅。她們都有皺在一起的小臉，還有滿頭的頭髮，不過我馬上就能分辨出她們的差別。

我發現，看著她們……（停頓）我發現我以前沒看過剛出生的小嬰兒。我沒看過茱莉亞剛出生的樣子。

我把瑪麗雅先交給卡蜜拉的媽媽照顧，自己走進廁所鎖上門，忍不住哭了起來。我……我需要一些時間來面對我的愧疚。

我真的有好好處理我的愧疚，沒有想要把這種感覺藏到其他地方。我進那間廁所，看著鏡子裡的自己，直接面對這件事。

葛藍：比利是個好爸爸。沒錯，他曾經因為吸毒，錯過了大女兒剛出生的那幾個月。沒錯，他應該要覺得羞恥。可是為了孩子，他已經改過來了。他每一天都很自律，讓自己越來越好。跟我們家任何一個男人做過的事比起來，他做的已經多太多了。

他保持清醒，以孩子為優先，有心為家人做任何事，也付出了實際行動。他是個好男人。

我想我的意思是……如果你想彌補罪過，就要把贖罪的心意貫徹到底。

比利：在醫院的時候，有一段時間只有我、卡蜜拉和三個女兒，我突然就在想：我幹嘛出去巡迴？

我跟卡蜜拉講了很長的一段話，我說：「親愛的，我想放棄一切了。其他什麼都不要，只要這個家。我們五個人在一起就好，我只想要這樣，只需要這樣。」我是認真的，差不多的話我講了十分鐘。我還說：「我不需要搖滾樂了，我只需要你。」

卡蜜拉說——你要知道，她才剛做完剖腹產——我永遠不會忘記她這麼說：「比利，拜託你給我閉嘴。我嫁的是音樂人，你就好好當個音樂人。如果我想開旅行車，每天傍晚六點餐桌上都有烘肉捲，我嫁給我爸就好啦。」

卡蜜拉：比利有時候會做一些重大宣示，聽起來都很棒，畢竟他是藝術家，知道要怎麼給你一個美好圖像。不過他幾乎每次都會異想天開，我常常都要提醒他說：「唷呼，嗨，哈囉，回到地面來，親愛的。」

凱倫：卡蜜拉很了解比利，比他自己還了解。很多女人會說：「你玩夠了吧？我們現在有三個孩子了。」卡蜜拉愛的是比利原本的樣子，我非常喜歡她這點。

我真心覺得比利愛她跟她愛比利一樣多，不騙你。當他們同時待在同一個地方，你可以看得出來比利有多愛她。比利會安安靜靜讓她講話。每次我們出去的時候，我都會看到比利先擠好萊姆再把飲料拿給卡蜜拉。他還會把自己那份萊姆也擠到卡蜜拉的杯子裡。擠完兩份萊姆後，他會把萊姆跟冰塊一起放到杯子裡。有人把自己的那份萊姆給你，感覺是很美好的事。呃，其實我討厭萊姆，但你應該懂我的意思。

葛藍：凱倫討厭柑橘類，因為她說吃完牙齒會黏黏的。她討厭喝汽水也是這個原因。

比利：泰迪有來醫院看我們。他帶了很大一束花給卡蜜拉，還有絨毛玩偶給孩子們。他要走的時候，我送他去電梯口，他說他為我感到驕傲，說我真的改頭換面了。我說：「我會改變都是因為卡蜜拉。」

泰迪回答：「我相信你說的。」

卡蜜拉：雙胞胎幾個月大的時候，有一個下午，我媽帶她們去散步，比利要我坐下，跟我說他又為我寫了另一首歌。

比利：歌名是〈奧羅拉〉。因為卡蜜拉……她是我的女神，我的黎明，是破曉晨光，是地平線上冉冉升起的太陽。她是這一切的總和。

那時我只寫了簡單的鋼琴旋律，但歌詞已經完成了。於是我坐下來用鋼琴彈給她聽。

卡蜜拉：我第一次聽到這首歌，就哭了。你也知道這首歌。聽到那些歌詞，我怎麼可能會不感動？他還為我寫了別的歌，可是這首……我很愛，聽的時候也覺得自己被深愛著。

而且這首歌好美。就算跟我無關，我還是會喜歡，這首歌就是寫得那麼好。

比利：她淚流滿面，然後跟我說：「這首要讓黛西唱，你應該很清楚。」

你知道嗎？我確實很清楚這一點。我還在寫的時候，就已經這麼想了。這首歌我打算只用鋼琴伴奏以及人聲和音。在我們回到錄音室之前，我就已經在為黛西寫歌了。

葛藍：那段時間，比利在家陪老婆小孩，黛西剛入團……也算是讓我站出來擔任領導管理角色的好機會。我幫大家協調回歸製作新專輯的所有事情，跟羅德和泰迪一起排日程之類的。很好玩。

其實這些事情本身沒那麼好玩，我會覺得好玩是因為心情好。人高興的時候，每件事看起來都會很好玩。

凱倫：錢源源不絕進了帳戶。我想要好好利用這些錢，於是找一天約房屋仲介去看房，我在桂冠峽谷看上了一間，就買了。

過沒多久，葛藍就悄悄住進來了，那年春天和夏天我們兩個一直待在一起。我們會在露臺上烤肉當晚餐，每個晚上去看表演，上午睡到很晚才起來。

葛藍：凱倫跟我在那些週末整天茫到廢，我們會亂花錢，亂彈一些歌，不告訴任何人我們在哪裡，在做什麼。那段時間是我們的小祕密，我連比利都瞞著。

大家都說人生會一直往前，但他們沒說，有時候人生確實會為你停留，為你和戀人停留。彷彿整個世界都停止轉動，只為了讓你們兩個人可以好好躺在那裡。總之，感覺很像這樣。我說的是有時候，如果你夠幸運的話。如果你想說我是浪漫主義者也行，我還聽過更糟的形容。

比利：我讓葛藍去處理樂團的事務。我知道他會做得很好。我自己的腦袋裡都是別的事。

黛西：席夢又離開洛杉磯去巡迴了。

席夢：我那時開始到處宣傳《超級巨星》這張專輯。在表演休息期間，我待在紐約的時間也比洛杉磯還多。那時迪斯可舞廳蓬勃發展，大家都流行到54俱樂部（Studio 54）[31]跳哈娑舞，我當然跟著流行走。

黛西：她好像很擔心我，我跟她說：「你就放心去吧。我們很快就會再見面。」我對眼前發生的所有事都感到興奮，因為我要成為樂團成員了。

葛藍：我把每件事都處理好了。我跟羅德和泰迪談過，比利說他準備好開始工作了，發行專輯的合理日期我也想好了，然後我找大家來開會。

沃倫：賺了那麼多錢，我開始過得比較揮霍。那時我買了一艘船，一臥室的吉布森遊艇，就停在瑪麗安德爾灣。那一帶有很多漂亮妹子出沒。我把鼓留在托潘加峽谷的家裡，晚上和周末就到船上喝啤酒耍廢。

艾迪：休團期間彼特過去波士頓陪珍妮。他們那時已經在考慮結婚。

至於我嘛，我不喜歡待在家裡。我比較喜歡去巡迴，你懂我的意思嗎？我已經準備好回去工作了。就算要面對比利，我也覺得無所謂。可見我有多不想待在家。

葛藍打電話來說我們該集合了，我還巴不得馬上趕過去。我打給彼特說：「你趕快搭最近的一班飛機趕回來吧。假期結束了。」

黛西：我們全都去了彩虹酒吧燒烤餐廳——所有團員、我、羅德、泰迪——大家都在聊近況。沃倫說他買了遊艇，彼特一直在講女友珍妮·曼斯，比利正在給羅德看雙胞胎女兒的照片。每個人看起來都相處愉快。就連艾迪和比利之間看起來也是一團和氣。然後羅德起身，拿著啤酒杯，說要慶祝我加入樂團，讓大家一起乾杯。

羅德：我記得我說：「你們七個人的成就會越來越高。」之類的話。

比利：我聽了就想：老天，七個人的樂團聽起來有夠多人。

黛西：大家都在拍手，凱倫還抱了我，我覺得自己受到熱烈歡迎，真心這麼覺得。所以當大家開始七嘴八舌，我也站起來，拿著裝白蘭地的酒杯說：「我非常高興你們邀請我加入，跟你們一起做這張專輯。」

葛藍：黛西開始說一小段話，起先我不覺得會有什麼問題。

黛西：我看不太出來比利到底怎麼想的。自從我加入樂團，他不曾打電話給我，我也幾乎沒聽其他人提起接下來會怎麼做，或是他對專輯有什麼想法。我只是想先把事情講清楚。我

31　一九七〇年代紐約知名的夜店，其內裝是迪斯可舞廳的始祖之一。

說：「我正式加入樂團，是因為我想成為這個團隊的成員，重要的成員。我希望這張專輯是屬於我們每個人的專輯，是我的，也是葛藍的，沃倫的，彼特的，艾迪的，凱倫的……」

凱倫：「還有比利的。」她這麼說。我轉頭看比利有什麼反應。他正在喝啤酒杯裝的汽水。

比利：我想說：為什麼她非要從現在就開始製造麻煩？

黛西：我說：「你們願意讓我加入，是因為我們合作時做的音樂比我們分開時做的還好。所以接下來我們要做的音樂，我希望我也有決定權。比利，我想跟你一起寫這張專輯的歌。」

泰迪說我可以開始寫第二張專輯的歌，我覺得這會是個好起點。立刻開始寫我自己的歌，就是我的目標。我想站在群眾面前，就像獨唱〈當你沉溺時〉那天晚上那樣，對著他們唱出心裡想唱的歌。

如果六人組不是因為我能寫歌才讓我加入，那麼任何合作條件都只是次要獎賞，我沒興趣。

葛藍：黛西不希望每次貢獻想法都要忍受比利無理耍脾氣，她想要先講好規矩。或許我們其他人一開始也該這麼做，如果我們希望自己的意見受到認真看待的話。

坦白說，如果艾迪有黛西的一半膽量，他跟比利之間的問題可能幾年前就這樣解決了。

比利：我說：「沒問題，黛西。我們一起完成這張專輯。」

沃倫：我連氣都懶得氣，因為有什麼意義呢？不過看到比利那時的表現，可能會以為我們是人人都可以表達意見的嬉皮公社。當然，那只是假象。

凱倫：比利確實有一種本事，讓你覺得懷疑眼前的事情不公平是你瘋了，但實際上事情還真的很不公平。他甚至完全沒發現身邊的每個人都圍繞著他轉。

羅德：天選之人都不會知道自己有什麼優勢。他們以為走到哪大家都會給他們鋪金地毯。

葛藍：然後彼特也開口說：「既然這件事可以討論，那我希望從現在開始貝斯的部分都由我來決定。」

比利：我跟彼特說，他想寫貝斯的部分我沒意見。大部分的貝斯都已經是他寫的了。

凱倫：我說：「我也想要有更多發揮。我覺得我們寫歌的時候可以加更多鍵盤。甚至可以寫一首只有鍵盤和人聲的歌。」

艾迪：我想要決定自己可以彈什麼。大家互相附和，說得很像是比利想控制他們——其實他真的在控制。不過他對我的控制最多。我說：「從現在開始，我負責的反覆樂句我自己寫。」

比利：我繼續想：艾迪當然也要鬧個脾氣。我正要開口，泰迪伸出他的手，對我使眼色：別馬上回話，先聽聽他們怎麼說。

泰迪跟我都知道，有些人希望被傾聽，無論我們是不是真的想聽他們講話。

艾迪：你要知道，我非常喜歡黛西。我也很喜歡凱倫，希望她能有更多貢獻。可是整張專輯都有女聲，還要加上更多鍵盤的聲音？如果真的要我說的話，我覺得凱倫的鍵盤已經讓我們音樂軟化太多了。

我說：「我想確定我們還是個搖滾樂團。」

葛藍問：「確定是什麼意思？」

我說：「我不想要待在流行樂團。我們應該不是桑尼與雪兒（Sonny & Cher）才對。」

比利一聽氣壞了。

比利：大家對我潑糞潑了一整晚。我就想說：除了帶領大家名利雙收，我哪有對你們這些人做什麼壞事啊？

葛藍：我覺得艾迪說的也有道理。黛西加入了，那我們的音樂會有什麼轉變呢？特別是她也寫歌的話。不過，想也知道，比利只會覺得大家都在攻擊他。

當你擁有一切，其他人從你身上分到一點點，你都會覺得他們在偷你的東西。

凱倫：那時發生的每件事都充滿了不確定性。黛西會成為六人組的永久成員嗎？我不確定。我知道黛西也不確定。我覺得連比利都不太確定。

黛西：團名的問題，我已經仔細考慮了一陣子，想著怎麼標示才符合我的定位和貢獻。我說：「如果大家都認真想要長期合作，希望我成為六人組的一員，那我就是六人組的成員，我的名字不必特別標示。但如果這是暫時性的合作，那我們就要討論一下團名的標示問題。」

葛藍：看得出來那時黛西希望我們說她是六人組的成員。

凱倫：比利說：「那你覺得六人組聯手黛西．瓊斯怎麼樣？」

羅德：〈甜蜜巢〉就是這樣標示的，我可以理解比利那時的想法。

黛西：我想說：哇，好喔，他連考慮都沒考慮誒。

比利：她給了兩個選項啊。如果她不想讓我選，就不應該提供選項。

沃倫：我那時就想：直接讓她加入好嗎，老兄。

羅德：泰迪看到討論越來越激烈，本來想盡量保持沉默，最後也不得不直接開口說：「那你們就用黛西．瓊斯與六人組吧。」沒有人開心，但至少大家的不滿程度都差不多。

黛西：我覺得泰迪是想確保我的名字放在顯眼的位置。我可以讓更多人注意到樂團，所以我的名字要放在最前面，團名標示要以我為中心。

比利：泰迪是想保護六人組的重要本質。我們不想給黛西任何承諾。

黛西：我不認為比利是因為我要求的任何東西生氣。這些都是合理的要求。他會氣是因為我很清楚自己有多少權力，他原本期望我不知道自己有權力，或是就算知道也不用。不好意思，那不是我的作風。說實在，沒有人應該有這種作風。

長久以來，比利已經太習慣，所以沒察覺大家都在讓他做想做的事。我是第一個對他這麼說的人：「你怎麼管我，我就怎麼管你。」這個態度也幫彼特和艾迪，嗯，應該是說所有人，解開先前的枷鎖。

羅德：泰迪跟團員說，跑者希望新專輯可以衝上一九七八年的年度冠軍。那時已經是八月了。創作上的意見分歧，還有尊嚴地位的爭吵什麼的，都要先放下，該收心好好工作了。

凱倫：那晚我們散會的時候，我想的是：哇靠。黛西才加入我們樂團，名字就可以標在最前面，還用我們想都沒想過的方式顛覆了整個團體的權力關係。

比利：大家好像都覺得我平時很難相處。可是黛西要求有平等的決定權，還有符合她定位的團名標示，我也都答應了。她還想要怎樣？

就算我不太確定這麼做對不對，我還是做了，為了讓她高興，為了讓所有人高興。

葛藍：我們從獨裁政權變成民主政權了。民主聽起來是好主意，但樂團畢竟不是國家。

比利：老實說，我那時候以為黛西很快就會厭倦寫歌。我低估她了。我可以很清楚告訴你，千萬別質疑黛西・瓊斯。

《奧羅拉》：一九七七—一九七八

一九七七年八月，樂團的七個成員前往沃利・海德三號錄音室（Wally Heider's Studio 3），開始籌備第三張專輯。

******

葛藍：那天早上，我跟凱倫離開她家，要去海德錄音室。我們走出大門的時候，我問她：「我們不能一起開車過去嗎？」

她說她不想讓其他人以為我們睡在一起。

我說：「可是我們真的有睡在一起啊。」

她還是堅持我們一人開一台車。

凱倫：你知道嗎？只要睡了同一團的人，你的整個人生很可能就這麼毀了。

艾迪：彼特跟我那天早上一起開車過去。我想那時只剩我們兩個人還住在托潘加峽谷。他從東岸回來之前，整間房子只有我一個人。

在路上的時候，我跟彼特說：「這次應該會很有趣。」

他還跟我說不要每件事都那麼計較。他說：「只是搖滾樂而已。沒什麼大不了的。」

黛西：到錄音室集合的第一天，我帶了一籃別人送來馬爾蒙給我的蛋糕，還有寫滿歌的筆記本。我準備好了。

艾迪：黛西穿了一件很薄的無袖上衣，還有超短的剪邊牛仔短褲。幾乎有穿跟沒穿一樣。

黛西：我一直都體溫偏高怕熱，我才不想要為了讓周遭男人好過就熱死自己。阻止他們產生性致不是我的責任；別當色狼才是他們的責任。

比利：我已經寫好大約十或十二首歌，完成度都很高。但我知道，我不能一進錄音室就告訴他們整張專輯寫好了，情況已經跟我們做前兩張專輯不一樣了，我不能這樣講。

葛藍：坦白說，那個情況有點好笑。比利還要假裝他很在乎其他人對專輯有什麼想法，我看了只能說上帝快救他。他真的很賣力在演，講話變得很慢，還做出很認真思考的樣子。

黛西：大家都坐好之後，我拿出筆記本說：「我這裡有很多還不錯的東西可以給大家參考。」我想說大家也許可以都讀一讀，然後從裡面的歌開始討論。

比利：我坐在那裡，手上有十二首好歌不敢拿出來，免得有人覺得我想要控制一切，可是黛西這個新人，才剛進團，就想要大家去讀她寫的整本筆記。

黛西：他連翻開都沒翻。

比利：如果黛西跟我要一起寫專輯，那就只能由我們兩個人來寫。你不能讓七個人都提出意見，要有人主導並控制整個過程才行。

於是我說：「大家，我寫了一首歌叫〈奧羅拉〉，在構思這張專輯的過程中，我對這首歌最有信心。其他歌我們可以再討論。黛西跟我可以再寫一些歌，讓大家一起試著來編曲，等到我們做出一些大家都喜歡的歌之後，我們再從歌單裡面精選出最好的放到專輯裡。」

凱倫：這可能是後見之明，不過我記得，比利彈〈奧羅拉〉的時候，我很確定我們可以把這首歌當成整張專輯的核心。

葛藍：我們全都同意〈奧羅拉〉是發想整張專輯的好開始——這首歌他媽的太好聽了。之後黛西開始討論整張專輯的概念。

沃倫：我完全不想參與作曲，那天早上簡直是在浪費時間。大家都坐在那邊討論我完全沒興趣的鬼東西。最後我說：「你們不覺得黛西和比利應該要先去寫歌，然後再拿寫好的東西跟我們討論嗎？」

凱倫：泰迪再度扮演了決定性的角色。他把他家客房的鑰匙交給比利說：「你們兩個去我家，把客房當成工作室，寫你們的歌。其他人先來做這首新歌的編曲。」

艾迪：比利不希望我們編曲的時候他不在場，但他也不希望黛西寫新歌的時候他不在。跟著黛西離開去寫歌，或是跟我們待在一起為他寫的新歌編曲，他只能二選一。

後來他選了黛西。

比利：我先抵達泰迪的泳池小屋，可以先做準備。我幫自己泡了一杯咖啡，坐下來，翻了一下我的筆記，考慮要給黛西看哪部分。

黛西：我一打開門，比利早就到了，他已經拿出筆記本準備給我看。連打招呼客套都沒有，只說：「給你，讀讀看我寫的東西。」

比利：我跟她說了實話：「大部分的歌我已經寫好了。你想看看嗎？然後我們來討論哪裡可以一起修改，看看還有什麼地方可以補充新的東西，或是放進你寫好的東西？」

黛西：我早就該料到了。跟他溝通真的就那麼難，是嗎？我記得我從泰迪家的吧檯拿出一瓶酒，開瓶後就坐到沙發上開始喝。我說：「比利，你寫好一些歌了，很棒啊。我也寫了。可是這張專輯我們要一起寫。」

比利：這個女人不到中午就開始喝沒冰過的白酒，居然還想教訓我應該怎麼做事。我寫的歌她連看都還沒看一眼。我把我的筆記拿給她說：「你不要沒看過就跟我說那些歌不能用。」

黛西：我說：「你也是。」然後我把我的筆記本塞到他面前。我看得出來他不想看，可是他知道他得看。

比利：我讀了她的作品，其實還不錯，但我覺得不像六人組的歌。她用太多《聖經》的典故了。她問我感想時，我直接指出這一點。我說：「我們應該把我的作品當成主軸。我們可以一起完善那些歌。」

黛西坐在沙發，兩腳放在咖啡桌上，讓我看了很火大。然後她又說：「比利，我才不要唱所有歌都在寫你老婆的專輯。」

黛西：我非常喜歡卡蜜拉。可是〈夫人〉是寫她，〈甜蜜巢〉也是寫她，〈奧羅拉〉還是寫她，我覺得很無聊。

比利：我說：「你寫的歌也一樣啊。我們都知道這本裡面的每首歌都在講同一件事。」嗯，這句話激怒她了。她雙手扠腰問我：「你這是什麼意思？」

我回答說：「這裡面的每一首歌都在寫你口袋裡的藥丸。」

黛西：比利流露出得意的表情——每當他以為自己比在場所有人聰明，就會有那種表情。我發誓，我現在做噩夢還會夢到那副該死的嘴臉。我對他說：「你就是因為自己不能用，才會覺得大家都在寫用藥。」

他又回說：「你就繼續吞你的藥，繼續把這些事寫到歌裡啊。看你會寫出什麼鬼東西。」

我用他的筆記本砸他，又說：「抱歉我們沒辦法一邊保持清醒，一邊寫跟壁紙膠一樣有趣的歌。喔，這首歌是在寫我有多愛我老婆。那首也是！還有這首！」

他想要否定我說的話，但我還是繼續說：「這整本都是寫給卡蜜拉的歌。你不能老是寫歌跟你老婆道歉，然後逼整團人陪你唱。」

比利：講得超過分。

黛西：我說：「恭喜你又找到讓你上癮的東西了。可是你上癮的東西干我屁事，干樂團屁事，根本沒人想聽好嗎。」從他的表情看得出來，他知道我說對了。

比利：她以為自己很聰明，因為她發現我用什麼來取代我的毒酒癮，以為我都沒發現，我有多依賴自己對家人的愛來保持清醒。她以為比我自己還了解我，這點讓我更氣。

我回答：「你知道你的問題是什麼嗎？你以為自己是詩人，可是除了嗑藥嗑茫的感覺，你沒別的東西可寫。」

黛西：比利是嘴很利的那種人，他可以把你捧上天，也可以讓你摔下地。

比利：她說：「我才不需要聽你講廢話。」然後就走了。

黛西：我走去停車的地方——每走一步都覺得怒氣在上升。那時我開的是櫻桃紅的賓士，我很愛那台車，要不是意外撞了車，我也不會把開不動的車留在山丘上。

總之，那天跟比利吵完，我上了那台賓士，抓著鑰匙，打算離他越遠越好。可是我又想到，如果我走了，比利就會自己寫整張專輯。然後我就回頭了，還說：「哼，才不讓你自己寫，王八蛋。」

比利：我很驚訝她竟然回來了。

黛西：我走進泳池小屋，在沙發上坐下來，然後說：「我才不會為了你就放棄寫出好專輯的機會。不如這樣吧，既然你討厭我的東西，我也討厭你的東西，那我們就全部放棄，從零開始。」

比利說：「我不會放棄〈奧羅拉〉，這首一定要收進專輯。」我說：「沒問題。」這時他的歌已經被我弄得零零落落到處都是，我隨手抓起一張在他眼前晃了晃，然後說：「但這個爛東西不行。」

比利：我覺得那應該是我第一次發現……黛西比任何人都還要熱愛這個工作，她比任何人都還要在乎。而且她已經準備好全心全意投入，不論我怎麼刁難她。

我一直在想泰迪對我說的，我們想完售體育館的門票還得靠她。於是我伸出手說：「沒問題。」從此握手達成共識。

黛西：席夢說過嗑藥會讓人看起來比較老氣，不過跟比利握手時，我看到他的眼角已經一堆皺紋，臉上很多雀斑，看起來很滄桑，但他那時也才差不多二十九還三十歲。我就想：讓你變老氣的不是藥，是保持清醒。

比利：真的很不容易。我們對彼此說了那麼多難聽的話，然後還要一起寫歌。

黛西：我跟比利說，開始工作前想先去吃午餐。光想到要跟他一起寫歌就頭痛，我想先吃個漢堡再面對。我說我可以開車載他一起去蘋果鍋（Apple Pan）[32]。

比利：她要上車前我搶走她的鑰匙，跟她說我不會讓她開車去任何地方。她這時已經有點醉了。

黛西：我搶回我的鑰匙，回他說如果他想開車，那我們就坐他的車。

比利：我們坐上我的火鳥，我說：「我們去卡門餐廳（El Carmen），比較近。」

她又說：「我要去蘋果鍋，你想去卡門餐廳就自己去。」

我完全不敢相信，她實在有夠難搞。

黛西：以前男人說我難搞，我會很在意。真的非常在意。後來我不管他們了，這樣比較好。

比利：在車上，我打開收音機，黛西馬上轉台，我轉回來，她又轉回去，我說：「這我的車誒，你別太過分！」

她回答：「可是聽的是我的耳朵啊。」

最後我拿出微風樂團的八軌錄音帶，放了〈少少愛〉這首歌。黛西開始大笑。

我問：「有什麼好笑的？」

她說：「你喜歡這首歌？」

不喜歡的歌我幹嘛放？

---

32 一九四七年開業至今的知名快餐店。

黛西：我說：「你根本完全不懂這首歌！」

他說：「你在講什麼鬼話？」他知道歌是韋亞特・史東寫的，但顯然也只有這樣。其他什麼都不知道。

我說：「我跟韋亞特・史東交往過。這首歌是在寫我。」

比利：我反問：「少少愛是你？」然後黛西開始說她和韋亞特之間的故事，還有她怎麼想出歌詞「大眼睛，是非分明／寬大心胸，不受人所控／她能給的只有少少愛。」我很喜歡這段副歌，一直都很喜歡。

黛西：比利在聽我說話。開車到餐廳的路上，他認真聽我說話，大概也是我認識他以來的第一次。

比利：如果我寫出這麼好的歌詞，另一個人卻謊稱那是他寫的，我應該會氣死。

聽過這個故事我開始更了解她了。老實說，要我騙自己說她沒才能是很難的事，因為她確實有才。我必須接受現實，接受腦後的小聲責備：你一直表現得像個混蛋。

黛西：這就是我大笑的原因。因為如果我想要在創作時也有同樣的話語權，我就得拿證明給比利看。我說：「酷喔，老兄。既然你喜歡這首歌，那就別再像個王八蛋那樣刁難我了吧。」

比利：黛西很清楚怎樣會讓你慚愧，而且你會發現她不是為了冒犯你才這麼做……她沒那麼壞。

黛西：我們在吧檯邊坐下，我幫我們兩個人點完餐之後就把菜單拿開了。我覺得比利應該要有點自知之明。我想讓他知道有時候必須由我作主。

當然，他才不會輕易屈服，還說：「反正我本來就想點烤肉醬漢堡。」我想我這輩子翻白眼的次數會平白多出五千次，都是比利・鄧恩害的。

比利：我們點完餐之後，我決定來玩個小遊戲。我說：「不然我們來輪流問問題？一次一題，不可以逃避回答。」

黛西：我說我沒有祕密，隨他問。

比利：我問：「你一天吃幾顆藥？」

她開始東張西望，又玩了一下她的吸管，然後轉頭問我：「不可以逃避回答？」

我就說：「我們要能夠跟對方說實話，也要能夠誠實面對自己，否則怎麼寫得出東西？」

黛西：他已經接受要跟我一起寫歌這件事。這是我聽到的訊息。

比利：我又問一次：「你一天吃幾顆藥？」

她低下頭，然後又看著我說：「我不知道。」

我有點懷疑，但她抬起雙手說：「真的不知道。我說的是實話。我不知道，因為我沒在算。」

我問：「你不覺得這樣會有問題嗎？」

她回答：「現在不是輪到我了嗎？」

黛西：我問：「卡蜜拉好在哪裡，好到讓你沒辦法寫跟她無關的歌？」

他沉默了很久。

我說：「喂別這樣，剛剛要我回答，現在輪到自己別說話不算話。」

他說：「你就不能等一下嗎？我沒有要逃避問題，我只是還在想要怎麼回答。」

過了一兩分鐘，他終於說：「我不覺得自己有像卡蜜拉想的那麼好，可是我非常想成為那個人。如果我一直待在她身邊，如果我每天努力當她心目中的那個人，我可能就有機會更接近那個形象。」

比利：黛西看著我說：「哇靠，扯誒。」

我說：「這次我又做什麼惹到你了？」

然後她說：「你討人厭的地方好像跟討人喜歡的地方差不多。我覺得很煩。」

黛西：

然後他說：「輪到我了。」

我說：「你就問吧。」

比利：「你打算什麼時候戒毒？」

黛西：我說：「為什麼你要一直糾纏該死的用藥問題？」

比利：我告訴她實話。我說：「我爸是個酒鬼，從來沒為我和葛藍做過什麼。我不想變成那副德性，結果我當爸爸後做的第一件事，就是把自己搞得亂七八糟，像你一樣嗑了一堆藥，甚至還服用了海洛因——我很對不起我女兒，連她出生的時候都不在場。我變成了一直以來最討厭的樣子。要不是有卡蜜拉，我覺得我現在可能還是那副德性。我會讓我的所有噩夢成真，因為我就是那種男人。」

黛西：我說：「好像可以說，一般人怎麼追尋夢想，我們就怎麼追逐噩夢。」

他說：「說得好。這可以寫成歌誒。」

比利：成癮問題我還沒完全擺脫，雖然我一直希望有已經擺脫的感覺，希望轉過頭時不會發現這個問題還緊緊黏著自己，但這個希望沒有成真，至少我是這麼覺得。這是一場持續不斷的抗爭，有時容易有時難。黛西會讓抗爭變得更難，就算她什麼也沒做。

黛西：我受到他那樣對待，只是因為他不喜歡某部分的自己。

比利：她問：「如果我滴酒不沾，你是不是會比較喜歡我啊？」

我回答：「我會比較常待在你身邊。所以對，很有可能。」

黛西又說：「嗯，但這不可能。我不會為任何人改變。」

黛西：吃完漢堡後，我放了一些錢在桌上，站起來正要走，比利問我：「你要幹嘛？」我回答：「我們要回泰迪家，一起寫那首追逐噩夢的歌啊。」

比利：我抓起鑰匙追上她。

黛西：回泰迪家的路上，比利把腦中的一段旋律唱給我聽。我們在紅燈前面，他一邊拍著方向盤一邊哼。

比利：我想到了一種波·迪德利節奏（Bo Diddley beat）的變化型，想要試試看。

黛西：他問：「你可以用這個來寫歌詞嗎？」

我說什麼旋律節奏我都可以寫歌詞。所以我們一回到泳池小屋，我就開始把想到的東西寫下來，他也是。過了半小時，我已經有成品可以給他看了，但他說他還沒好。我就一邊等他一邊到處亂晃。

比利：她在我旁邊走來走去，看起來很想要把寫好的東西給我看。後來我只好對她說：「麻煩你滾開好嗎？」

然後我……想到之前一直對她很無禮，我覺得有必要澄清一下，我對葛藍或凱倫也會用同樣的語氣講話，你懂吧？我說：「拜託一下，麻煩你滾開好嗎？去吃個甜甜圈什麼的。」

她說：「我已經吃過漢堡了啊。」這時我才知道黛西一天只吃一餐。

黛西：我撬開泰迪家主屋的鎖，借了他女友雅思敏的泳衣和浴巾，到泳池游泳。我在水裡泡到皮膚都快皺成梅乾。然後我起來把泳衣丟進洗衣機，沖了一下澡，等我回到泳池小屋，比利還在寫。

比利：她跟我說她做了什麼，我說：「黛西，你這樣偷借雅思敏的泳衣，很怪誒。」黛西只是聳聳肩。

她反問：「不然你要我裸泳嗎？」

黛西：我們交換看對方寫的東西。

比利：她大部分的意象都是在寫黑暗、闖入黑暗、追逐黑暗。

黛西：如果只看歌詞的結構，他寫得比我好。但他的副歌還不夠有趣，我覺得我的副歌比較強。我讓他看我自己最滿意的部分，用他給的旋律唱出來，從他的表情就看得出來，這個聽起來很棒。

比利：我們又來來回回修改了一下，討論了幾個小時，然後又搭配吉他伴奏的旋律。

黛西：我記得最終版沒有留下半句我們原本寫的東西。

比利：可是當我們一唱……就是等我們討論好歌詞，決定好誰唱哪裡，然後修改過旋律還有和聲，我們開始邊唱邊調整，然後你知道嗎？我完全可以說，那首歌聽起來滿好的。

黛西：後來泰迪進來說：「你們兩個還在這裡幹嘛？都快半夜了。」

比利：我沒注意到已經那麼晚了。

黛西：泰迪又說：「還有，你是不是偷跑進我家，穿了雅思敏的泳衣？」

我說：「對。」

他說：「我希望你以後不要再做這種事。」

比利：我打算走了，但我又想：不然，來給泰迪聽聽看我們做出來的東西好了。於是泰迪在我們對面的沙發上坐了下來。

我說：「這還不是定稿，」又說：「這是我們剛剛想到的」諸如此類的。

黛西：我說：「夠了喔，比利。這是一首好歌，你不必一直講免責聲明。」

比利：我們唱給泰迪聽，唱完之後，他問：「這是你們兩個合作寫出來的東西？」

我們對看了一下，我說：「呃對，不好嗎？」

然後他說：「哈，那我真是天才。」他坐在那邊笑了起來，非常自豪的樣子。

黛西：比利需要泰迪的認可，就像兒子需要父親的認可，但大家好像都有默契，不會去討論這件事。

比利：那晚我離開泰迪家之後匆匆趕回家，因為很晚了，我覺得很內疚。我進家門時，孩子都睡了，卡蜜拉坐在搖椅上看電視，音量轉得很小聲。她一看到我，我就開始道歉，她問：「你沒碰什麼東西，對吧？」

我說：「當然沒有。我只是在寫歌，寫到忘記時間了。」

就這樣。我沒打電話報備，卡蜜拉不會介意，她只在乎我的癮頭沒有復發，就這樣。

卡蜜拉：這很難解釋，因為我覺得這根本違背理性。但我夠了解他，知道他可以信賴。我也知道，無論他犯過什麼錯，無論我可能會犯什麼錯，我們都會好好的。

如果我心裡沒有那種安全感，沒有選擇把這種安全感給比利，我不知道自己還會不會相信。當我對比利放心，其實也是在讓自己放心。至於對一個人說：「無論你做什麼，我們之間都不會結束……」我不知道怎麼解釋誒。反正這麼做就是會讓我覺得心情輕鬆。

比利：我跟黛西一起寫歌那幾個星期，工作要花多少時間，我就待多晚，討論要用多少時間，我和黛西就待在一起多久。每晚我回到家，卡蜜拉都坐在那張搖椅上。她看到我會起來讓我坐，我坐下來之後，她會坐到我的大腿上，頭靠在我的胸前問：「今天過得怎麼樣？」

我會告訴她一些有趣的事，然後聽她說那天發生什麼事，女兒發生什麼事，同時我會搖著椅子，搖到我們都睡著。

有一天晚上，我把睡著的她從搖椅上抱起來，放回床上，我說：「你不必每晚都等我回來。」

她已經半睡半醒，但她還是回答：「我想等。我喜歡等。」

你知道嗎？我覺得……任何觀眾的歡呼，或是雜誌的報導，都遠遠比不上卡蜜拉對我的重視。我想她也有同樣的感覺，因為我也很重視她。她喜歡自家男人會為她寫歌、會抱她上床睡覺。

葛藍：比利去跟黛西寫歌，留下我們自己進行編曲，那是我們第一次這麼做。

凱倫：〈奧羅拉〉是一首很棒的歌，有很好的架構，我們編曲的時候玩得很開心。

比利一向偏好鍵盤的部分聽起來簡單一點，但我想要用更豐富的音色來烘托氛圍。所以我們在編〈奧羅拉〉時，我先用綿延不斷的根音和五度音開始前奏，然後穿插一些和弦外音來推展旋律，彈到和弦最低音時我加上很多延音踏板，把斷奏改成圓滑奏。

由於鍵盤變了，彼特的貝斯也得跟著做出變化。他的貝斯會讓你一起用腳打節拍，節奏吉他則會引導你跟著音樂前進。

艾迪：我想要做節奏更快、更有推進力的東西。那時候我很喜歡奇想合唱團的新專輯，想要朝那個方向來做。我認為沃倫應該要加強鼓的聲量，讓鼓和貝斯充分發揮對位節奏的效果。另外，我也想到一種簡單的鼓點可以放在前奏。

我覺得整體聽起來非常棒。

葛藍：忘了是哪一天比利來錄音室看大家，說想聽聽我們編的〈奧羅拉〉。

艾迪：我們彈給他聽。那時錄音室的設備還沒有架設好，我們還沒錄任何東西，不過我們還是在那裡面彈給他聽。

比利：他們想到的東西，我就算過一百萬年也絕對做不出來。聽的時候，我甚至差點無法控制表情。每一個部分都很奇怪、很不對勁，讓我受不了，感覺很像穿到別人的鞋子。

我的每一根骨頭都在喊：這不是我要的，這完全不對，我得馬上出手扭轉局面才行。

葛藍：我看得出來他恨透我們做的東西。

凱倫：沒錯，他恨死了。（大笑）他完全無法接受。

羅德：泰迪把他拉開，兩個人開車兜風去了。

比利：泰迪要我上他的車，然後我們去吃午餐，或者說晚餐。我坐在車上發呆，不停想著我那首被毀到走樣的歌。

到了餐廳，我一坐下就忍不住想開口，但泰迪做出阻止我的手勢，堅持先點完餐再說。他點了菜單上的所有炸物。好像只要是裹麵糊炸過的，泰迪都吃。

女服務生走了，他才說：「好了，說吧。」

我問：「你覺得好聽嗎？」

他回答：「我覺得好聽啊。」

我說：「你不覺得聽起來有點……太滿了？」

泰迪說：「他們都是有才能的音樂人。就跟你一樣。他們可以幫你看到你在創作上的盲點。現在就讓他們先錄完所有東西，之後你跟我可以再回去救應該調整的地方，美化一下什麼的。如果有必要的話，到時我們可以把他們一個一個抓回來補錄，也可以一點一點改變整首歌。但目前以整首歌的主幹來看，沒錯，我覺得他們做得很好。」

我想了想，感覺到胸口緊緊揪在一起。但我還是說：「好吧，我相信你。」

他說：「很好。你也應該相信他們。」

羅德：比利回來的時候，給的指示都很簡單，但也都非常好。

凱倫：比利要我換一個八度，把重複句的一度到五度音程全改成一—四—五度音程。不過大致上他很認同我編的東西。

葛藍：那首歌如果完全照比利的方式編，原始錄音版應該就不會像我們當初做出來的東西。大家一起投入之後，我們的音樂也在進化。

比利：我決定了，專輯裡的每一首歌，我只會針對非改不可的地方給意見。因為我之後會跟泰迪一起做混音，到時我才會仔細修正每個地方。

黛西：我第一次在錄音室聽到大家彈〈奧羅拉〉，覺得非常驚豔。我興奮得不得了。後來比利跟我在人聲的部分玩了一些花樣，整體平衡抓得很剛好。

亞提．施耐德：每樣樂器都要加上麥克風收音，為了最好的效果，設備應該調整了一千次有吧。我們把凱倫和葛藍放到兩側，彼特和沃倫放在後面，艾迪在他們前面，然後比利和黛西各進一間獨立錄音間，不過他們還是看得到大家。

泰迪跟我一起坐在控制室，他抽菸抽個不停，控制面板上老是有菸灰，我一直擦菸灰，他還是讓菸灰一直掉。

一切就定位後，我說：「好啦，〈奧羅拉〉第一次錄音。誰來倒數一下。」

黛西：我們把歌從頭到尾演奏完。我們所有人一起，合奏了一次又一次。我們是一個樂團，一個真正的樂團。

有一瞬間我看向比利，我們看著彼此笑了，然後我想：這是真的。我參加了一個樂團，我是他們的成員，我們七個人一起做音樂。

比利：黛西跟我在唱的時候，我要連續唱好幾次才能進入狀況，可是黛西一開口就是最佳狀態。她真的是……天生的歌手。如果你跟黛西這樣的人作對，沒錯，你會氣死。可是如果你得到她的支持……哇，神隊友。

亞提・施耐德：我那時還在摸索這張專輯的聽感，我的團隊也還在東弄西弄調設備。剛開始錄的那幾次，音質有點差，那是我當時最在意的事情。剛開始錄新專輯，有新的人，還有不同的聲音一起錄，錄音室又是新的，有的沒的事情一堆……你要調對設備參數、架好麥克風才能做事。我那時想的都是這些。在弄好設備錄到清楚的聲音之前，我根本沒辦法想別的東西。

不過，就算我很了解自己的習性，現在回頭看……我還是不敢相信自己沒感應到這件事。我們那時正在做一張暢銷專輯，可是我完全沒發現。

黛西：我知道那張專輯會很紅。在錄音間裡面，我就已經有很清楚的預感。

黛西：幾天後，我在家裡翻我的日記。那天應該是週末。我發現裡面夾了一張比利的歌，他之前為專輯寫的歌，〈午夜〉（Midnights）。我記得那時候歌名可能是〈回憶〉（Memories），應該是在泰迪家收東西不小心一起收進來了。我坐在那邊重讀那首歌，大概讀了十次吧。

整首歌甜到讓你覺得膩，因為全都在寫比利跟卡蜜拉在一起的快樂回憶。但有些部分寫得還不錯，所以我也在上面寫一些東西，把歌詞改造一下。

比利：後來我們在泰迪家見面時，黛西把〈午夜〉給我。那是我在夏天寫的歌，寫得很快，沒怎麼改。不過她把那張紙拿給我看的時候，上面滿滿的都是字和記號，我幾乎看不懂寫了什麼。我看著手上的紙問她：「你對我的歌做了什麼？」

黛西：我跟他說這首歌其實寫得滿好的，我覺得：「只是你還要再加一點黑暗元素。」

比利：我說：「我懂你的意思，可是我看不懂你寫了什麼。」她一氣之下又把紙搶過去。

黛西：我打算讀給他聽，可是才讀了一段就覺得這樣行不通。我說：「你先彈一下之前怎麼寫的。」

比利：我拿起吉他，開始自彈自唱我原本寫的東西。

黛西：我抓到那首歌大概的樣子之後就打斷他。

比利：她抓住吉他琴頸，要我停下來，跟我說：「我知道你想做什麼了。現在從頭開始彈，聽我唱。」

黛西：我重唱一次他的歌，加上我改造的地方。

比利：結果一首寫美好回憶的歌變成寫記憶和遺忘的歌。我必須說，這個改法很巧妙，讓歌變得更複雜，可以詮釋的層次也變得更豐富了。

很接近我當初創作時想像的樣子，但……（笑）老實說，比我實際寫出來的東西還要更好。

黛西：說真的，我沒有改很多東西。我只是加上遺忘的元素來襯托記憶，然後調整一下結構，加入第二個人的聲音。

比利：她一唱完，我就躍躍欲試。

黛西：比利立刻開啟創作模式。他把我手上的紙拿回去，抓起一枝筆，把原本的東西重新排列組合。這表示他喜歡我的改法。

後來，我們收錄了這首比利寫卡蜜拉的歌，還把內涵改得更深刻。

比利：我們去錄音室把這首歌唱給大家聽，就在休息室，只有我們兩人的歌聲和吉他。

葛藍：我喜歡那首歌。比利跟我馬上就開始討論橋段部分要用的獨奏，基本上我們的想法一致。

艾迪：我跟比利說：「這首好聽誒。我也來編一下我的部分。」

比利說：「其實，你的部分已經寫好了。我剛剛的吉他怎麼彈，你照彈就對了。」

我說：「你就讓我自己搞啊。」

他回答：「沒什麼好搞的。我跟黛西已經把這首歌來來回回改很多遍了。我跟你說，你就照我剛剛那樣彈。」

我說：「我就不想照你的方式彈啊。」

結果他拍拍我的背說：「沒關係，你照彈就對了。」

比利：節奏吉他的部分已經完成了。可是我說：「好吧，你就試試，我們來看看你會搞出什麼東西。」結果我們錄音的時候，他彈出來的東西就跟我彈給他聽的一模一樣。

艾迪：我有改良過。他編的東西還有些地方沒那麼對味。彈一首歌的方式又不是只有一種。所以我有改，聽起來真的有比較好。我知道要怎麼彈我的反覆樂句，知道什麼時候該用什麼。我們都應該要有嘗試的機會，所以我就試了。

比利：這樣其實很煩。你明明知道事情應該怎麼做，卻還是要假裝認同別人提了一個好主意，儘管你很清楚最後你還是只會用自己的方法。但是要跟艾迪・洛文這種人合作，你就得付出這個代價。你要讓他相信他做的東西是自己想出來的，否則他不會做。

我只能說，那是我的錯。是我自己說這是一個人人有份的平等樂團，早知道我就不要這麼說了，因為這樣並不是可長可久的工作方式。你看看像布魯斯·史普林斯汀（Bruce Springsteen），他就知道要怎麼做。可是我呢？歌都是我自己用吉他寫出來的，但我只能坐在那邊忍耐，看著艾迪·洛文這種人表現出比我更會用吉他伴奏的樣子。

凱倫：我沒有注意到比利跟艾迪為了那首歌有起什麼衝突。後來我才從他們兩個人那邊聽說，不過那時我……在想別的事情。

葛藍：你知道什麼時候最爽嗎？趁其他人在錄音的時候，躲在錄音室的衣櫃裡給女友來一發，兩個人都不能發出聲音，靜到連針掉了都聽得見。

那才叫做愛啊。我覺得那就像愛，彷彿全世界只有我和凱倫兩個人在乎彼此，彷彿在那個很窄的空間裡什麼都不說，更能讓她知道我有多愛她。

沃倫：我們在編那首〈午夜〉的時候，黛西跑過來建議我在橋段的部分停下鼓聲，我想了一下回答：「對誒，這是個好主意。」黛西跟我在工作上一直很合得來。全團大概只有我們兩個不會覺得對方在看不起自己。

有一次我也跟她說，我覺得她唱〈關掉〉（Turn It Off）唱得像在發情，她回答：「我懂你的意思了。我在副歌那邊會再收回來一點。」我們的互動就像這樣。

有些人就是能和平相處。但也有些人光是看到彼此，就覺得對方會傷害自己。

羅德：我開始盤算了一下，如果有必要的話，我們能找人取代艾迪嗎？如果他走了，彼特會跟著走嗎？如果發展到這個地步，我們該怎麼辦？我不騙你，那時我已經在物色其他吉他手了，也在思考有沒有可能讓比利接手艾迪的部分。因為我看到一些徵兆了。

以結果論我沒有解讀正確，但我確實有看到一些徵兆。

沃倫：猜到艾迪會離團沒什麼好得意的，就像一個人在核爆的前一天說：「我算到今天太陽會升起。」真的誒，好準喔。可是你怎麼沒發現世界末日快到了？

黛西：那天收工的時候，比利在回家前對我說：「謝謝你為這首歌做的事。」

我隨口回答了：「不會，應該的。」之類的話。

可是比利停下來，用手搭著我的手臂，表示他不是在客套。他說：「我是真心想道謝。你讓這首歌變更好了。」

我……這句話對我意義重大，他的認可對我意義重大，也許重要到超乎想像。

比利：我開始明白泰迪想督促我了解的事——有時候讓更多人提出想法，可以幫你創作出更複雜的大東西。這種事不見得每次都能成功，但黛西跟我……我們就辦得到。

我必須承認，那時候，跟她合作提升了我的作品。

黛西：我真心覺得我能理解他，也覺得他理解我。你應該懂，這種……跟人有這種心靈羈絆，有點像在玩火。因為被理解的感受太美好了。當你跟一個人可以在想法上同步，你會覺得你們所處的維度跟所有人都不一樣。

凱倫：我覺得太像的人……很難好好相處。我曾經以為靈魂伴侶是兩個一樣的人，我也曾覺得我應該要找跟自己很像的人。

我現在已經不相信人有靈魂伴侶了，也不再追尋這種事。但如果我還相信的話，我認為靈魂伴侶會擁有你完全欠缺的特質，也會需要你所能給予的一切，絕對不會是跟你同病相憐的人。

羅德：那時樂團在錄〈追逐黑夜〉（Chasing the Night）。他們那天比較早開始，到了下午，黛西的部分錄完了，她就先回家了。

黛西：我決定找一些人來我的小屋，一些有交情的女演員，還有兩個常常出沒日落大道的男生。我們打算在泳池邊玩。

羅德：我有跟黛西說晚點要再回來，因為那天晚上我們還要多錄幾次她跟比利的部分。我那時應該要幫大家排更清楚的工作時間表才對。因為實際上我們沒有很明確的工作時間，大家差不多都是看情況隨意來去。

總之那天晚上她應該要在九點回到海德錄音室。

比利：葛藍跟我正在討論短樂句。錄了一些，又改了一些，比較哪一些聽起來比較順耳。

亞提・施耐德：只有比利和葛藍兩個人在一起的時候，跟他們工作很有趣。有時候，他們會用只有自己看得懂的方式溝通，但我似乎可以理解他們想做什麼。是說，那時我也在想一個問題……我不懂他們怎麼受得了彼此。如果要我跟我哥一起工作，我應該會瘋掉。

比利：有葛藍這麼好的弟弟，我始終覺得很幸運。他很有才華，總是能提出很棒的點子，又好相處。很多人常說：「你居然可以跟你弟一起工作，我不懂你怎麼做得到。」但如果沒有他，我就不知道怎麼工作了。

黛西：入夜之後，米克・里弗（Mick Riva）莫名奇妙出現了。他也住在馬爾蒙酒店，看起來差不多四十幾歲，不曉得已經結婚幾次，有大概五個小孩吧，但玩起來像十九歲的人。那時他的歌一直都在排行榜前面，大家都還很愛他。

我在派對上遇過他好幾次，他對我一直都很有禮貌，不過他很……就是米克身邊常常圍繞著很多追星族，所以他的出現會讓派對很失控。

羅德：比利和葛藍討論結束後，葛藍在八點左右離開，比利跟我決定去吃一下晚餐，但我們九點多回去時，黛西還沒出現。

黛西：突然間整個地方都是人，米克可能把他認識的所有人都找來了。他跟酒店的酒吧點了很多酒，全部自己買單。

我忘了時間，忘了自己在幹嘛。天曉得我那時嗑了什麼，我只記得有香檳和古柯鹼。這就是那種派對，那種最棒的派對——有香檳，有古柯鹼，有很多比基尼在泳池邊，我們不會發現藥在毀滅我們，也不會知道等一下打炮的對象是誰。

比利：我們等了一個小時才覺得不對勁。畢竟，你也知道黛西，準時出現才是意外。

席夢：我回洛杉磯上《美國音樂台》。黛西跟我本來就有打算要見面。我大概十點左右到黛西那邊，一看到處都是人，米克．里弗正在跟兩個應該不到十六歲的妹子親親抱抱。黛西戴著太陽眼鏡、穿著白色比基尼躺在泳池旁邊的休閒椅上，一副在做日光浴的樣子，天明明早就黑了。

黛西：我完全不記得席夢出現後發生什麼事。

羅德：泰迪和亞提打算回家了，覺得這種情況不必太擔心。但我覺得我有責任去看看她。直接蹺班不像是她會做的事。

席夢：我說：「黛西，我看你今晚應該玩夠了吧。」可是她沒聽到。她迅速坐起來，看著我說：「西婭．波特（Thea Porter）那邊送來的卡夫坦長袍，我給你看過了嗎？」

我說：「還沒。」

然後她就起來，跑進她的小屋。旁邊滿滿的都是不知道在幹嘛的人，沒人注意她的舉動。我們一起走進她的臥室，兩個男的在她床上親熱，她的房間好像變得不像是她房間。她直接經過他們旁邊，打開她的衣櫃，拿出這件大家都說是卡夫坦長袍的洋裝，上面有金色、粉紅色、藍綠色和灰色，美呆了。你看著這件衣服，就會覺得自己的心要碎了，美成這樣你知道嗎。整件衣服還用了絲絨、錦緞、雪紡紗和絲綢。

我說：「這也太漂亮了。」

然後她直接脫掉泳衣，就在我們幾個人面前。

我問：「你在幹嘛？」

她穿上長袍，一邊轉圈圈一邊說：「穿這件衣服我覺得自己就像水精靈，就像海仙女。」然後……我不知道該怎麼講。上一秒她還在我面前，一轉眼她就衝出門去，跑回泳池邊，一步一步走進水裡，身上穿著那件絕美的卡夫坦長袍。我氣到想殺她。那件長袍是藝術品誒。

等到我追過去的時候，她已經正面朝上漂在水中，整個泳池只有她一個人，所有人都在看她。我不知道是誰拍了照片，但她那麼多張照片當中，我最喜歡那張。她那個樣子完全就是她自己，她在水裡漂浮，雙手攤開，整件衣服跟著她在水裡漂。外面很暗，可是泳池有打光，所以衣服跟她的身體是亮的。還有她那個表情，她剛好對著鏡頭笑的樣子，每看一次就會感動一次。

羅德：我直接打到她在馬爾蒙的房間，十通她都沒接。我跟比利說：「我要去看看，確定她是不是真的沒事。」

比利：黛西很愛錄專輯的工作。我知道她很愛，因為我親眼見證她在工作時的情況。只有一種可能會讓她放棄錄自己作品的機會，那就是她嗑藥嗑到不省人事。

關懷一個不在乎自己的人很痛苦。無論是被關懷或是關懷人，兩種心情我都體會過。

我跟羅德一起過去，差不多十五分鐘就到馬爾蒙酒店的小屋，一點都不遠。我們到處問蘿拉・拉・卡瓦在哪裡——她有一個假名，因為她顯然需要。後來有個人說去游泳池那邊看看。

我們到的時候，黛西穿了一件粉紅色洋裝，坐在跳台上，旁邊圍著一群人，她全身濕透了，頭髮貼著後腦勺，衣服黏著身體。

羅德朝她走過去，我不知道他說了什麼，但她一看到羅德，就流露出了醒覺的眼神。她忘了自己應該去哪裡，直到羅德出現在她眼前。她就跟我們猜的一樣，又醉又茫。說起來，對她而言，唯一比音樂重要的事情，應該就是她的藥吧。

她跟羅德說話，我看到羅德指著我，黛西順著他指的方向朝我這邊看過來，然後她……她看起來很哀傷，因為我在那裡，看到她那個樣子。

我旁邊有個男的，我很想說是個老傢伙，但他應該只有四十歲。我可以聞到他杯子裡的威士忌，混合煙燻和酒精的味道。每次觸動我的都是味道。龍舌蘭酒的味道啦，啤酒的味道啦，甚至還有古柯鹼的味道，任何味道，都會把我帶回去那些時刻，那些讓我想著夜還不深的時刻，那些心裡蠢蠢欲動想做壞事的時刻。那種似乎有什麼正要開始的感覺，總會讓我心情很好。

我的腦中又出現那個聲音了，說我不可能下半輩子都藥酒不沾：如果我沒辦法永遠戒掉，現在保持清醒又有什麼意義？反正總有一天還是會復發。我不如放棄抵抗？放棄自我？放棄大家？現在就接受自己真實的樣貌，免得卡蜜拉和女兒日後傷心。

我看到黛西從跳台上下來，她手上的玻璃酒杯掉落在泳池邊緣，我看著她踩到碎片，但她完全沒發現腳下有什麼。

羅德：黛西的腳開始流血。

席夢：水泥地上的池水混著血跡，黛西完全沒注意，她只是一邊走著，一邊跟某個人說著話。

黛西：我感覺不到腳底有傷。我那時應該很多事情都感受不到。

席夢：那時候，我就在想：她會穿著華服流血，直到失血過多死掉，然後她會成為大家口中的那個女孩。

我覺得……困惑、悲傷、鬱悶、難受。我覺得非常無奈，可是我一放棄就完了。我必須為了她堅持下去——支持她抵抗她自己——直到我輸為止。因為我看不到贏的希望，我也不知道怎麼做才能贏。

比利：我不能留下來。我沒辦法待在那裡，因為當我看著黛西，全身濕淋淋，腳下流著血，神情恍惚，走路跌跌撞撞，我想的不是：感謝老天幸好我戒了。

我想的是：她真會玩。

羅德：我拿毛巾給黛西擦乾身體時，看到比利轉身離開。我們過來時是我開車，所以我不確定他要去哪裡。我盯著他，但他一直到經過轉角時才看到我。他只對我點了一下頭，然後我就懂了。我很感謝他願意跟我過去找黛西。

他知道該怎麼照顧自己了，離開就是他照顧自己的方式。

比利：我告訴羅德我該走了，問他能不能自己搭計程車回家，因為當時是開我的車過去。他很支持我的決定。他完全懂我為什麼要離開。

我到家之後，上床躺在卡蜜拉身邊，對這一切感恩無比。可是我睡不著。我一直在想，如果我從那個男人的手裡搶走他在喝的威士忌，接下來會怎麼做。我會不會直接喝掉。

我會不會亂笑一通，然後自彈自唱給大家聽？我會不會跟一群陌生人一起裸泳？看到有人綁止血帶注射海洛因，我會不會噁心到連胃都吐出來？

但我什麼都沒做，只是躺在最黑暗的寧靜之中，聽著老婆打呼。

說到底，我就是不靠本能生存的人。我的本能要我投奔混亂，但我更理智的腦要我回家抱老婆。

黛西：我不記得有看到比利，也不記得有看到羅德。我不知道後來怎麼回到床上。

比利：我知道我那天晚上應該睡不著，所以我乾脆下床寫歌。

羅德：比利隔天有進錄音室，其他人也都在，準備要錄音。連黛西也在，她看起來清醒多了，正在喝咖啡。

黛西：我覺得很抱歉。錄音時間我不應該爽約，絕對不該這麼做。為什麼我要那樣傷害自己呢？我無法解釋。我希望我可以。我討厭自己這麼做，但即使如此，我還是照做不誤，然後更討厭自己。我無法回答為什麼要製造這種惡性循環。

羅德：比利進來之後給我們看他寫的新歌〈難搞的女人〉（Impossible Woman）。

我問：「你昨晚才寫的？」

他說：「對啊。」

比利：黛西讀了說：「酷喔。」

葛藍：很明顯，從當場的氣氛來看，所有人，包括黛西和比利，都不會承認那首歌在寫黛西。

比利：那首歌不是寫黛西。我是在寫，如果你想保持清醒，有些東西不能碰，有些事物不能擁有。

凱倫：我跟葛藍第一次聽比利唱這首歌，我就對葛藍說：「這是……」葛藍直接回答：「就是。」

黛西：那首歌讚到不行。

沃倫：那時沒在注意，現在也不怎麼在意。

凱倫：「赤腳在雪中狂舞／無論多冷，都不肯屈服。」這就是黛西．瓊斯啊。

比利：我決定在歌裡寫一個像細沙的女人，你無法握住她，只能讓她從指縫流走。她象徵著我不能擁有、不能做的事。

黛西：我問：「這首歌我們要一起唱嗎？」

比利說：「不，我想讓你試試自己唱。我是用你的音域寫的。」

我說：「讓男聲唱這首寫女人的歌，比較能突顯歌的寓意吧。」

比利說：「如果用女聲來唱應該會更有趣，可以讓這首歌有一種陰魂不散的感覺。」

我說：「好吧，那我就試試看。」

趁大家在忙著編曲，我花了一些時間練習。幾天後，我進錄音室，聽大家錄他們的部分，想從裡面找到一個詮釋的角度。

輪到我進去錄，我盡全力投入。我試著營造一種像是憂傷的感覺，表現得像是我很思念這個女人，我想的是：也許這個女人是我媽，也許她是我消失的姊妹，也許我想從她身上得到一些東西。你懂嗎？

我告訴自己：要有惆悵的感覺，要有虛無縹緲的感覺……之類的。但我錄了一次又一次，聽起來都不太對。

我一直看著大家，想著：誰來救我一下？我怎麼唱都唱不好。我也不知道該怎麼辦，然後我開始覺得生氣。

凱倫：黛西完全沒受過正式訓練。她不知道和弦有哪些，也不知道變化聲音的技巧。如果黛西憑直覺唱還唱不好，那你只能先別讓她唱那首歌。

黛西：我好希望有人能阻止我毀了自己。我說我想休息一下。泰迪建議我去散個步，整理一下思緒。我在那附近走了一下，但感覺更糟了，因為我一直在想「我做不到」還有「我當然做不到」之類的。最後我放棄了，直接開車走人。既然處理不來，就只能走了。

比利：那首歌是為她寫的。我的意思是寫給她唱。所以她那樣放棄，讓我很不爽。

當然，我也可以理解為什麼她會那麼沮喪。應該說，黛西的才華太驚人了，是如果有機會親眼看到就會嚇到的那種驚人，可是她不知道要怎麼控制她的才能，沒辦法任意調整她想要的效果，你懂吧？她只能冀望想用的時候剛好做得到。

但中途放棄還是不對。尤其她又還沒試多久，至少要先試兩個小時再說吧。不需要努力的人就是會有這種問題——他們不知道要怎麼努力。

黛西：那天晚上，有人來敲我的門。那時我正在跟席夢做晚餐。一開門發現，來的是比利・鄧恩。

比利：我去找她是想讓她回去唱那首歌。我想再進去馬爾蒙莊園酒店嗎？完全不想。可是我必須這麼做，就只好去了。

黛西：他要我坐下來談。席夢在廚房調哈維撞牆，她還做了一杯給比利。

比利：然後黛西馬上阻止我說：「不行。」似乎是以為我會接過席夢手裡的飲料。

黛西：看到席夢給他調酒，我很尷尬，因為我知道他早就覺得我是沒救的酒鬼兼毒蟲。如果比利覺得我會帶壞他，讓他破戒，那我就要盡全力證明沒這回事。

比利：我……嚇了一跳。她其實有在聽我的話。

黛西：比利跟我說：「你必須唱這首歌。」我說我找不到對的唱法。我們來來回回討論了一下，講那首歌有什麼意思，我可以用什麼角度詮釋，後來比利說那首歌是在寫我，那是我的歌，那個難搞的女人就是我：「她是藍調卻偽裝成搖滾樂／無法擊敗，因為她永不停止歌唱。」原來那是我。然後我好像懂了。

比利：我絕對沒跟黛西說過那首歌在寫她。我不可能做這種事，因為那首歌本來就不是在寫她。

黛西：我好像找到突破點了，但我還是跟他說，我不確定我適合這首歌。

比利：我告訴她，那首歌需要一股狂野的能量，聽起來要有唱片破音的感覺。她要唱得激動一點，像是不唱歌就會死掉那樣。

黛西：不像是我會唱的歌。

比利：我說：「你明天一定要去錄音室，再試一次。答應我你會再試試看。」她同意了。

黛西：我隔天又進去了，他們清了場，團員都不在，控制室只剩比利、泰迪、羅德和亞提。我一進去，我就……我知道這次會跟之前不一樣。

羅德：比利把黛西拉進錄音間，開始給她信心喊話，我趁機出去抽根菸。

比利：我知道那首歌聽起來應該要是什麼樣子，因此我一直在想要怎麼解釋給她聽。最後我想到，黛西的特色就是毫不費力的感覺，但這必須是一首唱起來很痛苦的歌，像是要抽乾全身力氣的感覺。我想讓黛西覺得，唱完這首歌會像跑完全程馬拉松那樣虛脫。

黛西：我的聲音有點沙啞，但這種沙啞不是用盡全力喊叫造成的嘶啞，比利要的是嘶啞。

比利：我好像跟她說：「你要唱得很用力、很大聲，唱到你沒辦法控制聲音，唱到聲音都分岔，唱到完全失控。」

我讓她知道就算唱得很難聽也可以。想像一下自己怎麼跟著收音機大聲唱歌，當你聽不到自己的聲音，你就不會怕大聲唱出來，因為就算破音或走音你也不會覺得丟臉。黛西需要這種自由，只是這麼做要有爆量的自信，黛西其實不太有自信。她一直都唱得很好，有自信是唱得差也沒關係，不是只有唱得好而已。

我說：「如果你用平常的方式把這首歌唱得很好聽，你就輸了。」

黛西：他說：「這不是一首美好的歌，你不要把它唱得太美好。」

羅德：我回去的時候，比利把黛西錄音間裡的燈都關了，黛西旁邊放了一支通鼻得、一杯熱茶、一堆喉糖、一些面紙、一大壺的水……你想得到的各式各樣東西，都在她那裡了。

然後黛西一坐到椅子上，比利馬上跳起來，又從控制室進到錄音間跟她說話。他把椅子拿開，調整麥克風的高度，然後說：「你要站著，用力唱到腳軟才行。」

黛西看起來嚇壞了。

黛西：他希望我放下所有矜持。比利說他想看到我在他——還有泰迪和亞提——在他們面前不顧形象唱出很難聽的歌，但我覺得，要在完全理智的情況下拋棄尊嚴做這種事，不可能。

我說：「我可以喝酒嗎？」

比利說：「你不需要。」

我回答：「錯，你才不需要。」

比利：羅德馬上就拿了一瓶白蘭地進來。

羅德：我總不能又要馬兒跑，又要馬兒不吃草。

黛西：我喝了幾杯，然後從窗口看向比利，對著麥克風說：「好了，你要我唱得難聽是吧？」他點點頭。我又說：「如果我最後唱得像亂叫的貓，也不會有人罵我是吧？」

我永遠不會忘記，比利按著對話鈕說：「如果你是貓，你的亂叫會讓所有貓都跑到你身邊。」我喜歡這個說法。想到可以完全做自己，我就覺得沒問題了。

我打開嘴巴，深呼吸，然後開始唱。

比利：沒有人跟黛西說過，我……就算到了現在我也有點猶豫要不要說……她錄的前兩次難聽爆了，真的是，老天啊，我都開始後悔給她那些指示了。但我們還是繼續鼓勵她。

當一個人處於孤立又危險的狀態，而你正好是讓他們陷入這種情況的人，你當然不敢再做任何事刺激他們。

所以我只能說：「很好、很好。」然後，我記得好像是在第三次之後吧，我說：「接下來降一個八度看看。」

羅德：應該是到黛西錄第四次還第五次的時候，我想可能是第五次，非常他媽的神奇，真的是神奇——這不是我會隨便用的形容詞，只會用來形容一輩子沒看過幾次的事情。她在哭喊。你聽到的錄音版本，是黛西錄的第五次，從頭到尾都在哭喊。

比利：她很有把握地進入第一段，也不是說很有自信，但很平順，很平穩。「難搞的女人／讓她抱著你／讓她給你心靈慰藉。」

她慢慢醞釀，用非常微妙的方式開始在下一段加強，就是：「細沙流過指間就像／野馬不受控，但她是小公馬。」你會發現「小公馬」是她開始施力的地方。

她繼續唱另一段的主歌，然後第一次進入副歌的時候，我看到她的眼神，她直直看著我，我可以感覺到她在準備：「她會要你奔跑／朝錯誤方向／她會讓你執迷／一場又一場虛妄／喔，她想索討／你今生的救贖／讓你回頭／繼續向她告解。」就在重複「告解」的時候，她開始嘶吼。

這邊唱到一半她的聲音就開始分岔，微微的分岔。然後她再唱一次主歌，第二次進入副歌的時候，她的聲音就完全放開了，聽起來很不穩、很沙啞又很喘，而且情緒非常滿，感覺像是在哀求。

同樣的狀態維持到結尾：「快遠離那個難搞的女人／看得到碰不著／你的心依然糾結。」

然後她加了兩句，非常棒的兩句，讓一切都完美了。她是這麼唱的：「你只是個差勁的男人／逃離她／同時緊握偷來的愉悅。」

她把整首歌唱得充滿心痛和惋惜，比我原本寫的還要動人太多了。

黛西：錄完那一次之後，我張開眼睛，不記得自己怎麼唱的，只知道：我做到了。我記得那時候發現，原來我的內在比我原本想像的更有力量，原來我還不夠了解自己能給予什麼，不夠清楚自己的內心有多深沉、多寬廣。

羅德：她唱歌的時候一直在看比利，比利也一直盯著她，邊聽邊點頭。她一唱完，泰迪開始鼓掌，那時她的表情有滿滿的喜悅，就像聖誕節的小朋友一樣，你可以看得出來她有多自豪。

她把耳機拿下來丟開，然後衝出錄音間——不騙你真是用衝的——直接擁抱比利，比利還把她抱離地面，稍微搖擺轉了一下，而且我敢發誓，比利把她放下來的時候還聞了一下她的頭髮。

黛西：有一個下午，我們都在錄音室，卡蜜拉帶著孩子來探班。

葛藍：我跟卡蜜拉說：「你怎麼不常帶孩子過來？」因為卡蜜拉偶爾會過來一下，但都只是幫比利送東西，不曾留下來玩。但那時我們常常會有人來探班。

不難想像，那次她來探班，雙胞胎的其中一個突然莫名其妙大哭，怎麼哄都停不下來，我不記得是蘇珊娜還是瑪麗雅，但比利把她抱過來，想要逗她，讓她安靜下來，結果沒用，我也抱了，凱倫也抱了，我們做什麼都沒辦法讓她不哭。

後來卡蜜拉只好把雙胞胎帶到外面去。

卡蜜拉：小嬰兒跟搖滾樂完全合不來。

凱倫：有一次我跟卡蜜拉和孩子在錄音室外面散步，我問：「最近怎麼樣？」

然後她就……打開話匣子了，一直講一直講，像是要把話都倒出來。雙胞胎都不睡啦，茱莉亞會嫉妒妹妹啦，比利老是不在家啦……一邊推著娃娃車一邊講，然後她突然停下來說：「我為什麼要抱怨？我愛我的生活啊。」

卡蜜拉：有句話是怎麼說的？你會度日如年，但又度年如日？講出這句話的人應該是三個小孩的媽媽，而且小孩都不到三歲，每個小時都很累又很煩，一躺到床上睡覺卻又覺得滿心歡喜。養小孩很難，但是做這個工作我心甘情願。

每個人都有擅長的事，我擅長當媽媽。

凱倫：那天卡蜜拉對我說類似這樣的話：「我在過我想過的生活。」她說這些話的時候有一種自在的感覺。

葛藍：卡蜜拉帶雙胞胎到外面的時候，比利讓茱莉亞到控制室，我們在錄音，她就跟亞提和泰迪還有其他人待在一起。

她在那裡玩得很開心。她穿著小洋裝戴著耳機的樣子有夠可愛，那時她的頭髮還是金色的，腳也好短，小腿還不能垂下椅子，只能伸直直的。

凱倫：我決定告訴卡蜜拉我跟葛藍的事。我想跟她商量看看可以怎麼做。

我……我沒告訴過他，但有一天早上我在他那側的床頭櫃看到他媽媽的信，我沒有偷看，他就放在那邊，我剛好看到幾行。他媽媽寫說，如果他真的愛身邊的這個女孩，就應該好好考慮終身大事。這讓我很慌亂。

葛藍：我想要有個家庭，不是說馬上就結婚，但我希望像我哥那樣有老婆小孩，肯定的。

凱倫：我問卡蜜拉：「如果我跟葛藍睡了，你會怎麼想？」

她拿下太陽眼鏡，看著我的眼睛問：「如果你跟葛藍睡了？」

我說：「對，如果。」

卡蜜拉：葛藍喜歡她都不知道喜歡多久了。

凱倫：我們都只用假設語氣討論。卡蜜拉說，葛藍已經喜歡我很久了，我也應該考慮到他的心情……我知道葛藍喜歡我，但我好像不知道有那麼久。

卡蜜拉：我告訴她，我知道葛藍對她有什麼感覺，如果她只是跟葛藍睡，可是對葛藍沒那種感情……嗯，記得我是跟她說最好別再跟葛藍睡。

凱倫：我記得她說的是：「不准傷害葛藍，否則我會殺了你。」

我問：「你就不擔心葛藍會傷害我嗎？」

然後她說：「如果葛藍傷了你的心，我也會殺了他。你知道我會的。但我們都知道葛藍不會讓你傷心。我們都知道實際情況會變怎樣。」

我有點不甘心，但卡蜜拉從來不怕多管閒事，她很了解每個人該做什麼事，想提醒你時也完全不會猶豫。她會搞得你很火大，因為她的判斷總是對的，而且她還會說「早就跟你講了啊。」如果你做了她阻止過的事，結果失敗了，你在她身邊就會變得緊張兮兮，因為她遲早會說那句「早就跟你講了啊」，還會特地挑你完全沒防備的時候說出來。

卡蜜拉：如果你來問我意見，然後又不理我的建議，等到事情像我說過的那樣搞砸了，你還想要我說什麼？

凱倫：我跟她說：「葛藍是個大人了，自己惹的麻煩可以自己處理。他要做什麼決定不是我的責任。」

卡蜜拉說：「你當然有責任。」

我說：「不，跟我無關。」

卡蜜拉：我說：「你當然有責任。」

凱倫：我們就這樣吵來吵去，後來我投降了。

黛西：有一次我們在錄音，茱莉亞也在，那天她們都來看比利。然後我的麥克風出了問題，我只能在旁邊等大家把麥克風弄好。

我去控制室，問茱莉亞說想不想吃餅乾，她拿下耳機反問：「我爸爸說可以嗎？」真是個小甜心。

泰迪按了對話鈕問：「茱莉亞在問她能不能吃餅乾。」

比利回答說：「好，她可以吃。」然後又補一句：「要確定是……正常的餅乾。」

我拉著茱莉亞的手一起去廚房，兩個人分一塊花生醬餅乾。她跟我說她喜歡鳳梨，我會記得這件事是因為我也喜歡鳳梨，我一跟她講，她就很開心，因為我們喜歡一樣的東西。我說也許我們之後也可以一起吃鳳梨。然後凱倫進來廚房，卡蜜拉叫著找茱莉亞，我把茱莉亞帶過去。茱莉亞跟我揮手說再見，卡蜜拉還說謝謝我幫忙看著她。

卡蜜拉：我們回家路上，茱莉亞一直問：「黛西・瓊斯可以當我的好朋友嗎？」

黛西：她們一走，艾迪就叫我跟凱倫回去錄音。有個人，我忘記是誰了，說我很會帶小孩，然後艾迪說：「我覺得你會是個好阿姨。」

如果你覺得這個人會是個好媽媽，就不會想要說她會是個好阿姨。但我心裡跟所有人一樣明白，我不會成為好媽媽，連只是想想都沒資格。

在那之後不久，我寫了〈像你這樣的希望〉（A Hope Like You）。

比利：黛西給我看〈像你這樣的希望〉，我就想說：這可以寫成鋼琴抒情曲。那是一首很悲哀的情歌，講述明明得不到一個人，卻還是渴望得到的心情。

我問：「你希望聽起來怎麼樣？」

她唱了一小段，然後我……我懂了，我知道這首歌聽起來應該是什麼樣子了。

黛西：比利說：「這是你的歌。應該只要錄你還有鋼琴的聲音，這樣就夠了。」

凱倫：能錄那首歌真的很棒，我很驕傲。整首只有黛西在唱歌，我在彈琴，就這樣，兩個搖滾壞婊子。

比利：黛西跟我在那之後寫了很多好東西。我們會在錄音室的休息室工作，如果想要安靜不受干擾，就會去泰迪的泳池小屋。

我會帶我在寫的東西，然後黛西會跟我一起修改，或是反過來，我們一起討論黛西想到的點子。

羅德：好像有一段時間，黛西和比利每天都會帶新東西過來。

葛藍：可以每天持續創作很讓人振奮，我們會錄一些〈午夜〉要用的音軌，或是幫〈難搞的女人〉多加一些東西，然後黛西和比利又會帶新歌進來，讓我們迫不及待繼續工作。

凱倫：那陣子感覺有點瘋狂。錄音室那邊有很多人，還有很多歌在討論和製作，我們不停錄音、錄音、錄音，一段旋律練習一千遍，絞盡腦汁想怎樣彈會更好聽。

有太多事要忙，太多事要注意了，可是我們早上還是會帶著宿醉進錄音室，十點的時候看起來還像一群殭屍，喝完咖啡，吸完古柯鹼，整個人又活過來了。

羅德：那些原始音軌聽起來都很棒。

亞提・施耐德：更多歌開始成型後，我們終於發現自己正在做非常特別的東西。

比利和泰迪都會待得很晚，聽我們當天錄的東西，聽了一遍又一遍。那些晚上，控制室有種特別的氛圍，整棟建築物很安靜，外面很漆黑，只有我們三個人在那裡聽著製作中的搖滾樂。

我那時正在進行離婚訴訟，所以他們想待多晚我都樂意奉陪。有時我們會在那裡熬到凌晨三點，我跟泰迪可能就睡在那裡了，比利一定會回家，就算兩個小時之後又要回來也一樣。

羅德：那些做好的歌一首比一首厲害，聽起來棒極了。我想跟跑者爭取夠多的預算來支持他們，因為這張專輯很值得好好投資。

我開始說服泰迪提高首發量。我希望他們可以推出一首肯定會暢銷的主打歌，我希望搖滾電台和流行電台都能有曝光，我希望可以安排大型演唱會的巡迴行程。我非常希望我們能成功，希望專輯能一飛沖天。

人人都知道黛西和比利去巡迴的話，門票一定會賣光，唱片也會跟著大賣，不用想也知道。現在泰迪讓相關團隊都好好參與規劃了，就連在跑者唱片，你也可以感覺得到大家很期待。

黛西：比利跟我在一兩個星期內就火速寫了差不多四首歌，其實，我們寫了七首歌，不過後來專輯只收了四首。

羅德：他們大約在一個星期裡面就交了〈拜託〉（Please）、〈新星〉（Young Stars）、〈關掉〉、〈走向決裂〉（This Could Get Ugly）四首歌。

比利：整張專輯的概念自然而然就浮現了。我們——我是說我和黛西，我們發現，我們寫的都是受慾望誘惑或留在正軌的掙扎拉扯，不管主題是藥癮、性、愛、拒絕還是別的什麼，都是這樣。

〈關掉〉就是這樣來的。我們兩個在這首歌裡面想寫的是一種情況——每當你以為某個問題已經解決了，同樣的事情還是會一直冒出來。

黛西：寫〈關掉〉那次，我跟比利在泳池小屋，他彈吉他，我試著讓他接受這句：「一直想要把感覺關掉／可是，你總是讓我動情。」然後我們從這裡開始越寫越多。

我說一句，然後他說一句，我們會把對方說的東西寫下來，然後修改，想試著用這個方法寫出這首歌最好的樣子。

比利：黛西跟我達成共識之後就會認真把一首歌修到好。一個東西要讓我們兩個都有足夠的信心一直去修，不容易。像寫〈新星〉的過程就沒那麼順利。

黛西：〈新星〉是斷斷續續寫出來的。我們先寫出來一點，覺得好像寫不下去就先放下，幾天後才又回去寫。我記得應該是比利建議用這句：「我們只是外表像新星／你看不到傷痕佈滿內心。」這句有打到我，後來我們就從這句繼續寫下去了。

比利：我們用了很多會讓你聯想到肉體痛苦的詞，像是疼痛、糾結、摧毀、拳頭等等。寫一寫覺得跟專輯裡的其他歌很搭——抗拒本能是很痛苦的事。

黛西：「告訴你事實，只為了讓你羞／看你受不了，我又鬆開拳頭。」這首歌在很多方面都幾乎說中了我的心聲，也許說得有點太貼切了：「我相信你會摧毀我／但我完好因為有人拯救。」

比利：其實，有時候你很難解釋一首歌到底在講什麼，因為有時候就連你自己也不知道為什麼會寫出那句歌詞，說不出來怎麼會想到，甚至還搞不清楚那是什麼意思。

黛西：我們一起寫的那些歌……（停頓）我開始覺得，比利寫的很多東西都是他的真實感受，我看到會覺得，有些沒說出來的事都在我們一起寫的作品裡說出來了。

比利：那些只是歌而已。寫歌的時候本來就會想到什麼寫什麼，有時候也會針對一些需求修改內容。我覺得可以這麼說，有些歌是我的心聲，但有些不是。

黛西：很奇怪，當一個人不肯向你表露心聲，只會堅持你們之間什麼事都沒發生，居然會讓你有種快窒息的感覺。但事情真的是這樣，沒有任何形容詞比「快窒息」還貼切，你就是覺得自己無法呼吸了。

凱倫：我記得，黛西在交出〈拜託〉之前應該只有給我看過。我覺得那首歌很棒，然後我問她：「比利覺得怎麼樣？」

她回答：「我還沒給他看。我想要先給你看。」

我覺得怪怪的。

比利：黛西把那首歌給我看，我看得出來她好像有點緊張，但我馬上就喜歡上這首歌。我加了幾句歌詞，也刪了幾句歌詞。

黛西：當藝術家、用創作說出心裡話很容易受到傷害，我們現在接受訪談也是。當你在過自己的生活，你會完全沉浸在自己的想法中，圍繞著自己的痛苦打轉，因此很難注意到身邊的人其實都看得出來發生什麼事。我覺得我寫的歌藏了暗號和祕密，但我懷疑那些暗號和祕密早就被看穿了。

比利：〈走向決裂〉這首，我們是先有了曲才開始填詞。葛藍跟我想到一段電吉他的反覆樂句，然後從那一段發展成一首曲子。後來我去問黛西：「你覺得這首曲可以寫什麼？」

黛西：我想到了一個主意——如果「決裂」是好事會怎樣。我想要在這首歌裡寫，如果某人沒意識到你比他更了解他自己，你們可能會怎樣。

比利：有一天早上，黛西跟我在泰迪家碰面，我又把那首曲子彈一次給她聽，她開始丟一些東西進來。她聊到一個正在跟她約會的男人，我不記得是誰了，然後她寫出幾句我覺得很有感的詞。我很喜歡：「列出你後悔的事物／我在第一行抽菸俯瞰全部。」愛死這句歌詞了。

我問她：「這個人對你做了什麼，讓你寫出這樣的歌詞？」

黛西：就算是那個時候，我也不確定比利跟我是不是在談同一件事。

比利：她很擅長玩文字遊戲，很會翻新意思，很懂得轉換負面感受。我很喜歡她用的手法，也跟她這樣講過。

黛西：為了成為詞曲創作者我一直努力著，努力越久寫得越好。當然，我的進步也不是直線上升，比較像彎曲的山路，但我真的越寫越好，越寫越厲害，我自己感受得到，把歌給他看之前就知道了。可是知道自己寫得好只能讓你進步到某種程度，你遲早還是要給其他人看。聽到敬佩的人讚賞你，你對自己的看法也會跟著改變。這種讚賞比任何東西都還要影響深遠，我是這麼相信的。比利看待我的態度，就是我希望其他人看待我的態度。

每個人都希望有人可以拿對的鏡子來照自己。

比利：〈走向決裂〉由她發想，由她填詞，寫得……好極了。

她寫的東西像是我寫的，但我知道自己沒寫。我想不出那樣的點子——誰不想得到這種藝術靈光呢？偏偏有人可以捕捉到我們內裡模糊存在的事物，把你的心切一角，局部的你就這樣來到你面前，重新自我介紹。黛西寫的這首歌，正好給我這樣的感覺。至少我是這麼想。

除了稱讚她寫得好，我什麼事都做不了，連改一個字都沒辦法。

艾迪：他們拿〈走向決裂〉來錄音室，我就想：好喔，又是一首我沒有發揮空間的歌。

我不喜歡自己變成這個樣子。我不是個愛抱怨的人。在人生絕大多數的時候，我都不是這樣的人，你懂我的意思嗎？可是我真的越來越討厭這種情形，每天去上工的時候都覺得自己像次等公民，這種事情會讓你心情變很差。如果我不在乎你是誰，你也會生氣吧。

我跟彼特說：「我們就像高級度假村裡的次等公民。」

凱倫：的確感覺很像多了一道貴賓室的門，只有黛西和比利能進去。就連跑者那邊給的指示也都是：盡量滿足黛西和比利的要求，讓黛西和比利保持穩定狀態。

沃倫：黛西經常蹺掉不想做的工作，進來的時候都是醉醺醺的。可是大家都把她當成金雞母。

黛西：我那時候真心以為自己工作和私生活平衡得很好。其實沒有。可是我那時候真的這麼想。

凱倫：我一度以為她的用藥問題控制得很好，但在錄專輯的那段期間我才發現，她只是學會怎樣藏得更好。

羅德：比利跟黛西在一起就像水乳交融，合作無間，可是有時黛西會因為某些事遲到，或是跟人出去玩讓我們找不到人，然後比利就會發脾氣。

艾迪：黛西跟比利會去外面的人行道吵架，以為我們聽不到他們互相吼了什麼東西。

凱倫：黛西偷懶的時候，比利就會很生氣。

比利：我不覺得我跟黛西那時候特別常吵架。應該只是吵一些普通的事，就像我跟葛藍或沃倫也會吵啊，次數應該都差不多吧。

黛西：比利覺得他比我更了解我該做的事，我也不能說他完全錯了，但我就是不喜歡有人對我的事指手劃腳。

因為我還沒擺脫自我束縛。雖然已經得到渴望很久的肯定，但另一方面，我對很多事都不滿意。

那時候，我驕傲得不得了，同時卻不認為自己有任何價值。無論我長得多漂亮，聲音有多好聽，上了多少雜誌封面，都無法阻止我這麼想。就算，在一九七〇年代晚期，有很多少女希望長大後像我一樣，我也知道這一點，我還是這麼想。大家以為我擁有一切，只是因為我擁有的都是看得到的東西。

大家看不到的東西，我一樣也沒有。

嗑了太多藥可能會造成這種情況，因為你分不出來自己是不是真的快樂。你還會以為身邊圍繞了很多人就是有很多朋友。

我知道嗑藥不能徹底解決問題，可是天哪，那是最容易的辦法，真的太容易了。

但其實，也沒有那麼容易。可能這一刻你想用嗑藥療傷，下一刻你還得想辦法掩飾自己不是耍小聰明隨便包紮應付的笨蛋，同時傷口已經腫成膿包。

然而只要我的外表又瘦又漂亮，誰會在意，對吧？

羅德：泰迪總是要設法讓比利和黛西保持冷靜。他們……比利和黛西兩個人在一起時，待在旁邊很像在顧爐火，火候控制好一切都好，只要不讓煤油桶靠近，大家都會沒事。

艾迪：避免比利碰藥碰酒，讓黛西有平穩表現……都是麻煩差事。但泰迪・普萊斯會聽到消息就急著趕來阻止我進酒吧嗎？我懷疑。

葛藍：我們開始叫他們「天選之人」。我不確定他們知不知道這件事，但……他們確實就是。

羅德：我們正在錄黛西和比利寫的那些歌。那時整張專輯的歌已經完成得差不多了，我們已經在討論什麼歌要收，什麼歌只能放棄。

現在用的技術完全不一樣，大家已經不必考慮這種問題，不過那時我們對歌的長度有很多限制，因為黑膠唱片有前後兩面，每面通常只能播放二十二分鐘。

凱倫：葛藍寫了一首歌叫〈峽谷〉（The Canyon）。

葛藍：我寫了這首歌，歌詞是我寫過的東西當中最喜歡的。當然，我沒那麼擅長寫歌，這種事都是比利在負責。不過我三不五時還是會隨便寫一些東西，現在我終於寫出一首很滿意的歌。

那首歌在寫，雖然凱倫跟我那時生活都滿奢侈的，但如果我可以一直跟她在一起，住在破房子裡我也高興。歌裡的房子就是我們在托潘加峽谷一起住過的那間老房子，當時彼特和艾迪還住在那裡。

那個房子呢，暖氣不太能用，常常沒熱水，有一扇窗戶壞了，還有各種問題，可是只要我們在一起，這些事情都無所謂。「水龍頭沒水／浴缸留不住水／我會抱著你的溫暖身軀淋冷水浴／跟你待在一起，不管時間流到哪去。」

凱倫：聽到這首歌我有點焦慮。我沒有跟葛藍承諾過未來要怎樣。他認為我們有未來讓我很擔心。但很不幸地，那個時候，我習慣逃避不想面對的問題。

沃倫：葛藍寫了一首歌，要比利考慮看看能不能收進專輯，結果比利只是說了幾句話敷衍他。

比利：葛藍拿出這首歌要我們錄錄看的時候，黛西跟我已經完成幾乎整張專輯了，那些歌的內容比較複雜，有很多詮釋空間，也有點黑暗。

我和黛西正在討論要再多寫一兩首歌，我們希望其中一首稍微複雜一點，不要太浪漫。葛藍給我看的歌……葛藍寫了一首情歌，很單純的小品情歌，沒有黛西跟我想要追求的那種複雜性。

葛藍：那是我第一首認真寫的歌，為心愛的女人寫的歌。可是比利完全活在他自己的世界，不知道我在寫誰，連問都沒問。他用三十秒讀完整首歌然後說：「可能等下一張專輯吧，老弟。到時就可以用這首歌了。」

在那之前我一直都在比利背後支持他，一直都在支持他，無論經歷什麼事，無論他做任何事，都會挺他。

比利：我們說過了，做這張專輯的時候，我不會對其他人的工作指指點點，所以我也不想聽別人告訴我和黛西應該唱什麼歌。如果我們都想各做各的，那就管好自己的工作就好。

凱倫：葛藍把那首歌賣給魅力男孩（Stun Boys），結果成了他們的暢銷金曲。我很高興，覺得事情能這樣發展真是太好了。畢竟我才不希望每晚都要彈一次那首歌。

我永遠無法理解，為什麼明明知道巡迴的時候會一再表演同一首歌，大家還是會想要把真實心情放到歌裡面。

羅德：差不多在那時候，黛西和比利開始一起錄合唱。大多時候，他們會同時進一個錄音間，對著同一支麥克風唱歌，當場一起和聲。

艾迪：比利和黛西，在那些小小的錄音間對著同一支麥克風唱歌……嗯，我們也都巴不得可以離黛西那麼近。

亞提・施耐德：如果可以讓他們一人用一個錄音間，我就可以分開錄他們的聲音，這樣我會比較好做事。因為他們用同一支麥克風會讓我的工作麻煩十倍。

如果黛西有個地方唱得太小聲，剪輯的時候也會動到比利的部分，這樣我根本沒辦法用其他錄音版本的音軌來補充或修改。

我們只能不停重錄，一直到他們兩個人同時都唱好為止。其他團員晚上回家後，黛西、比利、泰迪和我還會留下來挑燈夜戰。這種錄法讓我很難調整音軌的品質，我其實很不爽用，可是泰迪不肯叫他們換個方式錄。

羅德：我覺得泰迪的決定很對，因為從他們錄的音軌，你可以聽得出來他們在同一個空間唱歌，你會覺得……好像只能這麼說，他們之間有種親密感。

比利：如果，做音樂的時候把所有凹凸不平的地方都磨光，把黯淡的地方都擦亮……這樣聽起來哪裡還會有感情？

羅德：有件事我是聽泰迪說的，不能保證真實性。有一天晚上，比利和黛西熬通宵補錄〈走向決裂〉。

泰迪說他們在大半夜錄到某一次的時候，比利唱歌時視線從頭到尾都沒有離開黛西，等到他們唱完，比利發現泰迪在看他，才馬上轉頭，想要假裝他沒有在看黛西。

黛西：我們在這裡應該要說多少才算誠實？我的確說過我會告訴你所有事，但「所有事」你又想了解到哪個地步呢？

比利：我們在泰迪的泳池小屋。黛西穿了一件細肩帶黑洋裝，這種衣服好像有個名稱？

我們正在寫一首歌叫做〈為了你〉（For You）。我們一開始沒什麼靈感，但這首主要是想寫我為卡蜜拉戒毒和戒酒的心情。當然我沒有明白說出這一點，因為我知道黛西一聽到我想寫有關卡蜜拉的歌又會跟我鬧，我只說這首歌想寫的是，某人為了另一個人願意放棄某些事物的心情。

黛西提醒我說，我們的目標是要寫比較複雜的東西，我就說那首可以之後再想，因為我很喜歡現在這個點子，我可能還強調：「我最近一直想寫這麼一首歌。」

黛西：那時大概是上午十一點左右，但我已經茫了。比利正在用鍵盤彈一首歌，我坐在他旁邊。他在彈他想用的音階，我在旁邊跟著一起哼，想要找到適合的音調。比利已經寫了幾句歌詞了……我還記得：「做任何事我都願意／只要能回到過去等著你。」他坐在我旁邊這樣唱著。

比利：黛西把手放在我手上，要我先別彈。我看著她，然後她說：「我喜歡跟你一起寫歌。」

我回答：「我也喜歡跟你一起寫歌。」

然後我說了不該說的話。

黛西：他說：「我還滿喜歡你的。」

比利：黛西聽到這句話笑了，看起來很開心，嘴角上揚，還發出像少女的笑聲，我還看到她的眼睛變得有點濕潤，不過這也可能只是我的錯覺。我不曉得誒。感覺……能讓黛西笑感覺很好。這樣……（停頓）我不知道啦。我不知道我想說什麼了。

黛西：我還滿喜歡你的。

比利：她很危險。我很清楚這一點。但我不知道的是，她越覺得跟我在一起很安全，她就會變得越危險。

黛西：發現自己在做什麼之前，我就靠過去親他了。我離他近到可以感覺到他的呼吸。我睜開眼睛，發現他閉上眼睛，我就想說：這樣很自然。自然得合情合理，令人感動。

比利：我想，我迷失了，一下下，也可能不只一下下。

黛西：我的唇還沒碰到他的唇，只是我感覺得到快要碰到了，但這個瞬間他後退了。

比利看著我，眼神很溫柔，然後講出那句話。

他說：「我不能這麼做。」

我的心跳都停了。當然不是真的停了，我只是很失望，覺得心臟陷在胸口都跳不起來了。

比利：想到那次那件事，我都會發抖。親下去是一個很小的錯誤抉擇，卻有可能會毀滅我的人生。

黛西：他拒絕我之後，開始低頭看鍵盤，我看得出來他想要假裝剛剛什麼事都沒發生。可能覺得這樣對我比較好，當然，我想他這麼做也是為了他自己好。我覺得很痛苦，因為他希望我們欺騙自己。我還寧願他對我大吼大叫，而不是在那邊緊張兮兮，什麼都不敢做。

比利：葛藍跟我還小的時候，夏天媽媽帶我們去社區游泳池。葛藍坐在游泳池旁邊，在深水區那一側，那時他還不會游泳。

我就站在他旁邊，腦袋裡突然想：我可以把他推下去。這個想法把我嚇死了。我不想把他推下去，也不可能這麼做，可是……我很驚恐地發現，僅僅因為我的選擇，一個普通的日常就有可能會變成我畢生最大的悲劇。這是一個很魔幻的經驗，讓我體會到人生有多危險，而且沒有一個全知的存在會在這種時刻插手，阻止不應該發生的事情發生。

類似的事情都會讓我很害怕。

這就是待在黛西．瓊斯身邊的感覺。

黛西：我跟他說：「我該走了。」

他說：「黛西，別放在心上。」

比利：我們都想要裝作什麼事都沒發生。我非常希望我們其中一個人可以站起來走開。

黛西：我抓了我的外套，還有車鑰匙，跟比利說：「我很抱歉。」然後就走了。

比利：後來，我變成先走的那個人。我跟黛西說改天再繼續討論那首歌，然後我就上車，開車回家找卡蜜拉。

她說：「你今天回來得真早。」

我回答：「因為我想跟你在一起。」

黛西：我開去海邊，我也不知道為什麼。我只是想開車到一個地方，結果就這樣一直開到路的盡頭，然後在沙灘的邊緣關掉引擎。

停車之後，我覺得自己非常可恥，非常丟臉，非常傻，非常孤單，真是一個又寂寞又可悲又骯髒又糟糕的人。然後，我覺得很憤怒。

他的一切都讓我憤怒。因為他憑什麼後退，憑什麼讓我丟臉，憑什麼我只是自作多情。又或者是因為我懷疑他對我有感覺，但他不敢承認。總之，無論是什麼理由，我就是很生氣。這樣很不理性，但又有什麼是真的理性呢？明明知道很不理性，我還是氣壞了，氣極了，胸口一陣怒火。

我們在說的這個人，應該是我這輩子第一次遇到的類型，他願意認真看待我，真正了解我，與我有許多共同點……就算是這樣，他還是不愛我。

當你難得遇到一個真正了解你的人，他卻不愛你……

我的怒火越燒越旺。

比利：那天還很早，我看著卡蜜拉說：「我們開車出去走走怎麼樣？」

卡蜜拉問：「去哪裡？」

我轉身問茱莉亞說：「如果你現在可以做任何事，你會想做什麼？」她毫不猶豫，立刻大喊：「迪士尼樂園！」於是我們收拾了一下，然後開車載孩子去迪士尼樂園。

黛西：我把車停在太平洋海岸公路旁邊，腦中出現了一句歌詞：我要你後悔。車上能用來寫的東西只有牌照的背面和加油站拿的紙巾。然後我開始到處找用來寫的工具，車門置物盒沒有，手套箱也沒有，我打開車門下車，看座位底下，最後在副駕駛座下面找到一支眼線筆。

我開始寫，一眨眼，過了十分鐘左右，我已經寫出有頭有尾的歌。

比利：我看著茱莉亞跟卡蜜拉坐在茶杯裡，看著她們轉啊轉，雙胞胎在推車裡睡著。我想忘記那天早上發生的事，但我覺得自己快瘋了……原因嘛，就是一言難盡啊。

然後，你知道我發現什麼嗎？那都不重要，無論我對黛西有什麼感覺都不重要。寫下歷史的是你的行為，不是你差點要做的事，也不是你想做的事。我為我的行為感到自豪。

黛西：我有必要為了比利做的事寫那首歌嗎？應該沒有，可以說，完全沒有。但我還是寫了。藝術創作跟人情義理無關。

唱歌唱的是感覺，不是事實。當你想表達自我，你想講的是活著的感覺，而不是討論你可以在什麼時候表達什麼情緒。我有對他生氣的資格嗎？他有做錯任何事嗎？我才不管咧！我為什麼要在意？我在心痛。我想寫下心痛的感覺。

比利：我們很晚才離開迪士尼樂園，玩到他們的關門時間。

茱莉亞在回家路上睡著了。雙胞胎也睡一陣子了。我把車開上四〇五號州際公路，用很小的音量播放洛杉磯廣播電台，卡蜜拉把腳放上儀表板，頭靠在我肩上。我很喜歡她把頭靠在我肩上。我挺直背，一動不動，讓她可以維持這個姿勢。

那時我跟卡蜜拉有一種默契。

我是說，她知道黛西……她知道我們之間……（停頓）我想，我的意思是，有些夫妻用不著把所有感覺都說出來。

我覺得把所有想法和感受都講出來……嗯，有的人會這麼做，但卡蜜拉和我不會。對我們來說，好像更……我們都很信任對方處理事情的方式。

我還在想要怎麼解釋。因為現在說出來，我覺得滿吃驚的，卡蜜拉跟我居然沒有討論過我……就是卡蜜拉跟我不曾好好談過黛西，這真的很不可思議。因為，她顯然對我們的人生有很大的影響。

我知道其他人看起來會覺得，這種情況就是我們不信任彼此，可能是我不敢讓她知道我跟黛西之間發生了什麼，或是她不相信我有能力可以處理。可是事情正好相反。

差不多就在同一個時期吧——可能是在那之前或之後幾年，我忘了——卡蜜拉接到了一通高中男同學打來的電話。棒球隊的男生，是她參加畢業舞會的舞伴之類的，我記得他的名字好像是葛瑞格．伊耿還是蓋瑞．伊耿？反正差不多是那樣的名字。

她跟我說：「我要去跟蓋瑞．伊耿吃午飯。」我說：「好啊。」然後她就出門跟這個人吃午飯了，去了四個鐘頭。沒人吃午餐會吃四個小時。

她回來的時候，親了我一下，然後就開始洗衣服做家事。我問說：「你跟葛瑞格．伊耿的午餐吃得怎麼樣？」她回答：「還不錯。」然後就沒了。

那一刻，我就知道她跟蓋瑞．伊耿之間發生了什麼——可能是卡蜜拉對他還有感覺，或是他對卡蜜拉還有感覺，任何事都有可能發生——可是都不干我的事。那不是她想分享的事，因為那段時間是完全屬於她的時間，跟我沒有任何關係。

我不是說我不介意。我非常介意。我想說的是，你很愛的那個人，有時候需要的東西可能會傷害你，有的人值得你受這種傷害。

我傷害過卡蜜拉，天曉得傷得有多重。可是愛一個人不會只有完美表象和快樂時光，也不會只有歡笑和做愛。愛也是給予體諒和耐心和信任，有的時候還要接受對方給你的打擊。這也是為什麼愛情很危險，愛錯人，或是愛上不值得愛的人，特別危險。你應該要跟值得信賴的人在一起，你也要對得起對方的信賴。這是一件神聖的事。

我無法容忍辜負別人信任的人。完全零容忍。

卡蜜拉跟我約定好要把我們的婚姻放第一，要把我們的家庭放第一，我們也約好完全信任對方會好好做到這件事。得到這種信任，你知道該怎麼做嗎？就好比有人說：「我完全信任你，所以我可以接受你有祕密？」

你會珍惜這一切。你會想提醒自己，每天都得到這樣的信任，是多幸運的事。有些時候，你會產生一些念頭：我想要做一些事來破壞這種信任——像是愛上不該愛的女人，或是喝不該喝的啤酒之類的事——你知道該怎麼辦嗎？

好好振作起來採取行動，帶著孩子還有孩子的媽一起去迪士尼樂園。

卡蜜拉：如果我曾經讓任何人覺得信任很容易——信任伴侶，信任小孩，信任所有你在乎的人——如果我讓這件事看起來很容易……那應該是我讓人誤解了。這其實我畢生做過最困難的事，而且還不得不做。

可是如果沒有信任，你什麼都得不到，只會得到沒意義的東西。這就是我選擇信任的原因，一而再、再而三的信任，就算我因此被反咬一口也一樣，到死為止，我都會一直選擇信任。

黛西：那天晚上，我回家之後打給席夢。她在紐約，我大概有一個月沒看到她了，也可能更久。

我已經很久沒像這樣一個人待著，難得這天晚上我沒有找人過來玩，也沒有出去跟別人狂歡。小屋裡只有我一個人。安靜得耳朵都痛了。

我打給她說：「我現在一個人。」

席夢：我聽到她的聲音有深沉的悲傷。黛西很少會這樣，因為她通常都在嗑藥。如果一個人吸了古柯鹼和安非他命之後還會悲傷，那這個人是有多悲傷，你想過嗎？我知道，如果她曉得我常常把她放在心上，就不會那麼寂寞了。

黛西：席夢說：「幫我個忙，在腦中想像一下世界地圖。」

我沒心情照做，她又說：「你就想像一下嘛。」於是我開始想像。

然後她說：「你在洛杉磯，你是一盞閃爍的燈，你有在聽嗎？」

我說：「有啊。」

「而且你知道自己比任何人都還要閃亮。你有聽懂嗎？」

我說：「對啊。」只是在配合她。

然後她又說：「還有一盞閃爍的燈，今天在紐約，週四在倫敦，下週在巴塞隆納。」

「是你嗎？」我說。

她說：「就是我啊。無論在哪裡，無論什麼時候，我們都是在黑暗世界閃爍的兩盞燈，我們會一起發光，不會獨自燦爛。」

葛藍：有一次，比利凌晨三點打電話過來。凱倫在我身邊，我接起來，因為我覺得如果有人在半夜三點打電話找我，應該是有人死了。比利連招呼都沒打，只是說：「我覺得這樣下去不行。」

我問：「你在講什麼？」

他說：「黛西得離開。」

我說：「不行，黛西不能走。」

可是比利說：「算我求你，拜託。」

我回答：「不行，比利。你好好想想，老哥，我們專輯都快做完了誒。」

然後他就掛掉電話，沒再提這件事。

卡蜜拉：有一天半夜，我聽到比利起來打電話，我想他應該是打給泰迪，但我不確定。

我聽到他說：「黛西得離開。」

然後我就知道了。所以，我當然知道。

葛藍：我只是以為他在擔心，因為他不再是這張專輯的主角。當然，我也知道比利和黛西之間有一些不好說的什麼。可是那時候我認為音樂就只是音樂而已。

不過音樂本來就不只跟音樂有關，如果只是這樣的話，歌的主題就會是吉他；但我們不寫吉他，我們寫的是女人。

女人會把你擊垮，你懂嗎？每個人肯定都會傷害到別人，可是女人受傷了似乎總能再站起來，你注意到了嗎？女人都會屹立不搖。

羅德：黛西那天不必進錄音室。

凱倫：我們在修〈新星〉。我在休息室看到黛西進來。看得出來她很茫。

黛西：我醉了。以我的立場來說，那時是五點，嗯差不多五點，已經是國際標準開喝時間了，不是嗎？好啦，我知道，我很清楚自己那時有多荒唐。給我鼓掌一下。我真的知道我有多瘋。

比利：我在控制室，聽艾迪補錄他的部分，我正想要勸他再慢一點，這時黛西突然打開門，說想要跟我談一談。

黛西：他想要假裝不知道我為什麼想要跟他談。

比利：我說好，就跟著她去廚房。她給我一張紙巾，還有一張很像是帳單的背面。上面都是她的字，看起來黑黑髒髒的。

黛西：眼線筆本來就容易暈開。

比利：我問：「這是什麼？」

她說：「我們的新歌。」

我重看了一次，看不懂到底寫了些什麼。

她說：「先從這張紙背面開始看，然後再看紙巾。」

黛西：他又讀了一次，然後說：「這首不能錄。」

我問：「為什麼不行？」

我們在一扇開著的窗戶旁邊講話，比利把窗戶關起來，很用力地關，然後說：「你知道。」

比利：如果你寫了一首歌，看起來有點像又不太像跟某人有關，你不會擔心他們會問。因為沒有人想要看起來像個笨蛋，以為所有事情都跟自己有關。

黛西：我說：「你說我們不能錄這首歌，那要給我一個好理由。」

他開始講話，然後我打斷他。

我說：「我可以給你五個應該錄的好理由。」

比利：她抬起手，開始用手指頭數。

「第一，你知道這是一首好歌。第二，你前幾天才說過我們需要一首複雜一點，不那麼浪漫的歌，這首就是這樣。第三，我們還需要至少一首歌。你還想跟我寫另一首歌嗎？因為我現在就可以告訴你，我絕對不要再跟你一起寫歌了。第四，這是用你之前想的藍調節奏旋律寫的，已經很接近完成的歌了。第五，也是最後一點，我重新看了一下曲目，這張專輯的主題是張力衝突，如果你希望專輯主題有動感，就需要破壞性，也就是這首歌。現在有了這首歌什麼都破壞掉了。」

黛西：我開車途中有演練過要說的話。

比利：我很難反駁她，但我還是想反對。

黛西：我說：「我們沒有不錄這首歌的理由，除非，還有別的事困擾你？」

比利：我說：「沒有任何事困擾我，但我就是不想。」

黛西：「比利，你又不是樂團的老大。」

比利：我說：「我們一起寫歌，我不想跟你寫這首歌。」黛西搶走我手上的紙，氣沖沖走出去，我以為事情到此為止。

黛西：我把所有人都找來休息室，每個人都在。

凱倫：黛西真的是拖著我的袖子過去。

沃倫：我站在後門抽大麻菸，突然間黛西拍我的肩膀，把我拉回去裡面。

艾迪：彼特本來跟泰迪在錄音，我去上廁所。等我出來的時候，彼特也出來了，想看看到底發生什麼事。

葛藍：彼特跟我坐在休息室，正在討論一件事，突然間大家都跑過來，站在我們面前。

黛西：我說：「我要唱一首歌給你們聽。」

比利：我發現他們都在休息室，想說：幹到底怎麼回事？

黛西：我還說：「聽完之後我們要投票，決定要不要錄這首歌，然後放進專輯裡。」

比利：我氣到整個人像是在沸騰狀態被潑了一大盆冰水，冷到凍結，氣到像是血要給人抽乾了，就像水從拔掉塞子的浴缸流走那樣。

黛西：然後我就開始唱了，沒有任何伴奏，只是照我腦中想像的方式把歌唱出來：「當你面對鏡子／盤點靈魂／當你聽見我的聲音，記住／你已經讓我身心全損。」

凱倫：她用了很多喉音，有一部分是因為她很明顯醉了或茫了之類的，然後她的聲音聽起來很沙啞，不過這兩種元素組合在一起，聽起來就是一首憤怒的歌，而且她唱的時候很生氣。

艾迪：這就是搖滾啊！那種憤怒，天啊，她有種要把所有人打倒的氣勢。當我跟人分享做搖滾專輯是什麼感覺，我都會說到那天的故事。我會說我怎麼站在那裡，看著我生平見過最辣的女生用盡全力唱著歌，然後旁邊所有人都覺得她好像快瘋了，但就算瘋了還是很好看。

沃倫：你知道她什麼時候打動我的嗎？還有我怎麼知道這首歌他媽的很厲害嗎？就是她唱這

句話的時候：「當我成為你思緒的點綴，我希望搖滾樂蕩然無存。」

比利：她唱完，大家沉默得像死人。然後我想：嗯，很好。他們不喜歡這首歌。

黛西：我問：「誰覺得這首歌應該收進專輯，舉個手好嗎？」凱倫馬上舉手。

凱倫：我想要彈這首歌。我想要在台上用這樣的一首歌震撼全場。

艾迪：這是一首傷心女人的歌，但寫得很好。我舉起手，彼特也舉了。我覺得他喜歡這首歌的危險氣息，你懂我的意思嗎？我們為那張專輯做的歌大部分都滿軟的。

沃倫：我說：「算我一票。」然後把大麻菸放到嘴裡，走回停車場那邊繼續抽。

葛藍：如果比利喜歡那首歌的話，我們就不必投票了，是吧？我的直覺是支持比利，可是那確實也是一首好歌。

黛西：大家都舉手了，除了葛藍和比利，然後葛藍也舉手了。

我看向後面的比利，對他說：「六票對一票。」他朝我點點頭，又朝其他人點點頭，然後就走開了。

艾迪：我們錄了這首歌，比利不在。

羅德：接下來我們就要思考怎麼行銷這張專輯了。我找了一位攝影師朋友來拍專輯封面，就是弗萊迪・曼杜沙（Freddie Mendoza），非常有才的人。我放了兩首早期錄音版本的歌給他聽，讓他稍微了解一下我們做的東西。他說：「我覺得可以到沙漠的山上拍。」

凱倫：不曉得為什麼我記得比利說過，他想跟我們在船上拍封面。

比利：我想過我們應該要拍日出。我記得那時候已經決定專輯名稱叫《奧羅拉》了。

黛西：比利早就決定專輯名稱要叫《奧羅拉》，沒有人可以跟他吵這件事。但我懂他在想什麼。這張我做得要死要活的專輯，終究還是以卡蜜拉命名。

沃倫：我覺得我們應該去我的船上拍封面照，我覺得這樣會很屌。

弗萊迪・曼杜沙（攝影師）：我收到的指示是拍一張比利和黛西站在中間的團體照。聽起來跟其他樂團的照片沒什麼兩樣，對吧？你必須非常清楚誰要當主軸，然後想辦法讓這種安排看起來很自然。

羅德：弗萊迪說想要有沙漠的氛圍，比利說沒問題，所以就這麼決定了。

葛藍：天快亮的時候，我們全都要在聖塔莫妮卡山的某個地點集合。

沃倫：彼特遲到了差不多一個小時。

比利：等攝影師架器材的時候，我看著我們所有人，然後試著抽離自己一下，用別人的角度來看我們。

我看到，葛藍總是那麼帥，身形比我高大，也比我壯，這幾年我們吃穿用度好很多，他長了些肉，但帥度不減。艾迪和彼特還是高高瘦瘦的，可是他們很會穿衣服。沃倫留著當年很酷的那種鬍子。凱倫有種不露鋒芒的美。然後還有黛西。

凱倫：我們全部在那裡集合，差不多每個人都穿牛仔褲和T恤，因為羅德說：「穿平常的衣服就好。」然後黛西出現，穿了剪邊牛仔短褲和白色背心，沒穿內衣，然後戴著她的招牌圈形耳環和滿手臂的手環。她的上衣很薄，而且是白色的，所以可以清楚看到她的乳頭，她自己也知道這一點。突然間我很明顯感受到：封面的焦點會是黛西的胸部。

黛西：專輯封面拍出來什麼效果跟我沒有什麼屁關係，我才不會為了這種事道歉。我想怎麼穿就怎麼穿，我穿自己覺得舒服的衣服，別人怎麼想不是我的問題。我跟羅德說過，也跟比利說過。我還跟凱倫有過很多相關討論（大笑），最後我們的共識就是我們的想法差很多。

凱倫：如果想讓人認真看待我們的音樂人身份，為什麼要利用容貌身體？

黛西：如果我想要光著上半身走來走去，那是我的自由。我跟你講，等你到了我這個年紀，你也會慶幸自己年輕時拍過那樣的照片。

葛藍：〈我要你後悔〉事件之後，我發現比利和黛西好像沒怎麼講話。

比利：沒什麼好說的。

黛西：他欠我一個道歉。

弗萊迪・曼杜沙：比利全身上下都穿丹寧布，對吧？然後黛西穿了一件幾乎等同沒穿的上衣。這樣我就知道照片要怎麼拍了，重點就在比利的牛仔藍和黛西的白背心。

我讓樂團成員站在路邊靠著護欄，護欄的這邊是人行道，另一邊是沉降到峽谷底部的陡坡，很壯觀、很有壓迫感的大山就在他們身後一百英呎，這時太陽正在升起。

他們七個人站在那邊，每個人都擺不同姿勢，我覺得我們會拍出很棒的照片。你看，這是一張很美國的照片，對吧？有公路，還有路上的灰塵泥土，然後這個站在懸崖邊的樂團，有些人邋遢隨便，有些人長得漂亮，然後還有聖塔莫妮卡山的沙漠和森林，一點點的樹從淺褐色的土裡冒出來，還有陽光，照耀這一切。

然後還有比利和黛西，對吧？

他們站在所有人的兩側，但我一直想辦法讓大家換位置，有一瞬間，我發現黛西身體往前，她在看比利。我繼續拍我的照，我都會想辦法不讓人注意到我的存在，盡量站得遠一點，讓大家做想做的事情。所以黛西在看比利，其他人在看我的鏡頭，我繼續按快門。然後，在某一瞬間，啊哈，黛西在看比利的時候，比利轉頭看了黛西，他們兩個人眼神交會，我捕捉到那一毫秒了。

我想：那張已經可以當專輯封面了。拍到好東西之後，我的心情立刻就可以放鬆下來了，對吧？我可以多嘗試一些東西，讓大家換地方多拍幾張，我還可以稍微多給一些指令，萬一把他們氣跑，也不會有什麼問題了，對吧？然後我說：「各位，剛剛那樣很好。現在我們去山頂上吧。」

比利：他說那句話之前我們已經在大太陽底下拍了一兩個小時，我早就想走了。

葛藍：我說：「我們開車上去，不要用走的。」攝影師跟我討價還價了一下，最後我們決定照我提議的開車。

弗萊迪．曼杜沙：我們後來到了一個完美取景點。

比利和黛西下車，站在山頂上，背景是沒有半點雲的藍天，對吧？其他的團員排排站，開始紛紛站到比利和黛西中間，我說：「我們來這樣排：比利、黛西、葛藍……」這下我終於讓他們兩個站在一起了，不過他們的肢體語言暗示，他們不想要跟對方有一丁點接觸。我試著用閒聊讓他們放下心防，於是我問了：「黛西怎麼會加入這個樂團？」我不知道這背後有什麼故事，因此我覺得應該會是個容易開始的話題。

比利和黛西同時開口，然後他們又對看了，我趁機按了幾下快門，然後在比利跟黛西對話時放大特寫他們的身體，上半身的部分。他們的身體形成了一個夾角，而那個地方很……

他們之間的留白空間……感覺有什麼在蠢蠢欲動，好像有一種激情在那裡面。他們之所以不想碰到對方總有什麼強烈的動機，對吧？

透過觀景窗我可以發現這些事。我覺得那會是一張好照片。

黛西：我們在山上拍照，那個人要比利跟我站在一起，然後又問了一些無聊的問題——那時候比利跟我已經連續好幾天講話不超過五個字——聽到那些問題，比利一開口就是在講我的壞話。

比利：有個厚顏無恥的傢伙進了我的樂團，對我的專輯指手劃腳，還站在我的專輯封面中間，我要回答問題還打斷我說話。

凱倫：我們其他人站在那邊擺姿勢，完全看得出來相機根本沒在對著我們，那個拍的人連裝一下都沒有。你能想像，為了沒人在拍的照片擺姿勢有多傻嗎？

沃倫：我不小心坐到一顆鬆脫的石頭，後來石頭滾下山去了，我還差點把艾迪一起撞下去，幸好他跳開了。

艾迪：那天很漫長，我真的受夠這些討厭鬼了。

葛藍：我站在山頂上，跟心愛的女人在一起，為我們都知道會大紅的專輯拍封面。我發誓，我現在偶爾心情不好都還會回想起那天，那段回憶可以提醒我自己，你永遠都不會知道前面有什麼驚人的好事等著你。不過，當我回想起那天，我也很難不去想，很多驚人的壞事也可能在前面等著。

弗萊迪・曼杜沙：我在洗照片的時候，我想到大家站在護欄旁邊時比利和黛西互看那張……我知道那張拍得很好，對吧？可是當我從比利和黛西的身體特寫中挑出最好的那張，還是覺得：「幹這才對啊。」這是那種厲害的照片——只看第一眼就讓你忍不住有情緒反應。

比利穿著丹寧布上衣，你可以看到黛西的胸部，就算沒看到臉，你還是知道他們是誰。你還自己可以發揮想像力。看看他們身後的晴朗藍天，在比利那邊形成類似直線的框，在黛西那邊則隨著她的身形起伏成曲線……同時具有男性陽剛和女性柔美。

然後你再仔細看，可以看到黛西的口袋有個東西。我不確定是什麼，看起來像是小藥瓶——我猜是放藥丸或藥粉。這點串連了一切——美國、奶子、性愛、藥、夏天、不可說的煩惱——這就是搖滾啊。

所以就是這樣了。封面放比利和黛西的身體特寫，封底放全體大合照，就是比利和黛西互看的那張照片。要我自己說的話，真是讚到爆的專輯封面設計。

黛西：是古柯鹼，我口袋裡的藥瓶。不然還會有什麼呢？當然是藥啊。

比利：不管怎麼站都要注意另一個人跟你的距離方位，你知道這是什麼感覺嗎？就算你一直告訴自己說你不在乎這個人？我……我覺得我一直在強迫自己不要看她。（大笑）我敢發誓，我看她的次數就只有那個人拍到的那兩次。結果他就把這兩次放在封面和封底了。

葛藍：泰迪給我們看專輯封套的打樣，封面是比利和黛西，封底是他們兩個在看對方……我們沒有半個人會對這種安排感到意外，但知道自己不是主要賣點，心裡還是有點刺痛。差不多從出生的那一天開始，我就一直活在哥哥的陰影下，我忍不住開始想，我還要在他的陰影下待多久。

艾迪：比利和黛西老是覺得自己是世界上最有趣的人，那整張專輯封套像是在認證這一點。

比利：那個封套很棒。

黛西：非常有代表性。

凱倫：錄音行程開始變得輕鬆了起來。我們回錄音室都是為了做最後的修正。

艾迪：我記得應該是我們補錄完〈走向決裂〉那陣子，我跟其他人在錄音室那邊聽一些音軌，嗯，應該不包括沃倫、彼特和比利，他們那天不在。然後泰迪先走了，再來羅德走了，就連亞提也走了。我想說那天差不多了，正要去開車回家，卻發現忘了拿鑰匙，就連忙趕回去。然後我聽到兩個人在淫叫！我想說：到底是誰在廁所做那檔事啊？

然後我聽到葛藍的聲音，又從門縫看到凱倫的頭髮。我馬上跑出那個地方，上車，回家。等我到家的時候，我發現自己還在微笑。我很為他們高興，他們在一起非常配。我還想：我賭他們會結婚。從來沒有其他情侶會讓我這麼想。

沃倫：我記得我是在十二月的某一天錄完我的部分。我那時候還想，我已經準備好專輯做完之後上路巡迴了。我好想看到那些觀眾，聽到他們的歡呼聲，跟那些追星族玩，然後嗑藥嗑到茫。你買遊艇的時候，有件事他們都不會告訴你……住船上會很容易得艙熱症。遊艇還是比較適合週末去待一待就好。

凱倫：我們各自的部分都錄完之後，就開始去休假了。休一個久違的長假。葛藍和我計劃了所有想做的事，我們在卡梅爾租下一個地方，在那裡待幾個星期，專屬我們的兩人世界，有小木屋，有海，有樹，還有迷幻藥。

葛藍：我記得艾迪和彼特回東岸去了，幫媽媽慶生之類的。

艾迪：我需要好好放鬆一下。慶祝完我父母的結婚週年紀念日，彼特和珍妮留在老家陪他們，我到紐約待了兩星期。

黛西：已經沒有我的事了。我唱的部分都錄完了，專輯封面也拍好了。巡迴的行程還沒排好。我想說：「隨便啦，我想去普吉島。」我需要旅行來整理一下思緒。

比利：我休息了幾天，然後就跟泰迪回到錄音室，一秒一秒重聽專輯裡的每一首歌，不停重新混音，直到一切都完美為止。泰迪、亞提和我每天都在控制室待差不多二十小時，這樣大概持續了三個星期。

偶爾，如果我們覺得某個反覆樂句聽起來不太對，或是我們想加上圖釘鋼琴[33]，或多布羅吉他（Dobro）[34]，或是鼓刷的聲音，我就會進錄音間，重錄某些樂器的部分。都是一些簡單的東西。

亞提・施耐德：大家錄完離開後，專輯是那個樣子，等到大家回來……聽起來又是另一張專輯了。細節更多，更有層次感，更有創意。泰迪和比利修補了所有不足的地方，加了牛鈴、沙鈴、響棒和刮葫。我記得有一次，我們甚至還重錄了比利的拳頭打到椅臂的聲音，因為我們喜歡那種空洞的聲響。

泰迪和比利對音樂很有見解。他們都可以很敏銳感受到一首歌要怎麼推進才好聽，泰迪更是懂得突顯一首歌的動能。

就拿〈我要你後悔〉這首歌來說好了，他們以前錄的時候，只有一個人的歌聲，還有很簡單的藍調節奏，泰迪就強迫比利進錄音間去錄第二部人聲。比利原本不太想，可是後來他大改了整首歌。他重寫又重錄了主題反覆樂句，他跟泰迪還把沃倫的鼓聲抽掉，到了導歌才加進鼓聲，簡直把這首歌變成另一首新歌了。

至於〈奧羅拉〉，比利則是放慢了節奏，把凱倫的鍵盤變小聲，讓葛藍的吉他更明顯，整首歌的主旋律聽起來更清楚了。

泰迪和比利——當然還有我——溝通起來很有效率。我們在工作中充滿樂趣，我覺得這張專輯也表現出這種樂趣，特別是在最終版。最後的混音結果根本就是一顆音樂炸彈。

比利：在把歌修成理想模樣的同時，泰迪跟我也一直在考慮曲目順序。我覺得一般人喜歡聽傷感的歌，可是他們不喜歡聽完整張專輯還是很傷感。好專輯要像雲霄飛車那樣在高的地方結束，你要留一點希望給他們。所以曲目順序我們想了非常久，我們必須把順序弄對才行，排順序時，我們不但要考慮主題，還要考慮配器效果。

你會有個強烈又大膽的起點，從〈追逐黑夜〉開始。

---

33 tack piano，在鋼琴的琴槌加上圖釘，把琴聲變得更薄更輕，聽起來類似酒吧鋼琴（Honky Tonk piano）的效果，但方法不同。

34 Dobro是Gibson旗下出產共鳴器吉他的品牌，外表長得很像一般空心木吉他，但音箱的部分會加上特殊設計的金屬共鳴器，可以將聲音放大，常見的演奏方式是平放，右手戴指套撥弦，左手按琴頸的弦。

到了〈走向決裂〉，衝突越演越烈。

然後是又狂野又黑暗的〈難搞的女人〉，這首聽起來有種糾纏不散的感覺。

〈關掉〉加速奔跑，這是一首經典。

〈拜託〉很絕望，充滿急迫感和哀求。

然後你翻到B面。

〈新星〉是飽受折磨的心情，也是首快歌，雖然氛圍有點危險氣息，但你可以跟著起舞。

然後接到〈我要你後悔〉，有點複雜，節奏也很快，感覺很奔放。

然後這些感覺到了〈午夜〉會收回來一點，變得甜美。

到了〈像你這樣的希望〉，節奏緩慢，感覺很溫柔、很傷感，編曲很樸素。

然後，你可以想像，太陽終於升起，一切邁向光明的結局，〈奧羅拉〉壓軸登場，綿延的音符，豐富的層次，鮮明的節奏感。

整張專輯……是美好的旅程，從開始到結束都是。

席夢：我在曼哈頓收到黛西從泰國寄來的明信片。

黛西：到泰國的頭幾天，我只是想紓壓。我原本想的是，只要一個人去某個地方，我可能就可以反省自己。當然，這種事沒發生。才待兩天，我就覺得悶到快瘋了，差一點就訂機票回家了，提早五天結束這趟旅行。

席夢：她在明信片上只有寫：「來普吉島。記得帶古柯鹼和口紅。」

黛西：然後我遇到了尼奇。

我正在游泳池邊躺著，看著水發呆，茫得不像話。然後這個又帥又高又斯文的男人走出來，嘴裡叼一根菸，我對他說：「可以麻煩你把菸熄掉嗎？」因為我沒抽菸的時候很討厭菸味。

他說：「你以為自己長得漂亮就可以為所欲為嗎？」他講話帶有很好聽的義大利口音。

我說：「沒錯。」

然後他回答：「好吧，算你對。」就把香菸熄掉了。又說：「我是尼古洛·阿基多（Niccolo Argento）。」我覺得這個名字真好聽，重複唸了好幾次，尼古洛·阿基多、尼古洛·阿基多。他請我喝酒，然後換我回請他，接著在我們就在游泳池旁邊吸個一兩條，就是我平常會做的事。然後我發現他不知道我是誰，在那時候是有點奇妙的事，因為很多人至少都知道〈甜蜜巢〉，所以我就跟他說樂團的事，然後他開始聊起自己，他到處旅行，很少在一個地方待太久。他說自己是「冒險者」，正在追求「充滿豐富閱歷的人生」，然後他說了，他是王子，義大利的王子。

接下來我只記得，我們凌晨四點一起待在我房間聽音樂，音量開到最大聲，旅館的服務人員一直來請我們調低音量，嗑了迷幻藥的尼古洛說他很愛我，現在回想起來很瘋狂我知道，可是那時候我也覺得我愛他。

席夢：我想去看她，反正離下一場表演還有幾週的時間，我也有點擔心她——那個時候我對她一直放不下心，所以就買了機票飛過去。

黛西：在接下來那幾天，我跟尼奇說了所有事。把靈魂都掏出來給他。他喜歡我愛的音樂、我愛的藝術，還有我愛的藥，他讓我覺得他是唯一能懂我的人。我跟他說我有多寂寞，做專輯有多辛苦，還有我對比利的感覺。我對他毫無保留，把心打開，裡面的一切都倒出來，他一直都在聽我說。

講到某個地方時，我說：「你一定覺得我瘋了。」

他回答：「我的黛西，有關你的任何事我都覺得很有道理了。」

他讓我覺得，我說的任何事，我告訴他的任何真相，沒有什麼是他不能接受的。接納是一種強大的藥，我早就該知道了，因為這些事我都做過。

席夢：我飛到泰國，累壞了，時差讓我很痛苦。我搭公車去黛西的旅館，辦好入住手續後，我問接待員蘿拉．拉．卡瓦住哪一間房，結果……她退房了，她已經離開了。

黛西：尼奇跟我到芭東的迪斯可舞廳，然後他突然提議，我們應該收拾行李去義大利。他說：「我想讓你看看我的國家。」我應該差不多就在那時候打電話訂了兩張去佛羅倫斯的機票，因為某一天早上有人就送機票來了。

尼奇跟我就這樣飛去義大利，我到半路才想到席夢正要去泰國找我。

席夢：我冒充她打給信用卡公司，才知道她的行蹤。

黛西：尼奇跟我到佛羅倫斯的波波里花園，他在那裡跟我說：「我們結婚吧。」然後我們就飛到羅馬，找他們家熟識的神父幫我們證婚，完成婚禮。我們對神父撒謊，說我是天主教徒。但我穿了很美的象牙白露肩洋裝，上面有棉質蕾絲，還有很寬的喇叭袖。

我很後悔結這次婚，但我不後悔買這件洋裝。

席夢：後來我終於在羅馬找到黛西，她住在很大很豪華的旅館房間，窗外可以看到梵諦岡城區。在羅馬！我居然要飛過半個世界才找得到她，而且我看到她的時候，她已經完全茫到不像樣，身上沒穿衣服，只剩一條內褲。頭髮還剪成亂七八糟的鮑伯頭。

黛西：那個髮型很棒。

席夢：真的是超讚的髮型。

黛西：我都說：「義大利人很會弄頭髮。」

席夢：黛西看到我沒有半點驚訝的樣子，正好說明她的狀態有多糟。我一坐下來，在她身上注意到的第一件東西，就是她手上的超大鑽戒。然後這個男的出現了——身材很瘦，還有濃密捲毛——他沒穿上衣。然後黛西說：「席夢，這是我老公，尼古洛。」

黛西：原則上，嫁給尼古洛之後我就是王妃了。這點很重要。畢竟我確實覺得成為王室大家庭的成員很不錯。可是，我跟尼奇過的生活完全沒有王室成員的樣子。我早就應該發現，跟他在一起的生活不會變成他說的那樣。我受到的教訓在這裡給大家參考：如果有帥哥只會說你想聽的話，通常就是騙子。

席夢：我一直想勸她回家，可是她連動都不想動，因為每當我提醒她還有該做的事情：你要準備宣傳專輯的巡迴演唱會，或是你現在別再一下吃那麼多藥了，或是你應該試著一段時間不碰藥不碰酒……尼奇就會在旁邊說她不必做任何不想做的事。他的存在，強化了黛西的自毀本能，他就像站在黛西肩上的鳥，不停不停在她耳邊肯定她的所有衝動抉擇。

凱倫：到了一月，我們重新集合，黛西卻不曉得跑去哪了。

葛藍：我們到泰迪在跑者那邊的辦公室，跟理奇・佩倫提諾一起聽最終混音版。我們都預期……反正，我們都覺得我們很清楚自己錄了什麼，或多或少都還記得。

沃倫：我那天宿醉，可是跑者辦公室的兩個咖啡壺都沒有半滴咖啡。我問前台接待的祕書說：「怎麼會沒有咖啡？」

她回答說：「咖啡機壞了。」

我跟她說：「是喔，那我肯定死了，沒辦法活著開完這場會。」

她回答：「你太誇張了啦。」然後看起來有點生氣的樣子，很像是因為我不懂她的困難。可是我宿醉得很嚴重。

我說：「等等，我還沒跟你睡過是嗎？」

我還真的沒。

凱倫：專輯開始放，我們所有人圍坐在桌子旁邊……

艾迪：第一首出來的是〈追逐黑夜〉，他改了我的短樂句。我寫的他媽的短樂句，他就那樣改掉了。

比利：我們一起聽的時候，我才發現……我先前都沒注意到泰迪跟我改了多少東西。

艾迪：後面越改越多。他還改了〈拜託〉用的的音調，全部改掉重錄，以為我不會注意到他換成納許維爾調弦法（Nashville tuning），或發現他用另一把吉他彈這首歌。其他人也注意到了！他們都發現他幹了什麼好事。可是沒有人要說出來，你懂我的意思嗎？因為泰迪和跑者對這個結果很滿意，他們已經在討論要預訂大型場館，還有壓製一百多張母盤之類的事情。他們還說想要趕快先釋出〈關掉〉，因為他們覺得這首會衝上排行榜冠軍。每個人眼裡都是錢的符號，因此也就沒人對比利或泰迪多說什麼了。

凱倫：有兩首歌，他把鍵盤的部分完全拿掉了。我很氣，非常氣。可是我們還能怎麼樣？你又不是沒看到理奇・佩倫提諾有多看好這張專輯，講話都講到噴口水了。

沃倫：比利表現出他沒跟泰迪一起製作專輯的樣子，如果他承認，我還比較能尊重這個結果。我不喜歡有人偷偷摸摸搞事，也不喜歡有人說一套做一套。

可是大家都說我們樂團會衝上排行榜冠軍，到時我就會是一代天團的鼓手。為了前途，我不得不說，我一直都還滿識相的。

羅德：差不多在那時候大家開始說悄悄話。大家都不再交談，而是跑來跟我咬耳朵。

凱倫說：「他拿掉我彈的部分，完全沒跟我討論。」

我回答：「那你要跟他談啊。」

但她不肯。

然後彼特說，整張專輯做得太軟了，他聽了都尷尬，我說：「這種事要跟比利講。」我也跟比利說：「你應該跟大家好好談一下。」他說：「如果他們想跟我談，就會來找我。」

然後每個人都在問黛西什麼時候回來，可是真正想辦法在找她的人只有我。

葛藍：那張專輯用一種奇怪的方式提醒我們：事情正在改變。我們不再是幾年前的那個樂團了。幾年前，如果比利想要重錄艾迪的部分，他會先跟我討論，會想先聽我的意見。可是現在，他只跟泰迪談。同時我跟比利也發生很多改變。我有凱倫，他有卡蜜拉和女兒。他想討論創作靈感時……呃至少在錄《奧羅拉》這段期間……他還可以找黛西。我的意思不是說，我覺得比利不再需要我了，我沒那麼幼稚。但我覺得，我們不會永遠都當隊友，因為我們會各自成長，不可能繼續保持這種關係。

其實，我以前都是透過他來定義自己的，這讓我想了很多。我這輩子在那之前始終都是比利・鄧恩的弟弟。然後我那時才想到，他大概從沒把自己當成葛藍・鄧恩的哥哥，也不會想到要這麼做。

比利：現在回顧起來，我可以懂他們為什麼會生氣。可是我為專輯做的所有事，我完全不後悔。作品自己會說話。

凱倫：這實在是很難解釋。這張專輯之所以會成為我們最好的專輯，是因為比利一開始就被迫讓我們參與作曲和編曲嗎？我覺得是。這張專輯會這麼好，也是因為比利最後拿回主導權嗎？因為泰迪知道什麼時候要讓比利聽別人的意見，什麼時候要讓他獨自發揮？或者這張專輯這麼好只是因為有黛西？我不知道。這件事我想了很久，但我還是沒有答案。

這張專輯後來大賣，如果你有機會參與這麼了不起的事情……你會想知道自己是不是裡面不可或缺的一份子，你會想要相信，如果沒有你的話，他們做不到這件事。比利從來不會花什麼心思讓大家覺得自己很重要。

比利：所有樂團都有類似的問題。很多事情都很主觀，每一件事都要讓這麼多人同意，你知道有多難嗎？

亞提・施耐德：後來我有聽說一些不滿意見。就是有的團員不喜歡那些改變，或者應該說，處理那些改變的方式。但我覺得很奇怪，大家會生氣居然是因為比利掌控了一切。真正掌控一切的人是泰迪啊。如果比利重錄艾迪的部分，那是因為泰迪覺得比利應該重錄。任何泰迪不支持的事，我從來沒看過比利做。

有一次，泰迪不在控制室，我就曾跟比利開玩笑。那時比利想要拿掉某一首歌的多布羅吉他，可是泰迪不同意。泰迪一離開，我就問：「我們要來試試嗎？把那段拿掉，看他會不會發現？」

比利搖搖頭，非常嚴肅回答我說：「我們最紅的一首歌是我覺得很討厭的歌。泰迪是唯一堅持留下那首歌的人。」他說：「如果我們意見不一樣，要二選一，我們應該都照他說的做。」

席夢：我終於說服黛西買機票回洛杉磯準備巡迴前的練團。

黛西：我跟尼奇說我該回洛杉磯了，他不太贊成。樂團要開始配合媒體曝光，進行預熱宣傳活動。我們還要為巡迴演出做準備。他都知道，因為我們才剛認識，這些事我都跟他說了。可是他說：「別走，留下來，搞樂團一點意義也沒有。」這句話刺傷了我，因為樂團是我的一切，代表我全部的價值……他居然把樂團當成毫無價值的東西。雖然很丟臉，但我必須承認他差點說服我，我差點就沒去機場了。

席夢來敲門，尼奇說：「別開門。」

我說：「是席夢，我一定要開。」她站在門口，看起來氣瘋了，我永遠都不會忘記她說：「快收行李，上計程車！馬、上、行、動！」我從沒看過她那樣。然後我好像懂了。

你這輩子一定要有這麼一個人，你知道永遠不會害你的人。他們可能會跟你意見不合，可能會一次又一次傷了你的心，可是你身邊至少要有這麼一個人，永遠都會跟你說實話。

當你惹了禍，大便已經在你頭上滿天飛了，你需要有一個人，把你的東西丟進行李箱，讓你遠離所謂的義大利王子。

席夢：我硬把她拖回家。

凱倫：黛西休了一個月的假終於回歸，比她離開前還莫名奇妙瘦十磅，而且，你要知道，她本來就瘦到不能再瘦了。她還把頭髮剪了，手上多了一枚鑽戒——她成了一位王妃。

比利：我嚇到說不出話來——真的是完完全全說不出話來，下巴都快掉到地上了——她居然結婚了。

黛西：他有什麼好在乎的？說實在，他幹嘛在乎？我那時就這樣想。他都結婚了，難道我就不能結嗎？

沃倫：我們都先別激動。她嫁的是王子的兒子。她回來的時候，我就問她，有幾個人要先死掉，這個人才能當上國王，她回答：「基本上，義大利已經廢除君主制了。」所以……我覺得這個人聽起來不太像什麼王子。

羅德：我們安排專輯在夏天上市，接近發行日的時候，我們開始寄整張專輯給樂評和雜誌試聽，結果得到很多訪談的詢問。

我們希望專輯上市的同時有大篇幅的雜誌報導。當然，最好能上《滾石》雜誌。黛西還特別指名約拿・柏格再來訪問，於是我打了一通電話，他也同意過來了。

約拿・柏格：我們的計畫是，在排練期間去看看他們的情況，然後聊聊。

我的確覺得跟他們有特別的連結，畢竟當初就是因為我的文章他們才會湊在一起做專輯。如果專輯很難聽的話，那我也會很不好意思。不過這張專輯非常令我驚豔。光是歌詞就有很多地方值得玩味，比利和黛西在這部分的創作比例差不多，最好聽的那些歌都是他們一起寫的。所以採訪前我就認為這次的文章主軸應該會是，比利和黛西的合作如何產生這麼驚人的化學反應。

凱倫：開始排練的前幾天，情況很微妙，如果仔細注意，你會發現比利和黛西都不跟對方講話。

葛藍：我們討論曲目的時候，大家都坐在舞台上，可是比利和黛西都不直接交談。我記得比利提議我們不要再表演〈甜蜜巢〉，儘管那是我們最紅的歌。他建議我們以《奧羅拉》的歌為主，頂多再加一兩首別的歌。

黛西看著我說：「葛藍，你覺得呢？我認為大家還是會想聽，我們總不能讓他們失望。」我不懂她為什麼要對著我說這個。

在我回答之前，比利看著我說：「可是這首是慢歌，要記得我們現在要在更大的場地表演，我們要選比較能帶動觀眾的歌。」我正要問比利，難道他也不想表演〈像你這樣的希望〉，因為那也是一首慢歌，可是我還沒說話，比利就說：「那就這麼決定了。」

然後黛西問：「那麼，大家覺得呢？」

他們從頭到尾都沒有對到眼，我們全都站在那邊，看他們避開對方講話。

比利：第一天排練，我一開始就提醒自己要注意態度。我跟自己說：這是我要一起工作的人，先別管那些亂七八糟的事，我們是專業的合作夥伴。我試著說服自己先把我跟她的個人恩怨放一旁。事實上，你知道嗎？我還是很不爽她叫大家投票決定〈我要你後悔〉這件事，對，我很不爽，可是我認為這件事應該要船過水無痕了，我必須放下，所以我說話都好聲好氣，一直很努力在控制我的情緒。

黛西：我那時已經決定要放下比利跟我過去的所有恩怨。畢竟我都結婚了，我應該要把注意力都放在尼奇身上。我真的有在想辦法好好經營我的婚姻。

我們開始排練之後，尼奇答應來跟我會合。他從羅馬飛過來，跟我一起住在馬爾蒙。他甚至還去跟我爸媽吃晚餐。連我都幾乎沒跟我爸媽一起吃過飯。我問他們想不想見他，他們就邀我們去契斯傑伊餐廳（Chez Jay）[35]。他非常有禮貌又非常體貼，讓他們刮目相看。他都用「是的，瓊斯太太。不是的，瓊斯先生。」這種語氣講話，他們很喜歡，不過後來我們一上車，他就說：「你怎麼受得了他們？」我聽了嘴角笑到接近人體極限。

我好喜歡結婚，喜歡我們成為一個團隊，喜歡跟這樣一個人有緊密的連結。我的人生終於出現一個人會問我今天過得怎麼樣，而且每天都問。

席夢：理論上，結婚是非常適合黛西的事，她那時需要穩定的感覺。雖然她一直都是我的好朋友，未來也都會是，可是她那時想要的是一個可以分享人生的人，一個愛她、在乎她、崇拜她的人；如果哪一天她沒有在特定時間回到家，她希望有那麼一個人會想知道她在哪裡。所以……我可以理解她當時為什麼會那麼做，我也希望她能得到想要的。

只是，她結婚的理由錯了，挑的對象也錯了。

黛西：其實有很多跡象都在顯示我做了一個錯誤的抉擇。尼古洛的藥癮比我還重，我變成那個要他少嗑一點藥的人，我也拒絕了海洛因，還開始注意我的信用卡額度用了多少。他對比利有很強的戒心，也會嫉妒我交往過的對象或有過好感的人，還有任何他認為有可能跟我上床的人。當時我還以為這是新婚夫婦常見的問題。

大家都說結婚第一年是最難的，我把這句話認真聽進去了。真希望那時有人告訴我，相愛不是互相折磨。因為我以為愛情就是會把你撕裂成兩半，讓你心碎的同時，又讓你心跳加速到以為自己快死了；我以為愛情會轟炸你，然後讓你流淚又流血。我不知道愛情應該要讓你過得更輕鬆，而不是更沉重；我也不知道愛情會讓你變得更柔軟。我以為愛情是戰爭，不知道愛情應該……不知道愛情應該是和平。而且你知道嗎？就算我真的理解這些，我也不曉得自己能不能接受或珍惜那樣的愛情。

我想要的就是嗑藥和做愛和麻煩，那些才是我當時想要的。那時候，我認為其他類型的愛情……我覺得比較適合其他人。說實在，我不認為像我這樣的女人會遇到那種愛情。那樣的愛情只屬於卡蜜拉那種女人。我特別記得我當時是這麼想的。

席夢：尼古洛有不少優點，他真的有。他會關心黛西，用他的方式讓她覺得安心。他還會逗黛西笑，他們有些我看不懂的笑話，好像跟大富翁遊戲有關，我不知道啦，但他真的能讓她

---

35 一九五九年開業至今的知名餐廳，位於聖塔莫尼卡。

笑出來。黛西笑起來很好看，而且她已經心情低落一陣子了。

可是他的佔有慾很強。你本來就不可能佔有任何人，更不可能佔有像黛西這樣的人。

沃倫：我見過尼古洛就想：呃，好，我懂了。這傢伙是個騙子。

艾迪：我還滿喜歡尼古洛的。他跟我和彼特都相處得還不錯。

比利：尼古洛常常來錄音室聽我們排練。有一次，黛西跟我……我們在排練和聲，可是合不起來。休息的時候，我跟她說：「我們可能要換個音高。」我已經不知道有多久沒跟她講這麼多話了。但黛西說原本的音高沒問題。我就說：「如果你唱不到那個音，那我們就要改點什麼。」她對我翻了白眼，然後我道歉，因為我不想讓事情鬧太僵，我說：「好吧，對不起。」我覺得事情應該會自然好轉。

可是她又說：「我才不需要你的道歉好嗎？」

我說：「我只是想對你好一點。」

她說：「你的好對我一點意義也沒有。」然後她全身發抖。錄音室那邊滿冷的，她穿得非常少，看起來很冷的樣子。

我就說：「黛西，對不起。我們和好，好嗎？拿去，我的襯衫借你穿。」我穿了一件T恤，外面還有一件襯衫，也有可能是外套之類的。總之我把這件衣服脫下來，幫她披上。她縮了一下肩膀讓衣服掉下來，還說：「我不需要你該死的外套。」

黛西：比利什麼都知道。他知道你什麼時候沒唱對，知道你怎麼才唱得好，知道你應該要穿什麼衣服。比利老是想指揮我怎麼做事，我真的受夠了。

比利：她把我當成她的問題，煩到受夠的人應該是我。她才是困擾我的人。我只是想借她外套而已。

黛西：我又不想要他的外套。我要他的外套幹嘛？

葛藍：黛西提高音量，尼古洛一聽到她的聲音就跑進來了。

凱倫：他本來待在角落的沙發，在放啤酒的冰櫃旁邊。他每次都會在T恤外面穿西裝外套。

沃倫：那個混帳把好喝的啤酒都喝光了。

比利：他一衝過來就揪住我的領子，問說：「你是怎麼回事？」我把他的手拍開，這一刻，從他臉上的表情我就知道他是個禍害。

葛藍：我看到他們快打起來了，心裡猶豫：我該什麼時候擋住他們？

我擔心比利會把他揍得很慘。

凱倫：光看第一眼你應該想不到尼古洛會那麼強硬，因為他總是很客氣，而且他看起來也沒那麼壯，再說了他應該要有所謂王子的風範吧，可是他居然挺起胸……你應該看出來，比利打起來會很難纏，可是如果你看到尼古洛那個架勢，會覺得他有點瘋瘋的。

沃倫：男人打架有一些原則。你不會跟瘋子打，不會真的用力踢，也絕對不會咬人。尼古洛就是會咬人的那種人，一看就知道了。

比利：我有辦法打倒他嗎？或許吧。但我不想打，也不覺得他想。

黛西：我不知道該怎麼辦。我記得我就在那邊等著，看著事情發生。

比利：他說：「你離她遠一點，懂嗎？你們就只能一起工作，你不能跟她講話，不能碰她，也不能看她。」我想說這什麼胡說八道。是啦，他可以命令我要怎麼做，可是他總不能命令黛西吧。我轉過頭看著黛西說：「這就是你想要的嗎？」

她別開頭，過了一下才看著我說：「對，我就想要這樣。」

黛西：喔天哪，剪不斷理還亂的黑歷史。

比利：我不敢相信，她居然……所有事情都在警告我別相信她，我卻相信了。但我不會再相信她了。完全不會再信了。她就跟我原本想像的一樣爛，我居然相信她是個還不錯的人，真是個白痴。我舉起雙手說：「行，老兄，我不會再多說半句。」

艾迪：我不敢相信自己的眼睛。這個人的氣勢竟然可以壓過比利・鄧恩。

凱倫：好像是那個下午還是隔天，約拿．柏格第一次來找我們。我覺得坐立難安，我想我們都是，因為比利和黛西連看都不看對方一眼。我們整個下午都在排練〈新星〉，就連在一起和聲時，他們的視線也完全沒交會。

約拿．柏格：抵達時，我原本期待會看到溫馨的團隊氛圍。畢竟，這個樂團才剛完成一張很棒的專輯，他們顯然在裡面有高度共識，合作無間。至少我是這麼想的。我走進去的時候，他們正在排某一首歌，黛西和比利都在同一個舞台上，卻站得比任何人都還遠。這看起來真的太奇怪了。要不是看到這兩個人站著面向觀眾，隔了十五英尺遠，又完全不看對方，你不會意識到，原來大多數歌手一般在對唱時站得有多近。

葛藍：我一直在想說：至少在這個人來的時候做個樣子吧。

凱倫：在這個事件中，我會說，這個局面怎麼挽救完全是看黛西，可是她不肯拉下臉。

約拿．柏格：然而，就算感受得到氣氛很緊張，整個樂團還是表現得很好，他們表演的歌也很好聽。這是六人組始終都有做到的事，黛西加入後，他們變得更厲害了。就算是第一次聽到他們的歌，他們的音樂還是能讓你跟著用腳打節拍。這都多虧了沃倫．羅茲和彼特．洛文在節奏方面下的功夫。很多人都讚賞黛西．瓊斯與六人組的歌詞寫得很有意思──大家的目光都放在比利和黛西身上，這兩人也理應受到矚目──但他們也有強大的節奏組合。

比利：我一度問羅德，我們有沒有可能請約拿改天再來。

羅德：想跟約拿重新排時間已經太晚了。他已經來看他們排練了。

黛西：我不懂比利為什麼那麼在意他來的時間。我們明明就可以在約拿・柏格面前裝作要好的樣子，又不難。

約拿・柏格：練了幾首歌之後，他們開始休息，每個人都分別在不同時間點來跟我打招呼。我跟沃倫到外面一起抽菸，我覺得他是最有可能跟我說出真相的人，於是我對他說：「坦白跟我說吧。我看得出來發生了一些事。」

他回答：「什麼也沒發生啊。」還稍微聳聳肩，一副不知道我在講什麼的樣子。我相信他了。我相信沒有任何不尋常的事發生，他們平常一起工作的時候就這樣。比利和黛西就是合不來，可能從來沒有真正合得來過。

比利：我記得那天晚上約拿想請我們全部的人去喝啤酒，但我已經答應卡蜜拉會回家幫小孩洗澡，我問約拿可不可以約隔天晚上，他很快就答應了。

艾迪：照理說我們應該都要以樂團優先，結果《滾石》來做雜誌封面訪談的第一個晚上，比利先跑了。

黛西：我覺得比利先回家是好事。我可以先接受訪談，不必擔心要怎麼跟他互動。

約拿・柏格：我很感謝黛西願意跟我聊。很多時候，你去採訪，可是有些樂團成員都不太想跟你講話。黛西讓我的取材過程順利很多。

羅德：黛西不想回家。你可能看過這樣的人吧？他們看起來就只是想要整晚都在外面參加派對一直玩，或是整晚忙工作，或是整晚都在做某件事，這都是因為他們不想回家去面對某些事……

黛西跟尼古洛結婚的時候就是這樣。

約拿・柏格：那晚我們一起出去玩，每個人都去了，除了比利。我們先去日落大道那邊看電路故障樂團（Bad Breakers）的表演。我完全看得出來凱倫跟葛藍應該有一起睡，我就問他們說：「你們是一對嗎？」結果葛藍說是啊，凱倫說不是。

葛藍：我不懂，完全搞不懂凱倫。

凱倫：葛藍跟我不可能一起走到最後，我從來……我只是希望這段感情保留在真空中，跟現實生活無關，跟未來無關，最重要的只有，我們當天的感覺。

約拿・柏格：沃倫忙著調戲他遇到的每個女生。艾迪・洛文話多到讓我受不了，都是在講調弦之類的東西。彼特跟他的女友在一起。我決定把焦點放在黛西身上，反正她本來就是我最想取材的對象。

首先，我要聲明：那個時候很多人都會想辦法弄到一些東西讓自己嗨，這不是什麼新鮮事。就算是記者，也沒有什麼東西不能引用到雜誌裡，《滾石》雜誌尤其如此。你可以暗示大家都在吸或用的各種東西。不過有些人用藥不是為了好玩，有些人嗑藥嗑到茫純粹是因為無法克制。我個人認為，這些人的用藥習慣已經有點……太危險了。很多記者有不同的想法，他們很多人對於名人的用藥習慣會有不同反應，報導的角度也完全不同。

這些年我有幾次迫於壓力——或者應該說，受到施壓——不得不寫出一些人的故事，幫雜誌賺銷量。但如果我認為我正在訪談的對象有嚴重的用藥問題，我通常不會寫出我觀察到的事，或是跟任何人講這些事。對我來說，「非禮勿視」應該算是一個原則問題。

那晚我跟黛西談的時候，我們待在人群的最後面。我轉頭，看到黛西正在抹牙齦，起先我以為她在用古柯鹼，後來才發現是安非他命。她不像是偶爾吸著玩的人，當然這只是我的猜測。前年我在巡迴時看到的黛西，似乎跟眼前這個黛西差很多。她給人的感覺更狂躁，更少話，好像也更悲傷了。不，不對，應該是說沒那麼快樂了。

她問我：「你想去外面嗎？」我點點頭，然後我們去停車場，一起坐在我車子的引擎蓋上。然後黛西說：「好了，約拿。我們來聊聊。有什麼問題就問吧。」

我說：「如果你現在不想讓你說的話留下記錄，你要先講，因為你……現在不是在最佳精神狀態。」

她說：「沒關係，我們開始吧。」

我清楚明白地告訴她現在有個下台階的機會，但她拒絕了，我的義務也就到此為止了。

接下來我問：「你跟比利之間發生了什麼事？」

然後她開始大講特講。

黛西：我不應該說那些話。比利也不應該離開，然後又做那些事。

比利：隔天我進彩排室，大家都在，每個人都在聊天鬼混。約拿問我：「我們什麼時候可以聊聊？」

我說：「我來問一下黛西什麼時候有空。」

他又說：「如果，你可以接受的話，我希望只有我們兩個談就好。」這讓我開始擔心起來。他說話的方式……讓我想到：她做了什麼？我轉頭看她，她正好站在麥克風旁邊跟人講話。這裡很冷，她又只穿一條很短的短褲。我看了就想：幹嘛不穿長褲啦。我還想說：你覺得很冷，就別再穿成那樣，一副這裡很熱的樣子。你明明就知道這裡每天都很冷。可是她當然熱壞了，她嗑的那些藥讓她流了滿身大汗。這我也知道。

黛西：那晚跟約拿談過之後，隔天我有想過要不要再去找他，請他別把那些話寫出來，他可能會答應。我有想過，真的有。

約拿・柏格：我絕對不會答應讓黛西撤回她的發言。之前就有人問過，我都拒絕了。這就是我在錄音前要特地講清楚的原因，我要讓受訪者知道，他們對我開口說的話意味著什麼。

我已經跟黛西說明過了，她也同意了，在那之後，誠實揭露資訊就不再是我的責任，而是她的責任了。

比利：那天早上我們都在排練，黛西跟我的和聲在某一首歌的最後一段又合不起來了。我不想在約拿面前跟她吵架，但我也不想在約拿面前唱得太差，因為我最不想看到的，就是有報導說我們欠缺現場表演的實力，所以休息的時候，我請葛藍去跟她說，葛藍同意了。那天剩下的排練時間，黛西跟我差不多都是透過葛藍在溝通。

葛藍：說實在，我幹嘛要幫他們擦屁股？誰什麼時候為了什麼事不想跟某人說話干我屁事？我也有我的問題啊。我自己的心都快碎了，拜託。就算我開始覺得我愛的女人其實不愛我，我也沒跟任何人吐苦水，你也沒看到我找中間人來幫我收拾善後，是吧？

比利：那天收工後，我跟約拿出去。我坐在那邊擠蕃茄醬的時候，他說：「黛西說你第一次巡迴的時候都在搞外遇，染上了酒癮和毒癮，好像還有海洛因成癮。她說你現在都戒了，可是你大女兒出生時，你正好在勒戒中心，錯過了。」

沃倫：我從來不覺得自己是什麼大好人，可是別人的事我不會隨便講出來。

黛西：那時候我幹了很多蠢事。差不多那十年，我做的很多事不是傷害了別人，就是傷害了自己。可是那件事我特別後悔，一直忘不了。不只是因為比利，雖然說出他私下告訴我的事確實讓我非常愧疚，但想到我可能會傷害到他的家人，我更加後悔。

我實在……（停頓）我從沒想過要那麼做，真的。

比利：是這樣的，在學著恢復正常的過程中，你會學到我們唯一能控制的只有自己。你能做的只有盡力管好自己的行為，因為你管不了別人的行為。這正是為什麼我那時沒有拿蕃茄醬砸窗戶，儘管我很想。我也沒有把手伸到桌子對面，扭斷約拿・柏格的脖子。我也沒有立刻衝上車去找黛西，對她大吼大叫。這些事我都沒做。

我只是瞪著他，覺得呼吸熱了起來，胸口起起伏伏。我覺得自己彷彿一頭獅子，隨時都可以把他擊斃。然後我閉上眼睛，對著眼前的黑暗說：「請你不要把這些事寫出來。」

約拿・柏格：這下我確定黛西說的話是真的了。但我說：「如果你可以給我別的素材，我就不寫。」我也說過了，我不喜歡寫悲傷的祕密。我當記者是想寫搖滾樂的故事，不是為了寫讓人不開心的故事。你可以跟我說哪些搖滾明星跟追星妹上床，可以跟我說嗑了天使塵[36]之後發生什麼事，都很好啊。可是我真的不喜歡寫聽了就鬱悶的破事，什麼妻離子散之類的。我說：「給我一些夠搖滾的故事。」這樣應該就會是雙贏。

然後比利說：「不然這個怎麼樣？我他媽的完全受不了黛西・瓊斯。」

比利：我可以重複一次當初講過的話，反正文章裡都寫了。我說：「她就是個自私的幼稚鬼，這輩子要什麼就有什麼，還以為這一切都理所當然。」

約拿・柏格：當他說到：「黛西的才能放在黛西身上根本是浪費。」我就想：喔，哇嗚，讚耶，可以寫出好文章了。我覺得，這個故事比黛西告訴我的還猛。你想想哪一個會讓雜誌賣得更好？比利・鄧恩是個改過自新的酒鬼？還是這個人氣新興樂團的兩位主唱其實互相討厭？

不用比較也知道。這個世界上到處都是比利・鄧恩，已經有數不清的男人在女兒出生時沒陪在太太身邊，或背著老婆亂搞，或做了任何他做過的事。我很不想這麼說，但我們的世界就是這樣。可是沒幾個人可以跟討厭的人一起創作，還能做出厲害東西。這個故事太有趣了。

我的編輯很喜歡這個主題，聽了也是激動得不得了。

我告訴攝影師封面想要做什麼樣子，他說可以用之前拍過的照片拼接，很簡單。然後我就回紐約，四十八個小時內寫完文章。我從來沒寫這麼快過，但這篇真的很好寫。那種你覺得像是自動冒出字的文章，往往都是寫得最好的。

36 毒品苯環己哌啶（phenylcyclohexyl piperidine，PCP）的別稱。

葛藍：請約拿・柏格過來，原本是想向他展現黛西入團這個抉擇有多明智，讓他用這個主題寫報導。沒想到，他寫的居然是比利跟黛西鬧不合。

艾迪：你就這樣看著這兩個王八蛋用個人恩怨砸了樂團的招牌，我們做的音樂、付出的努力全都蒙上一層灰。

羅德：報導切入的角度太完美了。可惜那時團員都不覺得，他們看不出來這篇文章有多棒。我們推出〈關掉〉當第一波主打歌，然後安排團員去上音樂綜藝節目《午夜特輯》（*Midnight Special*）。在專輯發行日前，我們也讓團員到全國各大廣播電台上節目。然後，在《奧羅拉》上市的同一週，《滾石》雜誌封面報導出刊。

比利的側面照在一邊，黛西的側面照在另一邊，鼻子差點碰在一起。

標題寫著：「黛西・瓊斯與六人組：比利・鄧恩和黛西・瓊斯是搖滾史上最強宿敵？」

沃倫：我看到那個立刻開始大笑。約拿・柏格每次都以為他比別人快一步，其實他早就已經慢兩步了。

凱倫：比利和黛西本來還有機會放下他們之間的各種計較，在巡迴期間一起合作，真的好好合作，但我想，那篇訪談把這種可能性消滅了。我不認為他們之間還有挽回的餘地。

羅德：還有什麼標題比這個更能吸引人，讓你想去看黛西・瓊斯與六人組的現場演出？

比利：那時我已經不在乎黛西恨不恨我了。已經無所謂了。

黛西：我們都做了不該做的事。如果有個人說你的才華在你的身上根本是浪費，你完全就不可能會想要跟這個人和好，更何況他明明知道這些話會印出來，他還是跟記者說了。

比利：如果你先出賣人，傷害他們的家人，那你沒什麼資格用高尚的樣子指責別人。

羅德：要不是《滾石》雜誌那篇文章，這張專輯也不會得到鑽石唱片認證。他們的音樂之所以能擴大影響力，都是從那篇文章開始的。從此之後，《奧羅拉》不但是一張專輯，還是一個事件。說白了，那篇文章就是引爆唱片銷量的臨門一腳。

凱倫：〈關掉〉空降《告示牌》排行榜第八名。

羅德：《奧羅拉》在一九七八年六月十三日上市。我們不只激起水花，我們還掀起巨浪。

尼克．哈里斯（搖滾樂評）：這是眾人翹首盼望多時的專輯。大家都想知道比利．鄧恩和黛西．瓊斯一起做整張專輯會怎樣。

然後他們推出了《奧羅拉》。

卡蜜拉：專輯上市那天，我們帶著孩子去淘兒唱片行。我們讓茱莉亞也買一張。老實說，我有點不想這麼做，因為那終究不太適合給小孩子聽。但那是她爸爸的專輯，我們答應她可以讓她買一張來聽。離開唱片行之後，比利問：「樂團裡面你最喜歡誰？」

我說：「喔，比利……」

茱莉亞大聲說出：「黛西・瓊斯！」

吉姆・布雷茲：《奧羅拉》出來那天，我應該是在牛宮（Cow Palace）[37]有演出。為了聽這張專輯，我還請一位工作人員幫我去一趟唱片行。我記得我們上台前我就坐在那邊聽，聽到〈走向決裂〉，我邊抽菸邊想：當初我怎麼沒想到要找她來我的樂團？

這下可好了。我們這些人的光芒都要讓他們蓋過去了。

那個封面也是一絕，完美體現了加州的夏日搖滾風情。

伊蓮・張（傳記作家，《時代野花：黛西・瓊斯傳》作者）：如果你是七〇年代晚期的青少年，那張封面絕對意義非凡。

黛西・瓊斯展現自己的樣貌，宣示性別的意義完全由她掌控，儘管她的上衣突顯了胸部，但她應該是出於自身意願才這麼做……這對許多青少女的人生有深遠的影響。就我所知，少年也是。但我更想關注對女生的影響。

當我們在討論女性裸露的影像時，潛台詞很重要。那張照片的潛台詞——她的胸部不是正面朝向比利或是鏡頭，她站立的方式很有自信，但不具暗示性——所以潛台詞不是黛西想要取悅你或她身旁的男人。也就是說，她的潛台詞不是「我的身體為你存在」——這是很多裸女照片所代表的意思，也是女性在影像中裸露時會傳達的訊息。她的身體在那張照片中表現出沉著自信，她的潛台詞是「我想怎麼做，就怎麼做。」

青少女時期的我會愛上黛西．瓊斯，正是因為那張專輯封面。她看起來如此大膽無畏。

弗萊迪．曼杜沙：很有趣。我拍那張專輯封面照時，以為那只是一個短暫的案子。結果，現在過了這麼多年，大家還是在問我那張照片。一旦你做出這麼傳奇性的東西，就會發生這種事，對吧？反正，就這樣啦。

葛瑞格．馬堅尼斯（大陸凱悅嘉寓酒店的前禮賓員）：〈關掉〉一出來，街上的人都在討論那張專輯。

亞提．施耐德：專輯剛出來那個星期——我馬上就收到三個工作邀請。大家買了那張專輯，聽了很喜歡，都想知道是誰做混音的。

席夢：黛西爆紅了。她本來就很有名，這下變成走到哪裡都會引起轟動。她紅成這樣你知道嗎。

約拿．柏格：《奧羅拉》是一張完美的專輯，匯集了所有我們想要聽到的元素，但又超越了

37 原名加利福尼亞州家畜展示場（California State Livestock Pavilion），是位於加州戴利城與舊金山交界的室內體育館。

我們的期待。簡單來說，就是一個前景可期的樂團，自信又大膽地推出了一張所有曲目都很好聽的專輯。

尼克・哈里斯：《奧羅拉》集合了浪漫與陰鬱、痛徹心扉與喜怒無常。在這個以大場館搖滾為主流的時代，黛西・瓊斯與六人組創造的音樂，既能在大型體育館表演卻又不失親密感。他們有存在感強烈的鼓聲，也有激昂的獨奏，他們的歌曲以最理想的方式將人逼得喘不過氣，同時迫近私密的心靈深處。比利和黛西彷彿就在你身邊唱著，眼裡只有彼此那樣唱著。豐富層次，應該可以說是《奧羅拉》的最高追求。初次入耳，這像是一張開心時可以播放的專輯。然後你發現，開派對時可以放這張專輯，嗑藥時可以放這張專輯，在高速公路飆車時也可以放這張專輯。

接著你仔細咀嚼歌詞，又發現，哭的時候可以聽這張專輯，做愛時也可以聽這張專輯。一九七八年，你的人生每一刻，《奧羅拉》都可以是背景音。

而且自從上市後，這張專輯就成為引爆話題的焦點。

黛西：這張專輯是在寫我們對人的需求，儘管你需要的人愛著別人。

比利：這張專輯是在寫穩定與不穩定的拉扯，寫我每天都在設法不做蠢事的掙扎。跟愛有關嗎？當然有，不過那也是因為幾乎所有東西都很容易偽裝成情歌。

約拿・柏格：整個七〇年代，我們最暢銷的封面就是比利跟黛西那一期。

羅德：《滾石》雜誌幫了大忙，讓很多人都去買唱片，不過，我們最大的收入還是來自那些看了文章後買演唱會門票的人。

尼克・哈里斯：聽了專輯，看了《滾石》雜誌有關比利和黛西的文章，你會想要親眼看看。你一定要親眼看看。

奧羅拉世界巡迴演唱會：一九七八—一九七九

〈關掉〉攻頂排行榜之後，在第一名的位置停留了四週，同時《奧羅拉》的週銷量超過二十萬張。黛西・瓊斯與六人組的演唱會是一九七八年夏天的一大盛事。在大型場館舉行的奧羅拉巡迴演唱會，門票都銷售一空，在全國各大城市的巡迴行程仍在持續洽談中。

*****

羅德：接下來就要出發了，上路表演的時候到了。

凱倫：兩台巴士上的氣氛都很奇怪。兩台巴士分別是藍巴士和白巴士，上面都有「黛西・瓊斯與六人組」的標誌，一台用比利的丹寧布襯衫當底色，一台用黛西的白背心當底色。用上兩台巴士是因為我們這次有很多人，同時也因為比利和黛西完全不想要看到對方。

羅德：我們私下都說藍巴士是比利的巴士。比利、葛藍、凱倫、我，還有某些工作人員通常都在這台。

沃倫：我跟黛西、尼古洛、艾迪、彼特搭白巴士。珍妮有時會來陪彼特。白巴士待起來比較愉快，還有，沒錯，我當然會選車窗上有漆奶子的巴士，謝謝。

比利：我已經完成一趟不沾藥酒的巡迴，這次上路我就不怎麼緊張了。

卡蜜拉：我送比利上路的心情，就如同我那時跟他做任何事的心情一樣……充滿希望。我能做的，也只是希望而已。

歐珀・康寧漢（〔Opal Cunningham〕演唱會會計）：我上班的每一天都要面對三件事。第一，樂團花的錢都會比前一天還多。第二，不會有人想聽我的省錢建議。第三，任何大小東西——不論是大到像套房裡的平台鋼琴，或是小到像簽名用的簽字筆——都要確認比利和黛西拿到一樣的，很多原本只要一份的東西都變兩份，如果看到對方有，自己沒有，他們會發脾氣。

我還打電話跟羅德說過：「他們總不可能要用到兩張乒乓球桌吧？」

羅德：我都會說：「你批准就對了。反正跑者會付錢。」我應該把這句話錄下來，省得我一說再說。但我可以理解，歐珀的工作就是要確認我們沒有亂花錢，可是我們確實亂花很多錢。不過我們那時有一張全國最紅的唱片，我們可以爭取到任何東西，因為跑者出於長期利益考量都會答應。

艾迪：上路第一天，我們在一間加油站停車，彼特跟我下車去買汽水什麼的，店裡的收音機就在放〈關掉〉。這種巧合不算少見，過去那幾年我們常常遇到。但彼特這次開了一個小玩笑。他對店員說：「你可以轉台嗎？我討厭這首歌。」店員切到另一個電台，結果也是在放〈關掉〉。我說：「嘿，老兄，你要不要直接把收音機關掉？」店員覺得很好笑。

葛藍：那是我第一次看到大家對我們團有多——要怎麼形容？好像可以這樣講——有多投

入。比利跟我在休息站買漢堡，我們在沙漠裡，可能是亞利桑那州或新墨西哥州之類的地方，有一對情侶走過來，問比利說：「你是比利・鄧恩嗎？」

比利說：「對，我就是。」

然後他們說：「我們好愛你們的專輯。」比利很會應付這種事，表現得非常親切有禮貌，他一直都這樣，很會跟樂迷打交道，他會讓每個稱讚他的人覺得他們是最先賞識他的人。比利跟那個男的開始聊了起來，女的就把我拉到旁邊問說：「我想知道，比利和黛西是怎麼回事？他們有在一起嗎？」

我聽了頭往後縮了一下，回答說：「沒有。」

然後她開始點頭，一副了解我想說什麼的樣子。她好像覺得他們有在交往，但我不能跟她說這件事。

沃倫：剛開始巡迴沒多久，到了舊金山的時候，我們在表演前一晚先去旅館辦入住。我走出白巴士，後面跟著彼特和艾迪，葛藍和凱倫也走出藍巴士，我們直接從街上進去旅館，完全沒事。

然後比利走出藍巴士，這中間大概才隔了，我不知道，三十秒吧，開始有很多妹子在尖叫。然後黛西走出白巴士，那些人吵到你無法想像，搞得我的耳膜都快破了，而且不知道為什麼他們越叫越大聲，越叫越激動。我轉身看到羅德和尼古洛要一直推開他們，讓比利和黛西可以進來旅館。

艾迪：有一次我看到比利拒絕給一群樂迷簽名，還說：「拜託，我只是個音樂人，沒有比誰更了不起。」看到那個自大的王八蛋表現出謙虛的樣子，真的會讓我很想尖叫。彼特一直跟我說：「這些事都不重要。你別糊裡糊塗在意這種事。」等我真正聽懂他的意思，似乎已經太晚了。

黛西：只要有人跟我要簽名，我都會寫：「保持堅定。黛西．J。」但如果是小女孩的話——不常見，但偶爾還是會出現——我就會寫：「小鳥兒，勇敢作夢吧。愛你的黛西。」

羅德：大家都對這個樂團期待萬分，都想要聽專輯的現場演出。比利和黛西非常懂得給觀眾好料。他們不只有爆發性，同時也……難以捉摸，保有神祕感。他們的合唱很好聽，可是他們幾乎不會共用同一支麥克風。有時他們會對看，可是你不曉得他們看著對方想什麼。

有一次在田納西州，黛西在唱〈我要你後悔〉，比利在幫她和聲，她唱到最後，快唱完的時候，突然轉身，正眼看著比利，用力大聲唱，臉還有點紅，比利也正眼看著她繼續唱，兩人都沒有移開視線，然後等這首歌結束，他們又開始各唱各的。連我也說不出來那個時候他們在幹嘛。

凱倫：總之，如果你仔細看的話，會發現他們常常擺臭臉互瞪，尤其是在唱〈我要你後悔〉的時候。他們唱這首歌的時候特別容易這樣。

羅德：如果你覺得他們互相討厭，去看黛西．瓊斯與六人組的演唱會時就會找到很明顯的證據。如果你覺得他們之間有什麼別的，互相敵視只是煙霧彈，你也會找到這類的證據。

比利：跟某個人一起寫歌的時候，以某個人為主角寫歌的時候，知道你在唱的某些歌是某個人為你寫的時候……你很難沒有感覺……很難不受這樣一個人吸引。

我會不會有時候看到舞台另一邊的黛西，視線就沒辦法再移到別的地方？當然是……會。如果你去看巡迴過程的媒體照片、演唱會照片之類的東西，肯定會發現很多黛西跟我在對看的照片。我跟自己說那只是在演，但其實真的很難看得出來。哪部分是表演，哪部分不是？我們做了哪些事是為了賣唱片？我們真正的意圖是什麼？說實在，我可能起先還知道自己在幹嘛，可是到後來我也搞不清楚了。

黛西：尼奇常常為了台上發生的事吃醋。

〈新星〉是在講兩個人互相吸引，可是被迫否認。〈關掉〉是在講想要抗拒某個人卻又無法不愛的心情。〈走向決裂〉是在講一個人比某人的另一半更了解某人。這種歌跟另一個人唱難免有些風險。這些歌會讓你有些感受——讓我重新感受到創作時的心情。尼奇也知道這一點。我們在一起的大多時間，我都要看尼奇的臉色，總要確認他高不高興，玩得愉不愉快。

沃倫：每一晚的演唱會都是滿滿的人，充滿著歡呼。還有很多人會跟著一起唱。結束後，比利都會回旅館，我們剩下的人會在外面吃吃喝喝，玩到我們各自找到床伴為止。

除了黛西和尼古洛。他們都會玩到比所有人都還晚，大家都去睡覺了，黛西和尼古洛還覺得時間不夠晚。

黛西：什麼時候你會開始覺得那些藥不再可愛？當你每天早上醒來老是發現鼻孔下面有乾掉的鼻血，幾乎每天都要像刷牙那樣清鼻血。當你一直在身上發現新的瘀青，卻又不知道怎麼來的。當你在頭髮後面抓到一團打結，因為已經有幾個星期梳頭忘記梳到那裡了。

艾迪：她的手都發青了。那次在土爾沙，我們在後台準備要上台，我看到她就對她說：「你的手看起來有點青青的。」

然後她看了一下手說：「喔，真的誒。」她的反應就這樣：喔，真的誒。

凱倫：黛西慢慢變成我們都不太想打交道的人。大多時候，我們都不太需要理她，她對我們也沒有太多要求。問題是她有時會放縱過頭，造成大家的困擾。像是有一次她差點就把切爾西旅館（The Chelsea）給燒了。

黛西：我們在波士頓歐尼帕克豪斯飯店（Omni Parker House），尼奇抽菸抽到睡著，結果枕頭起火，我因為臉太熱醒了，發現頭髮燒焦了，只好爬起來用衣櫃裡找到的滅火器滅火。尼奇對這整件事絲毫不在意。

席夢：我聽說火災的事打過電話給她。她在波士頓的時候我打過去，她在波特蘭的時候我也打了。一直打過去找她，可是她都沒回我。

比利：我跟羅德說讓她去接受治療。

羅德：我提議帶她和尼奇去勒戒，她覺得我在說傻話。

葛藍：她有時候講話會口齒不清，有一次還從舞台的台階跌下來，那次好像是在奧克拉荷馬州吧。可是黛西會把這些事弄得好像很好玩，像在玩遊戲那樣。

黛西：到了亞特蘭大，尼奇跟我在外面玩了整晚，有人弄到了麥司卡林，尼奇覺得嗑一下麥司卡林好像不錯。其他人都去睡了，剩下尼奇跟我，因為嗑了很多東西感覺很亢奮，然後又有麥司卡林。

我們到了旅館頂層，破壞了通往屋頂的門鎖。聚在旅館大廳外面的樂迷都已經回家了，可見有多晚了。我們兩個站在屋頂，看著原本站著很多人的地方變得空盪盪的。只剩我們兩個人，感覺有點浪漫。旁邊都靜悄悄的。尼奇拉著我的手，帶我站到屋頂的邊緣。

我開玩笑說：「你想幹嘛？想要我們一起跳下去嗎？」

尼奇回答：「好像會很好玩。」

我……我覺得可以這麼說：當你嗑藥嗑到茫，跑去旅館屋頂，然後你身邊的老公還不會阻止你們兩個一起跳樓，你就會開始發現自己的問題還真多。但那時我還沒到跌到最低點。那只是我第一次注意到四周環境，並發現：喔，哇嗚，原來我在往下掉。

歐珀・康寧漢：有越來越多預算都是在賠償他們造成的損害。花最多錢的都是黛西的房間。大把的鈔票都用來賠壞掉的檯燈、打破的鏡子、燒焦的床單，還有一堆弄壞的鎖。旅館通常會預期房客造成某種程度的損壞，有樂團入住時，物品損壞更是難免。不過那時旅館的請款金額已經遠遠超過一般入住時的押金了。

沃倫：我記得應該是我們在南方城市巡迴那陣子，你可以看得出來黛西……怎麼說，失控了。她唱一唱還會忘詞。

羅德：曼菲斯那場要開始時，大家都準備好要上台了，可是沒人看到黛西。我到處找人，遇到人就問，最後終於在大廳旁邊的廁所找到她。她在隔間裡面昏倒了，整個人坐在地板上，一隻手放在頭上。有一瞬間——只有一瞬間，我以為她死了。我把她搖醒。

我說：「你該上台了。」

她說：「好喔。」

我說：「你該戒藥酒了。」

她回答：「喔，羅德……」然後站起來，照了一下鏡子，檢查她的妝容，然後走到後台跟其他人會合，看起來完全沒事的樣子。那時我就想：我不想再管這個女人了。

艾迪：紐奧良，一九七八年的秋天，我們在試音的時候，彼特過來跟我說：「珍妮想結婚。」

我說：「很好啊，那就跟她結啊。」

彼特說：「對啊，我應該會跟她結婚。」

黛西：如果你老是把人生搞得亂七八糟，你發現事情不對勁的敏感度也會比較遲鈍。不過我開始發現尼奇從來沒有為任何東西付過錢，他完全沒有自己的錢。然後他還一直買古柯鹼，越買越多。我還要說：「我覺得可以了，夠用了。」可是他老是想要嗑更多，也想要我嗑更多。

有一天早上，大概十二月左右，在巴士上，我們躺在後座，其他人都待在前面。我記得我們好像在堪薩斯州那邊停了下來，因為我看到窗外都只有平坦的草原，沒有山丘，甚至也沒什麼建築物。我醒過來，尼奇在吸古柯鹼，問我要不要。我突然想說：如果我不吸會怎樣？於是我說：「不要，謝謝。」

尼奇笑著說：「什麼不要，來嘛。」然後把藥放到我面前，我就吸了。

這時我轉頭看走道那邊，我看到比利有事過來這台巴士，好像是找沃倫講話之類的，不過……剛剛那一幕他都看到了。我跟他眼神交會了一下，我覺得很悲傷。

比利：我沒事絕對不會上白巴士。我上了白巴士準沒好事。

葛藍：我們全都回家過聖誕節和新年。

比利：我好高興可以回家跟老婆女兒在一起。

卡蜜拉：我老公是個樂團成員，這是事實，但我的人生、我的婚姻還有很多更重要的事。我不是說六人組對我們沒有影響，當然影響很大。但我們是一個家庭，比利回到家，就應該要放下工作，他確實做到了。

當我回想起七〇年代末期，我的確會想起很多樂團的事，還有那些歌……還有我們經歷過的事情。但我最常想起的是茱莉亞開始學游泳。還有蘇珊娜第一次開口講的是「咪咪呀」，我們分不出來她是想叫「媽媽」還是「茱莉亞」還是「瑪麗雅」。還有瑪麗雅老是想拉比利的頭髮。還有比利常常會跟孩子一起玩「誰能吃到最後一塊薄煎餅？」他會煎鬆餅給孩子吃，然後突然大喊「誰能吃到最後一塊薄煎餅？」舉手最快的人就能吃到，但不知怎的，無論發生什麼事，他最後都能讓她們平分。

那些才是我記得比較清楚的事。

比利：卡蜜拉跟我剛買下馬里布山丘上的新家。那裡比我住過的任何房子都還要大，車道很長，除了露台以外，每個地方都有種樹，露台上視野暢通無阻，一眼就可以看到大海。卡蜜拉都說這是「用〈甜蜜巢〉蓋的房子」。

我休假在家的那兩個星期，我們大部分都在忙搬家和整理新家。我們帶孩子過去的第一晚，我對茱莉亞說：「你想要住哪一間？」她年紀最大，可以先選，她瞪大眼睛，馬上跑過走廊看每一間房間，然後坐在走廊中間的地板上沉思了一下，接著她說：「我想要中間的那間。」

我問：「你確定了嗎？」

她回答：「我確定。」她就像她媽媽，一知道自己想要什麼，就下定決心了。

羅德：那個聖誕節是我非常非常難得不必做任何工作的假期。我終於可以好好享受一下，不必處理搖滾明星的任何危機，或想辦法讓他們的車加滿油，或是做任何平常要做的事。

我跟一個名叫克里斯的男人租了小木屋。他跟我經常跟同一群人活動，我在洛杉磯的時候都會跟他約會。我們一起在大熊湖過節，一起做晚餐、泡澡、打牌。我給他的聖誕禮物是一件毛衣，他則是送我一本日誌計劃本。然後我想：我好想跟普通人一樣。

黛西：尼奇跟我飛去羅馬過聖誕節。

艾迪：過節的時候，彼特向珍妮求婚，她答應了。我真的很為他高興，你懂嗎？我給他一個擁抱。他說：「我要想想什麼時候告訴大家。我不知道大家會有什麼反應。」

我說：「你在說什麼啊？又不會有人管你結婚了沒。」

他說：「不是，我要離開了。」

我反問：「離開？」

他說：「這次巡迴結束，我就要離開樂團了。」

我們在老家的小房間裡，我問：「你在講什麼啊？離開樂團？」

他說：「我早就告訴你，我不想要一輩子都做這個。」

我說：「你沒說過啊。」

他說：「我跟你說過一千次了，我說這些事情不重要。」

我說：「你是說你想為了珍妮放棄這一切嗎？真的假的？」

他說：「不完全是為了珍妮。是為了我自己。這樣我才能過我自己的人生。」

我問：「什麼意思？」

他說：「我本來就不想要加入軟式搖滾樂團。這一點你也知道啊。我搭上火車，經過了一些地方，現在我要下車的那一站快到了。」

黛西：尼奇跟我在義大利的旅館房間吵了一架。他說我在堪薩斯州的時候有跟比利睡，我完全不知道他在講什麼。我在堪薩斯州甚至沒跟比利講過話。可是他說他已經知道好幾個星期了，不想再忍受我騙他這件事了。很快的，我們越吵越激烈。我對他丟了幾個酒瓶，他用手砸破了窗戶。我記得我低頭往下看，有灰色的眼淚從我臉上掉下來，混了我的眼影和眼線。我不記得事情怎麼發生的，但我的其中一個圈形耳環被扯下來，劃破我的耳朵。我一邊流血一邊哭，整個房間亂得像垃圾場。接下來我只記得尼奇抱著我，我們說好再也不離開彼此身邊，再也不要這樣吵架，但我記得我那時想：如果這就是愛情的樣貌，那也許我並不想要愛情。

羅德：我們訂黛西的機票時，特意讓她搭提早一天抵達西雅圖的班機。這樣安排是因為我擔心她會錯過班機，需要預留一些補救空間。

黛西：我們要飛西雅圖的那天早上，我一醒來，就看到尼奇坐在旁邊。我發現自己全身濕透，躺在蓮蓬頭下面。我覺得頭腦昏昏沉沉迷迷糊糊，但那時候我每天醒來都這樣。我問：「發生什麼事？」

他說：「我猜你藥吃太多了。可能是紅中之類的。我不記得我們還用了什麼。」你知道嗑太多紅中會怎樣嗎？會死。

我說：「所以你讓我沖澡？」

他說：「我叫不醒你。我不知道還能怎麼辦。你一直不醒，我嚇死了。」

我看著他，覺得既悲傷又失望。因為，雖然我完全不知道那一晚我是真的藥物中毒昏迷還是怎麼了，我看得出來他確實嚇壞了。

可是到頭來他只會把我放到蓮蓬頭底下。

我老公覺得我可能快死了，可是他連打給櫃檯服務人員都不會。

我心裡有個開關在這時切換了，像斷路器開關那樣跳起來……就是在電路箱裡面的那種。你知道那些開關要承載多少電流才會切換嗎？可是一旦超出負荷，那些開關會馬上跳起來？我的開關跳起來了。就在此時此地，我意識到，我必須遠離這個人，我要照顧好自己，如果我不這麼做……

他不會殺了我，但他會讓我死掉。

我說：「很好，謝謝你照顧我。」我又說：「你一定累壞了。不然你去睡一下吧？」等他睡著之後，我收拾好所有東西，帶上兩張機票去機場。到了機場之後，我找了公共電話，打電話到旅館說：「我想要留話給九〇七號房的尼古洛·阿基多。」

服務員小姐說好，呃，她可能是用義大利文回我「好」。

我說：「請寫『蘿拉·拉·卡瓦想要離婚。』」

沃倫：等我們休息完回來工作，就是西雅圖那場……黛西看起來，怎麼說，很清醒。

我問：「尼古洛呢？」

黛西回答：「我那段人生已經結束了。」就這樣，完全沒再多說什麼。我覺得她真是個狠角色。

席夢：她打給我，說她在義大利把尼古洛放生了。我聽了拍手叫好。

凱倫：你會開始覺得她說話比較有條理了。她來試音的時候，也是頭腦清晰的狀態。

黛西：很不幸的，那時的我還沒辦法用「完全清醒」來形容。可是你知道嗎？我會準時到該到的地方，我真的開始做到準時。

比利：等到她恢復穩定之後，我才真正意識到她之前有多失控。

黛西：剛離開尼奇的那幾個月，我開始重新注意自己在台上的狀態，也開始注意我跟觀眾的關係。我也開始規定自己什麼時候上床睡覺，什麼時候起床，規定什麼時候用什麼藥。晚上只用古柯鹼，一次只吞六顆安非他命，或是其他我想到的數量，酒只喝香檳和白蘭地。

在台上唱歌的時候，我更投入表演，我已經很久沒這麼做了。我覺得演唱會很重要，我覺得怎麼讓表演好看很重要，我覺得……

我覺得跟我一起唱歌的人很重要。

羅德：嗑藥嗑到嗨的黛西很有趣，看起來是個無憂無慮的開心果。她玩得高興，你也會玩得高興。可是如果你想讓人撕心裂肺，找清醒的黛西來唱她自己寫的歌，沒有什麼比聽她唱歌更令人心痛。

黛西：我在葛萊美的頒獎典禮上喝醉了，但影響不大。

比利：那天晚上，年度製作獎頒獎前的某個時候，羅德說泰迪不想要上台講話。那個獎算是給製作人的獎，可是泰迪喜歡在幕後低調工作，於是羅德問我要不要上台，我說：「沒差啊，我們又不會得。」

他說：「那我找黛西上去也沒關係？」

我說：「可以啊，你只是給她一張空頭支票而已。」

看吧，一個人不可能永遠都是對的。

凱倫：〈關掉〉得了年度製作獎，我們全都上台了，我們七個人還有泰迪。彼特戴了一條該死的保羅領帶，醜斃了，我都替他尷尬。我本來很肯定致詞的人會是比利，沒想到走到麥克風前面的是黛西。我還想：希望她說得出有頭有尾的話。結果她還真的做到了。

比利：她說：「感謝所有聽這首歌的人，理解這首歌的人，還有跟我們一起唱的人，我們把這首歌獻給你們，獻給所有陷入迷戀不可自拔的你們。」

卡蜜拉：「獻給每個陷入迷戀不可自拔的人。」

黛西：我說這些話只是想為絕望的人發聲。我對很多事都感到絕望。可是當我陷入絕望，不知為什麼，我也覺得更靠近自己了。

這滿有趣的。起初，我以為嗑藥是為了麻痺自己的情緒，逃離自己的情緒，可是後來我發現，那些藥讓我的生活變得更難受，因為藥會放大你的每一種情緒，讓你心碎得更痛苦，快樂得更奔放。所以少嗑藥真的會讓我有恢復理智的感覺。

當你恢復理智，你遲早會開始明白，為什麼當初你會想逃離理智的自己。

比利：我們領獎下台的時候，我剛好跟她眼神交會，她對我笑了。然後我想：她的狀態真的開始好轉了。

伊蓮·張：黛西領葛萊美年度製作獎的時候，頂著一頭蓬亂的頭髮，手上一堆手環，身上穿了一件輕薄的奶油白絲質洋裝，她看起來完全主宰了整個樂團，對自己的才能相當有信心……光看那一晚應該就可以理解，為什麼她會被視為史上最性感搖滾歌手。

不久之後，他們錄下了那支有名的影片——他們在麥迪遜廣場花園表演〈難搞的女人〉的影片，裡面可以看到黛西使盡全身力氣唱出歌詞，無所畏懼唱到高音域，而比利·鄧恩的目光似乎無法離開她。

這些事全都發生在她離開尼古洛・阿基多之後的短短幾個月。那個時期的黛西將潛力發揮到極致，也完全掌控了自我。所有雜誌都在談論她，所有人都知道她是誰，所有搖滾樂手都想成為她。

當我們談到黛西・瓊斯，我們談的都是一九七九年春天的黛西・瓊斯。你會以為那時的她已經站上世界之巔。

凱倫：有件事我還沒說。

葛藍：凱倫有跟你說過嗎？如果她還沒跟你說過，那我還不適合開口。但……如果她說了，那我可能就可以講了。

凱倫：應該是我們在西雅圖的時候吧，我終於發現自己怎麼了。

艾迪：我從來沒跟葛藍和凱倫提過，我知道他們有在一起睡。但他們完全沒公開，這讓我覺得很奇怪。說出來的話大家都會為他們高興啊。也許那次只是他們的一夜情。有時候我的記性不太好，我都在想那該不會是我的幻覺。可是我又不覺得是幻覺，我不認為自己會想像出這種東西。

凱倫：我在旅館沖澡的時候，葛藍從隔壁房間進來，一起跟我沖澡。我用手臂環抱著他，把他拉進我懷裡。這是我最喜歡葛藍的部分，他的高大，他的強壯。濃厚毛髮和雄厚身體等等我都喜歡，我也喜歡他的溫柔。可是這次，當他的胸膛壓過來，我覺得乳房在脹痛。然後我知道了。我就是知道了。

我聽過一些女人講過她們怎麼感覺到自己懷孕了，我以為那只是嬉皮思想在作祟，原來她們說的是真的，至少對我來說是這樣。我二十九歲了，我了解自己的身體，我知道自己懷孕了。這讓我開始害怕起來，恐懼彷彿從頭頂開始蔓延全身。我記得那時候還很慶幸葛藍聽到沃倫在敲他的房門，因為他馬上就衝出浴室了。

獨處讓我鬆了一口氣。那一刻我不必再假裝自己還是活生生的人，因為我覺得自己……死了。我覺得魂魄離開了，身體只剩一具空殼。我在浴室待了不知道多久，只是一直站著，在蓮蓬頭底下放空，後來才找到一點力氣走出浴室。

葛藍：你知道有時候你光看就知道某個人不對勁嗎？可是你又說不出來哪裡不對勁，然後你問怎麼了，對方一副不知道你在講什麼的樣子……這會讓你抓狂。你會覺得自己快瘋了。你心裡明明覺得你愛的人有事，可是他們看起來沒事，看起來完全沒問題。

凱倫：我在波特蘭驗孕。瞞著所有人做，也就是說，我一個人待在旅館房間，看著那條線變粉紅色或其他應該變的顏色。我盯著驗孕棒看了很久。然後我打給卡蜜拉，我說：「我懷孕了。我不知道該怎麼辦。」

卡蜜拉：我問：「你想要有個家庭嗎？」

然後她說：「不想。」她說「不想……」的時候聲音是啞的，像是喉嚨卡了什麼。

凱倫：電話的另一邊很安靜。然後卡蜜拉說：「喔，親愛的，很遺憾你要面對這種情況。」

葛藍：我們到拉斯維加斯的時候，我終於說了：「拜託你，告訴我到底怎麼了。」

凱倫：我直接講出來，直接跟他說：「我懷孕了。」

葛藍：我不知道該說什麼。

凱倫：他很久都沒說話，只是在房間裡走來走去。我說：「我不想要再這樣繼續下去了。我不想生。」

葛藍：我覺得她太急著想要解決問題了，我跟她說：「我們再花一些時間想想吧。我們還有時間，不是嗎？」

凱倫：我跟他說我不打算改變心意。

葛藍：我說錯話了，我知道這樣說是不對的。我說：「如果你擔心工作的話，我們可以找別的鍵盤手。」

凱倫：老實說，我並不怪葛藍。他只是像大多數人那樣想事情而已。我說：「我為了現在這個成就付出多少努力，你明白嗎？我才不要放棄。」

葛藍：那時我沒有說出來，但我覺得她這樣很自私。居然把其他事情看得比我們的孩子重要。

凱倫：他一直說那是「我們的孩子」。不停在那邊我們的孩子、我們的孩子、我們的孩子。

葛藍：我說她應該再花時間想想。我只是想表達這個意思而已。

凱倫：那是「我們的孩子」，卻是「我的責任」。

葛藍：很多人遇到這種事都會改變心意。你以為自己不想要，後來又發現自己其實想要。

凱倫：他說我不知道自己在說什麼，還說如果我去墮胎的話，會後悔一輩子。他真的不懂。我才不怕後悔沒生小孩，我只怕後悔生了小孩。

我怕的是，讓一個我不想生的孩子來到這世上。我怕的是，讓自己的人生過得像停錯港口的船。我怕的是，被迫做一些明明不想做的事。葛藍不想聽這些。

葛藍：我們越吵越激動，後來我衝出房間。我們應該等到冷靜下來再談這件事，大吼大叫沒辦法討論。

凱倫：我不打算改變心意。我每次說這種話都會受到批判，但我還是會繼續說：我從來就沒想要當媽媽，我從來就不想要生小孩。

葛藍：我只是一直想：她會改變主意的。我還想：我們會結婚，會生下孩子，所有問題都會有辦法解決。她會發現自己有多想要當媽媽，也會發現家庭對她有多重要。

黛西：葛萊美獎之後，比利跟我又開始交談了。呃，算是有講話吧。畢竟我們的歌得獎了，那是我們一起寫、一起唱的歌，讓我很有共鳴的歌。

比利：她越來越穩定，越來越放鬆。尼古洛一走，跟她對話變得……容易多了。

黛西：我們搭紅眼班機到紐約去錄《週六夜現場》。這次理奇讓我們搭跑者專機。我記得那時大家都睡著了，比利坐在飛機的另一側，但我們的座位方向看得到彼此。我穿了一件很短的洋裝，覺得很冷，於是我拿了一條毯子把自己包起來，我發現比利在看我，他還大笑。

比利：有些人總是我行我素，你會覺得他們的行為快把你搞瘋了，可是一旦他們離開，從你的生命中消失，你想到這些人，最先想到的也是他們的我行我素。

黛西：我看著他，也笑了起來。至少，在那一刻，我覺得我們可以再當朋友。

羅德：他們去錄《週六夜現場》的時候，〈新星〉也成為熱門單曲了，好像是排行榜第七名，反正，就是有進前十名。我們的唱片賣太好了，連工廠的產線都趕不上銷售。跑者已經準備讓〈走向決裂〉變成下一支熱門單曲了。

黛西：去錄《週六夜現場》之前，我們決定第一首先唱〈關掉〉，然後唱〈走向決裂〉。

凱倫：我跟沃倫打賭黛西不會穿胸罩，贏了兩百元。

沃倫：我們都在想要穿什麼，然後我跟凱倫打賭五十元：比利會穿丹寧襯衫，黛西不會穿胸罩。我贏了五十元。

凱倫：彩排的時候，黛西和比利進行了真正的對話。你可以看得出來似乎有什麼在改變。

葛藍：我們彩排了〈關掉〉，很順利，〈走向決裂〉也是。

比利：節目開始的時候，我打算照彩排的流程表演。

黛西：麗莎・克朗（Lisa Crowne）介紹我們登場，像這樣：「各位女士先生，黛西・瓊斯與六人組。」然後觀眾就瘋了。我在大型場館看過觀眾歡呼，但這次感覺很不一樣。這一小群人就在我們面前，發出那麼大的聲音，你可以感受到很驚人的能量。

尼克・哈里斯：黛西・瓊斯與六人組上《週六夜現場》表演〈關掉〉時，那首歌幾乎已經家喻戶曉，畢竟那是年度製作獎的得獎作品。

黛西穿著褪色的黑色牛仔褲和緞面的粉紅色背心，當然還有她的手環。她打著赤腳，一頭耀眼的紅髮，在台上隨意跳著，一邊真情流露唱著，一邊晃著她的自備鈴鼓，看起來很享受表演。比利・鄧恩穿著他的招牌丹寧襯衫和牛仔褲，他靠近麥克風，一邊看著她，一邊用他自己的方式投入演出。他們在台上看起來簡直是天生一對。

整個樂團為每一個音符都注入輕快感和新鮮感，你在聆聽時絕對想不到他們已經表演這首歌無數次。

而且，任何有心了解鼓手怎麼掌控全團節奏的人，絕對會注意到沃倫・羅茲的傑出表現。他是整首歌的動力來源。倘若你願意將目光從黛西和比利身上移開，你最先注意到的就會是他打鼓的身姿。

隨著歌曲持續向前推展，歌詞漸趨尖銳，比利與黛西似乎也變得難分難捨。他們朝同一支麥克風，面對面唱著。這是一首激情、熱血的歌，唱的是急切忘卻一個人的渴望……他們彷彿正在對彼此唱出自己的心聲。

比利：表演中很多事情要注意。我要注意輪到我唱的地方，要注意歌詞，要注意視線還有攝影機的位置。然後……我不知道……突然間黛西站到我旁邊，我就忘了所有事情，只是看著她，唱著這首我們一起寫的歌。

黛西：歌唱完了，我回過神來，比利跟我看著觀眾，然後他拉著我的手，我們一起鞠躬。我的身體和比利的身體已經很久沒有擦肩以上的接觸，在他放手後，我的手好像還留著隱約的觸感。

葛藍：黛西和比利具有其他人沒有的能力。當他們施展才能，當他們協力合作……就是我們成功的關鍵。他們一起認真表演的時候，你不得不承認，他們的才華值得他們受到那些追捧。

沃倫：唱完第一首歌之後，比利跟我說他想把歌換成〈像你這樣的希望〉。我喜歡這個主意，我說只要其他人可以接受，那我也沒問題。

艾迪：〈走向決裂〉在彩排的時候很順利，可是到了最後一刻，比利想換成〈像你這樣的希望〉，一首慢歌。而且他想代替凱倫彈鍵盤，所以台上只會剩下他和黛西。

比利：我想讓大家出乎意料。我想要做他們沒想到的事。我覺得這樣可以……大家會留下更深刻的印象。

黛西：我覺得這個主意聽起來非常、非常有意思。

葛藍：事情發生得很快。本來我們要全部一起出去表演〈走向決裂〉，轉眼間，只剩比利和黛西要出去表演另一首歌。

凱倫：我才是鍵盤手，如果有人要跟黛西一起上台，照理說應該是我，可是我明白他想要自己上去的用意。我懂，但不代表我喜歡。

羅德：這是很聰明的做法。他們兩個單獨在台上，為節目增加不少可看性。

沃倫：他們兩個面對面，比利坐在鋼琴前，黛西坐在他對面的麥克風前。我們其他人在鏡頭外看著。

黛西：比利開始彈琴，我開口唱歌之前，眼神跟他交會了一下。然後……（停頓）這似乎太明顯了，明顯得讓我極度羞愧。少了尼奇在一旁干擾我，少了那些藥物對我造成的精神麻痺，我愛他這個事實變得顯而易見。

原來我愛上他了。

不論是嗑藥嗑到茫，或是去泰國旅行，或是嫁給王子，都無法阻止我愛他。他已經跟別人結婚的事實……也無法阻止我愛他。我想，這一刻我終於不得不承認這個事實，這個悲哀的事實。

然後我開始唱。

凱倫：你知道一個人喉嚨哽咽聽起來是什麼感覺嗎？就是黛西那次唱歌聽起來的感覺。全場……所有人都跟著心痛。因為她就那樣看著比利，那樣對比利唱著，唱出：「無論我多努力多忍耐／想得到的都贏不來。」我只能說，天啊。

比利：我愛我的妻子。自從改邪歸正的那一刻開始，我對老婆百分之百忠誠，也非常努力不對別的女人產生任何想法，可是……（重重嘆氣）黛西渴望的事物，也是我渴望的事物；我喜愛的事物，也是黛西喜歡的事物；讓我掙扎的事物，也是讓黛西掙扎的事物。我們都不完整，我們很像，像到沒幾個人能這麼像，像到不用把想法說出來就知道對方已經在想同一件事。我怎麼可能待在黛西．瓊斯身邊，卻不對她動心？不愛上她？

我做不到。

真的做不到。

可是卡蜜拉對我更重要。這是我心裡最在乎的事。我的家庭對我更重要，卡蜜拉對我更重要。也許，有一小段時間，卡蜜拉不是最吸引我的人。或者……

……

……

也許卡蜜拉不是我最愛的人，在那個時候，我不知道，你不能……也許她那時候不是。但她始終都是我最愛的人，始終都是我會選的那個人。

卡蜜拉，是我想永遠在一起的人。

激情像是……火。我們都知道火很好。可是我們是水組成的，喝水才能活，我們要有水才能生存。我的家庭就是我的水，我會選水，我永遠都會選水。我希望黛西也能找到屬於她的水，因為我不是。

葛藍：看到比利邊彈鋼琴邊看黛西的樣子，我想的是：希望卡蜜拉沒看到。

比利：明明知道老婆會看到，你還是想跟黛西這樣的女人用那種方式一起表演。你也可以這麼做試試看，然後跟我說這麼做沒把你搞到瀕臨崩潰。

羅德：那場表演，充滿激情。他們兩個，都只為了對方表演，全國電視機前的觀眾目睹了他們撕心裂肺的樣子。這種事不常發生。如果你在那個星期六晚上看到他們的表演，你會覺得自己見證了一件大事。

凱倫：那首歌結束後，觀眾席一陣暴動，比利和黛西再一次鞠躬，然後我們其他人出來加入他們。然後你知道嗎？我那時有預感，雖然我們那時已經很紅了，但我們接下來會更紅。我第一次這麼想：我們要成為世界第一天團了嗎？

沃倫：錄影收工後，我們跟演職員還有其他人一起去喝酒。麗莎·克朗是那天的客座主持，我就想說：在她面前裝酷，搞不好她就會對我感興趣。我這麼做了，然後她還真的過來了。

葛藍：凌晨的某個時候，我轉頭看到沃倫在跟麗莎·克朗摟摟抱抱，我想：靠，我們應該是有名到爆了。我的意思是，我們應該真的很有名，不然沃倫怎麼可能把得到麗莎·克朗。

艾迪：彼特和我跟《週六夜現場》的樂隊混在一起，玩到我鼻子都麻了，彼特還吐到低音號裡面。

沃倫：我跟麗莎離開的時候，沒有看到黛西。

葛藍：不知道從什麼時候開始，我們就沒看到黛西了。

比利：基於禮貌，我跟大家一起去酒吧，但沒有待很久。如果你想保持清醒，《週六夜現場》派對不是你待的地方。

我回到旅館，就接到卡蜜拉打的電話，我們聊了一下，但很多事都沒說。她看了節目，我猜她還在處理她對這一切的感受，我們聊來聊去就是沒聊到黛西。然後她說她想去睡了，我說：「去吧。」然後我又說：「我愛你。你是我的『奧羅拉』。」她說她也愛我，然後就掛電話了。

卡蜜拉：無論你決定跟誰走下去，你都會受傷。在乎一個人本質上就是這樣。無論你愛的是誰，在一起難免會有傷心的時候。比利・鄧恩傷了我的心好幾次，我知道我也曾讓他傷心。不過，那晚看到他們在《週六夜現場》……我的心真的快碎了。

但我還是繼續選擇相信和希望。我相信他值得。

黛西：在《週六夜現場》的派對上，我跟羅德坐在一個包廂，有幾個女生一起去洗手間吸一條，我覺得很無聊。我覺得自己的人生無聊透頂，只有安非他命和古柯鹼，無聊的循環。感覺很像一部看了上百次的電影，你早就知道反派什麼時候出現，早就知道主角會做什麼。光想想就無聊，無聊到不如死一死算了。我想好好活一次真實人生，擁有真實的事物，什麼都好。於是我站起來，出去招了計程車回旅館，直接走到比利房間。

比利：有人來敲門，那時我快睡著了。起初我不想理，覺得應該是葛藍，等到早上再說就好了。

黛西：我一直敲門，我知道他在。

比利：後來我起床了，身上只穿著內褲。我開門說：「到底想幹嘛？」結果一看是黛西。

黛西：我只是想說出心裡想說的話。我一定要說出來。如果那個時候不說，就不會說了，但我不能不說，不能一輩子都這樣活著。

比利：我真的嚇到了，完全不敢相信。

黛西：我說：「我想要戒毒和戒酒。」

比利立刻把我拉進房間，讓我坐下，問我說：「你確定嗎？」

我說：「確定。」

然後他說：「那我們現在就送你去勒戒中心。」

他拿起電話開始撥號，我馬上起來把電話掛掉，我說：「先……你先陪我坐一下，幫我……了解這件事。」

比利：我不知道要怎麼幫別人，但我想幫。我想像泰迪幫我那樣去幫另一個人。我虧欠他太多了，也很感謝他當初送我去勒戒。我也想那樣幫一個人。我想幫黛西做這件事。我希望她平安又健康，我希望她也有這樣的人生……我……沒錯，我非常希望她能過得平安又健康。

黛西：比利跟我聊了勒戒的意義，也稍微分享了一下他的經驗。我聽了頭皮發麻，開始懷疑自己是不是真的有那麼想戒，是不是真的準備好要這麼做了。但我試著相信自己，相信我做得到。比利還一度問我是不是清醒的。我那時還清醒嗎？

我在派對上喝了一兩杯酒，那天稍早我吞了一些安非他命。我沒辦法跟你明確說清醒是什麼意思。藥效過了算嗎？我真的還記得完全沒嗑藥喝酒的感覺嗎？

比利打開房間的冰箱，想拿汽水，裡面也有幾罐龍舌蘭酒和伏特加，我看著那些酒，比利也看著那些酒。然後他把那幾罐酒拿出來，走到窗戶旁邊，把酒都丟出去，你還可以聽到那些飲料在地面上炸開的聲音。我問：「你在幹嘛？」

比利回答：「這就是搖滾樂啊。」

比利：不知道從什麼時候開始，我們聊起專輯。

黛西：我問他過去幾個月不斷糾纏我的一個問題：「你擔心我們以後再也寫不出這麼好的專輯嗎？」

比利：我回答：「每天都擔心得要命。」

黛西：我這輩子老是希望大家認可我身為詞曲創作者的才能，《奧羅拉》讓我辦到了。但我立刻開始覺得自己像個冒牌貨。

比利：那張專輯走得越遠，下一張專輯要怎麼做就越讓我焦慮。我在巴士上隨手在筆記本寫了幾首歌，可是後來我都只能把那些東西劃掉，丟到旁邊，因為感覺……我再也分不出來那是不是好歌了。我不知道那些歌會不會讓我看起來反而像個騙子。

黛西：他是唯一能了解我們承受什麼壓力的人。

比利：天快亮的時候，我又提了一下勒戒。

黛西：我腦袋裡一直想到的是：就去一下吧，當做休息。你不必永遠戒掉。那就是我的計畫，去勒戒，但沒打算完全戒掉。我那時還覺得這樣非常合理。我跟你說：如果有個朋友像我自己那樣騙我，我會說：「你是個爛朋友。」

比利：我拿起電話，想問櫃檯我去的那家勒戒中心電話號碼幾號，可是我一拿起來沒聽到撥號音，而是有個人在另一頭說：「喂？」

我回答：「喂？」

是櫃檯接待員，他說：「有一位亞提．施耐德要找您。」

我請他轉接過來，同時想：聲音工程師天剛亮就打電話過來是怎麼回事？我說：「亞提，到底……？」

黛西：泰迪心臟病發。

沃倫：很多人心臟病發之後還活著，所以我剛聽到的時候，我以為……我沒有馬上明白過來，意思就是他死了。

比利：永遠離開了。

葛藍：你不會覺得泰迪・普萊斯是那種心臟病發就死掉的人。確實，他東西吃很多，酒也喝很多，完全不懂得照顧自己……可是他看起來太……可能可以說氣場太強大了。你會覺得，如果心臟病在他面前逛大街，他會叫心臟病滾開，然後那個病就會聽話走開。

比利：我一時透不過氣。我掛掉電話後的第一個想法，第一個在我腦海浮現的想法是：我為什麼要把酒都丟出窗外？

羅德：我讓他們全都回到洛杉磯參加葬禮。

沃倫：失去泰迪對我們所有人來說都是沉重打擊。可是，天啊，看到他的女友雅思敏在他的墓前大哭……我就一直想，人生在世有意義的事情實在不多，可是雅思敏對泰迪的感情……很重要。

葛藍：泰迪在很多人心中代表著不同的意義。我永遠不會忘記，在告別式上，我看到比利一直握著雅思敏的手，試著讓她好過一點，因為我知道，比利自己並不好受。

每個男人都需要一個值得景仰的榜樣。我好歹有比利引導著我。比利崇拜泰迪，可是現在泰迪走了。

比利：事情開始有點失控。我無法理解任何事，無法接受，泰迪就這麼走了，泰迪……死了。那陣子，我覺得我的心也死了。我知道這樣聽起來有點誇張，可是我真的這麼覺得，我覺得我的靈魂好像石化了，或者說……你知道有些人會用深低溫保存屍體嗎？就是，有的人讓自己進入深低溫冷藏，希望自己有一天可以解凍復活？我的靈魂就像那樣，冰起來了。

我無法處理現實生活的事情，也無法保持清醒，無法不喝酒或是……我只剩軀殼，只用軀殼過日子。除了心死，我想不出其他適應的辦法。因為假如我設法讓心活著，活著過那段日子，我應該會過得生不如死。

黛西：泰迪的死，是一個關鍵。我突然覺得戒藥戒酒一點意義也沒有。我還找了合理化的藉口，就是：如果宇宙想要我戒藥戒酒，就不會讓泰迪死了。你可以合理化任何事情。如果你自戀到相信宇宙會策劃一切來成全你或反對你——其實我們內心深處都這麼相信——你就會把任何事情都當成徵兆，用來說服自己。

沃倫：我在我的船上待了三個星期。抽了很多雪茄，喝了很多酒，幾乎沒換過衣服。自從《週六夜現場》之後，麗莎跟我一直有在保持聯絡。她過來看我，問我說：「你住在船上？」

我說：「對啊。」

她說：「你都這麼大的人了，去住真的房子好嗎。」她說得很有道理。

艾迪：我那時候覺得，最好的療傷方式是大家繼續去巡迴。大概十還十一年前，我們有一個表哥在車禍中喪生，我爸說：「就用工作療傷吧。」從此那就變成我處理悲傷的方式。我以為這件事可能會讓彼特留在樂團，沒想到，他反而因此更想走人。

比利：有一次，卡蜜拉要我去刷馬桶，我就去了，開始一直刷個不停。後來她進來問我：「你在做什麼？」

我回答：「我在洗馬桶啊。」

她說：「這個馬桶你已經洗四十五分鐘了。」

我說：「喔。」

卡蜜拉：我跟他說：「比利，你還是回去巡迴吧。我們都會跟你一起去。但你一定要再回去巡迴。繼續坐在家裡想東想西對你不太好。」

羅德：總有一天，你還是要回到巴士上。

葛藍：你以為悲劇發生就是世界末日了，可是你會發現世界沒有毀滅，還在持續運轉。沒有什麼事會毀滅世界。

我把全副心神集中在凱倫跟我自己身上，因為，我們的人生才剛要開始。

凱倫：我非常感謝羅德讓我們繼續巡迴，他沒有讓我們自生自滅。

比利：我照卡蜜拉說的做，重新上台表演。第一場在印第安納波利斯，我跟大家先出發，卡蜜拉和孩子會在下一站跟我們會合。印第安納波利斯那場很……很難。我去旅館辦入住，看到葛藍，看到凱倫。在試音的時候，黛西出現了，她穿了吊帶褲，看起來精神恍惚，你很難不注意到，她的眼睛都凹陷了，手臂也細瘦得不像話，我不太敢直視她。

我讓她失望了。她向我求助，要我幫她戒癮，可是泰迪一死，我就拋棄她了。

黛西：重新上路的第一晚，我記得我們是在俄亥俄州。我非常不好意思讓比利看到我，因為我之前去找他說想要戒癮，結果我不但沒做到，還越陷越深。

凱倫：我告訴葛藍說我決定要墮胎了。他說我瘋了。我跟他說我沒瘋。然後他求我別去。

我說：「那你願意離開樂團來顧這個小孩嗎？」他沒有回應。事情就這麼定了。

葛藍：我以為我們還在討論。

凱倫：他知道啊。他明明就知道我要去墮胎。只是他裝作不知道，這樣心裡會比較舒坦。這是他才有的餘裕。

比利：卡蜜拉跟孩子到代頓跟我們會合，我去機場接她們。等她們的時候，我看到一個男人在吧檯點了一杯龍舌蘭酒加冰塊，我聽到冰塊撞擊玻璃杯的聲音，我看到酒倒進杯子。廣播說那班飛機還在跑道上，我繼續坐著不動，看著門口。

我告訴自己，我不會點任何一杯酒，同時我走到吧檯旁邊，坐到高腳椅上。吧檯後的男人問我：「請問想點什麼？」我瞪著他，他又問了一次，然後我聽到：「爸爸！」我回頭，看到我的家人。

卡蜜拉問：「怎麼了？」

我站起來，對她微笑，因為那一刻，我完全克制住了。我說：「沒事。我沒事。」

她看了我一眼，我說：「我保證。」我給每個女兒一個大擁抱，我覺得沒事，我覺得很好。

卡蜜拉：老實說，這種時候我難免會懷疑自己的信念。看到他坐在吧檯旁邊，心中的警鈴都響了。

我開始想，說不定比利會做出我沒辦法原諒的事。

凱倫：卡蜜拉從那個時候就一直跟著我們，那段巡迴期間，她常常飛來看我們，然後飛回家。不見得每次三個孩子都帶來，不過茱莉亞通常會一起來。我想說一下，那時茱莉亞差不多五歲。

黛西：每天晚上都變得像是酷刑。當我跟別人在一起，當我還不了解自己的感情是什麼狀態，當我還躲在謊言背後，跟比利唱歌不像這樣。至少我還有一條叫做否定的舊毯子，我可以安心縮在裡面睡我的大頭覺。可是，離開尼奇之後，跟比利在電視節目現場唱那首歌之後，告訴他我想戒藥酒之後……我已經掀開這條毯子了，再也沒辦法蓋回去了。這讓我痛苦得不得了。可能受傷害的感覺，難以控制的感覺，上台跟比利一起唱歌變得非常難受。

唱到〈新星〉，我會祈求比利看著我，承認我們一起唱的內容。唱到〈拜託〉，我都在求比利注意我。我很難用憤怒的情緒唱〈我要你後悔〉，因為我大多時候都沒在生氣，我不氣，我只是悲傷，悲傷得要命。

然後大家都想看我們重現《週六夜現場》的〈像你這樣的希望〉，我們兩個都會試圖回應大家的期望，結果我只能一再任由這首歌把我劈成兩半。

我必須坐在他身邊，聞著他的鬍後水，看著他用那雙指節粗腫的大手在我面前彈鋼琴，然後對他唱著我內心深處的心聲，渴求他回應我的感情。

沒上台的時間我都在想辦法療傷，可是每天晚上我又一直扯開舊傷。

席夢：每天無論什麼時間我都常常接到黛西的電話。我會說：「那我去找你。」她都說不要。我考慮過強行帶她去勒戒，可是我不能這麼做。你不能控制別人，無論你多愛他們都一樣。你不能用愛強迫人恢復健康，也不能用恨強迫人恢復健康，你說得再正確，都不見得能讓他們改變心意。

我曾演練過一些話和行動，想過要直接飛去她那邊，把她拉下台——好像只要我說對話，就可以說服她不碰藥酒。光是想著要怎麼排列出神奇的句子，用來喚醒一個人的理智，你就會把自己搞瘋。如果你說的話沒用，你還會想：我不夠努力，我跟她講得還不夠清楚。

可是總有一天，你不得不認清自己無法控制任何人，你只能待在一旁，準備好在他們墜落的時候接住他們，你能做的只有這樣。感覺很像把你自己丟進大海。呃，也許也不是這麼說。可能更像把你愛的人丟進大海，祈求他們會自己浮起來，就算知道他們可能會溺水，你還是只能看著。

黛西：這是我全心全意追求的生活。我非常渴望表達自己，希望有人能聽到我的心聲，希望我寫的那些話可以給人慰藉。可是這些追求都變成我為自己打造的地獄，我做了一個籠子，還把自己關進去。我開始恨自己把心聲和痛苦都放進音樂裡，因為這麼一來我根本就無法遠離那些痛苦的事。我還得一晚接著一晚，不停地對著他唱，我再也掩飾不了自己的感覺，也藏不住待在他身邊的反應。

這一切讓我們的表演很好看。但那也是我的「人生」啊。

比利：每天晚上，表演結束後，孩子上床睡了，卡蜜拉跟我會坐在我們旅館房間的陽台聊天。她會說帶孩子讓她有多累，說她有多需要我保持清醒。我會告訴她我有多努力做到，談我有多害怕未來會變怎樣。跑者已經在問下一張專輯了，我覺得壓力很大。

有一次她問我說：「你真心覺得沒有泰迪你就寫不出另一張好專輯嗎？」我說：「我不曾在沒有泰迪的情況下做專輯，我不知道。」

沃倫：我們搭巴士去芝加哥的路上，艾迪看起來心情不太好。我說：「你想聊的話可以聊。」我不喜歡有人做出一些舉動，強迫你問他們怎麼了。

他回答：「我還沒跟人講過這件事，可是……」彼特想要離開樂團了。

艾迪：彼特不肯聽我勸。沃倫說我應該去找比利談，讓比利去勸彼特。說得好像彼特就算不聽我的話，也會聽比利的話。我好歹是彼特的弟弟誒。

沃倫：葛藍聽到我們在聊什麼了。

艾迪：所以葛藍也跑來插花，他最近已經讓大家很煩了，因為他不曉得為什麼老是神經兮兮的。結果他也說我們應該跟比利談。然後我又說了一次，如果彼特連我的話都聽不進去了，更不可能聽比利的話，你懂我的意思嗎？可是葛藍不肯聽，然後等我們在芝加哥附近的一家餐館停車的時候，比利來找我，他問：「發生什麼事？我們有什麼事要談的？」

我那時急著找廁所解決我的問題，我說：「沒事啦，老兄，別擔心。」

比利回答：「這是我的樂團，我有權利知道我的樂團發生什麼事。」

這句話讓我很火大。我說：「這是大家的樂團。」

比利說：「你知道我的意思。」

然後我說：「對啦，我們都知道你什麼意思。」

凱倫：我們到了芝加哥附近，入住了那邊的一家旅館。卡蜜拉幫我預約了一家診所，跟我一起進去，坐在我身邊。我不停抖腳，她把手放在我的腿上要我停下來。我說：「我這麼做，錯了嗎？」

她問：「你覺得自己錯了嗎？」

我說：「我不知道。」

她又說：「我覺得你心知肚明。」

我想了想她的意思。

然後我說：「我知道我這樣沒錯。」

她說：「我就說吧。」

我說：「我覺得我只是在假裝掙扎，這樣大家心裡會比較好受。」

她說：「我不需要覺得心裡好受。你不必在我面前假裝什麼。」所以我不再抖腳了。

叫到我的名字時，她緊緊抓著我的手不放開。我沒有要求她跟我一起進去手術室，我也不覺得她會跟我進去，可是她繼續跟我走在一起——沒有離開我身邊。我記得我那時想：喔，我猜她打算陪我。我上了手術台，醫生跟我解釋流程，然後他離開了一下，留下角落的護士。我看向卡蜜拉，她看起來快哭了。我問：「你很難過嗎？」

她回答：「有一部分的我希望你生小孩，因為我的孩子帶給我很多快樂。可是……我覺得你需要的是別的事物，才會像我這麼快樂。我希望你能得到你想要的，無論那是什麼。」那時候我開始哭了。因為終於有人懂了。

之後，她帶我回旅館，她告訴大家我身體不舒服，我自己在房間裡躺著。那天……是很糟糕的一天，我的心情壞透了。知道自己做了一件正確的事，不見得會讓你快樂。可是後來我點了客房服務，我又躺在床上想著，沒有孩子的我，還有陪著孩子的卡蜜拉，感覺……很對，彷彿混亂當中還是有點秩序。

卡蜜拉：我沒有立場說那天發生什麼事。我只能說，你應該在朋友困難的時候陪他們，在他們最難受的時刻握著他們的手。人生最重要的，就是有誰可以握著你的手，還有，那些讓你願意去握著手的人。

葛藍：我不知道發生什麼事。

凱倫：我們離開旅館要進芝加哥的那天，我看到葛藍一個人走進電梯，我一度想走樓梯，可是我沒有，我也進了電梯，裡面只有我們兩個人。電梯開始下樓的時候，他問：「你還好嗎？卡蜜拉說你人不舒服。」

我說：「我已經不是孕婦了。」

他轉身看我，表情像是在說：沒想到你會這樣對我。電梯門開了，我們兩個站在那邊，沒說半句話。電梯門又關了，我們搭著電梯到頂樓，然後又下樓。到一樓大廳前，葛藍按了二樓的按鈕，然後就出去了。

葛藍：我在旅館走廊走來走去，走了一遍又一遍，走道盡頭有一扇窗，我的額頭貼著玻璃，看著下面的人。我離他們只有幾層樓高，看到他們來來去去，我羨慕他們每一個人，因為他們都不是站在這裡的我，我想要跟樓下的每個男人交換。

我的額頭一離開玻璃窗，就留下一團油膩的痕跡，我想擦掉，結果整片玻璃越擦越霧。我記得我看著這片霧霧的玻璃，想要擦得乾淨一點，可是怎麼做都沒用，我就在那邊一直擦一直擦，擦到羅德找到我為止。

他說：「葛藍，你在幹嘛？我們下午要到芝加哥，巴士都在等你誒，老兄。」

我只好，一步一步走著，跟著他走下去搭巴士。

芝加哥體育館：一九七九年七月十二日

羅德：那天剛開始的時候跟其他場沒什麼兩樣。我們的表演已經成為藝術了。燈光一亮，大家上台，葛藍一彈〈走向決裂〉的前奏，全場就開始尖叫。

比利：卡蜜拉待在舞台側邊。這一晚她讓茱莉亞晚睡。雙胞胎留在旅館，由保姆照顧。我還記得那時看到舞台側邊的簾幕後面，卡蜜拉在那裡側抱著茱莉亞。卡蜜拉的頭髮長到腰部，通常是褐色的，但那個夏天顏色變得有點淺，看起來更接近金色。她們兩個——卡蜜拉和茱莉亞——都戴了耳塞，她們的耳朵旁邊都有兩個亮橘色的東西凸出來。我對她們笑，卡蜜拉也對我笑了，非常美的笑容，她的犬齒是平的，很有趣吧？大家的犬齒都是尖的，她的卻有點平，這讓她笑容完美極了，看起來像是一條整齊的線，總是讓我很放鬆。

那天晚上在芝加哥，她在舞台側邊對我笑的時候，有一瞬間，我想：一切都會沒問題。

黛西：看到他那樣看著卡蜜拉，我很想死。我想不出來還有什麼會比上癮和心碎更能讓人沉溺於自我世界。我有一顆自私的心，我不在乎別的人或別的事，只在乎自己的痛苦，自己的需求，自己的煎熬。如果可以讓我少痛一點，我不介意傷害別人。我已經病態到這種程度了。

比利：我們像平常那樣，表演了我們預定的曲目，有〈新星〉、〈追逐黑夜〉、〈關掉〉等等。但感覺不太對，我覺得……很像車輪沒鎖好掉下來了。

沃倫：凱倫和葛藍好像在對彼此不爽。彼特看起來心不在焉。艾迪一直在抱怨比利——但這不算什麼新鮮事？

黛西：前排有個人舉著一面牌子，上面寫〈甜蜜巢〉。

比利：那次巡迴常常有觀眾要求我們唱〈甜蜜巢〉，我通常都裝作沒看到。我就是不想唱那首歌，但我知道黛西喜歡那首歌，我也知道她以那首歌為傲。然後……那晚不知道哪根筋不對，我對著麥克風說：「你們想聽〈甜蜜巢〉嗎？」

葛藍：那整場表演我都像在夢遊，人在現場，但又像不在。

凱倫：我很想要趕快結束回旅館。我想安安靜靜待著，我不想……不想待在台上，看到葛藍那樣看我，忍受他對我的批判。

沃倫：比利一說〈甜蜜巢〉，全場觀眾的歡呼跟打雷一樣大聲。

艾迪：我們所有人只是在那邊照比利的意思表演，對吧？不會有人先預告我們要彈一首已經一年沒彈的歌。

黛西：你能對歡呼的觀眾說什麼？你能說不嗎？當然不行。

比利：黛西說：「好吧，我們唱吧。」我過去她那邊的麥克風，然後馬上就後悔了。我看得出來她不想離我那麼近，可是我不能走開，只能假裝一切看起來都很正常。

黛西：他聞起來有松木和麝香的味道。他的頭髮有點太長了，已經垂到耳後，他的眼睛很清澈，跟往常一樣那麼綠。

大家都說離開你愛的人很難，可是站在他的身邊也很不容易。

比利：有時候我很難區分我當時知道的事，還有我後來得知的事。我的記憶……很混亂，我覺得很難去分析，哪時候發生了什麼事，或是我為什麼做某件事，很難說沒有後來加上去的想法。不過我確實很清楚記得，那天黛西穿了一件白色洋裝，頭髮綁成馬尾，戴著圈形耳環和一堆手環。在我們開始唱的前一刻，我看著她，我覺得──我確實真心這麼覺得──她真的是我這輩子見過最漂亮的女人。也許你會因此更欣賞一些事情──我的意思是，有些人很快出現又離開，反而會讓你更欣賞他們，不是嗎？我覺得我應該知道她的出現是短暫的。我覺得我應該知道她會離開，我也不曉得是怎麼知道的，但我就是覺得知道。我也很可能不知道，只是有這種感覺而已。

所以，我想我的意思是，當我們開始唱〈甜蜜巢〉，我也許知道我即將失去她，也可能不知道。我或許知道我愛她，或許不知道。我可能因為她那一刻的樣子欣賞她……也可能沒那麼在意。

黛西：我開始唱，我看著比利，他也看著我。然後，你知道嗎？在那三分鐘，我似乎忘記我們正在為兩萬名觀眾表演，我忘了他的家人就站在一旁，我忘了我們是樂團的主唱。我只是存在著，在那三分鐘，對著我愛的男人唱歌。

比利：對的歌，在對的時刻，跟對的人唱……

黛西：這首歌進入末段之前，我看到舞台的側邊，卡蜜拉就站在那裡。

比利：我……（停頓）老天，我整個人都動搖了。

黛西：我知道他不是我的。

他是卡蜜拉的。

然後我……我做了那件事。我照比利原本寫的歌詞唱，就是沒有問句的版本。「我們想要的生活等著我們／我們會活到那天，一起欣賞水光倒映燈影／你會摟著我，你會摟著我，你會摟著我／直到那天來臨。」這是我唱過的所有歌詞中最難唱的一段。

比利：當我聽到她唱出我原本寫的歌詞，唱出卡蜜拉和我即將擁有的未來……我心裡原本有那麼多懷疑，懷疑自己能不能在變好的路上繼續走下去，然後……（重重嘆氣）那些歌詞，那個小小的舉動。這一刻，黛西不再提醒說我可能會失敗，而是唱得像她知道我會成功。黛西做了這件事。黛西，給了我信心，我都不知道原來我那麼需要。照理說我應該覺得欣慰，但同時我也感到心痛。

因為，如果我想成為這樣的男人——如果我要履行我對卡蜜拉的承諾——這表示……我也會失去一些事物。

黛西：我愛上心靈契合的錯誤對象。我一次又一次做出錯上加錯的決定，事情沒有好轉的機會，我終於把自己逼到崩潰邊緣。

比利：我們下台的時候，我轉身向黛西，說不出任何話，她對我笑，但那不是真的笑，然後她就走開了，我的心也跟著下沉了。

這時我完全明白了，其實我一直緊緊抓著某種可能性，跟黛西有關的可能性。突然間，我發現自己非常不想放手，不想說：「永遠都不可能。」

黛西：比利・鄧恩從台上下來時，我有遇到他，但我連一個字都不敢對他說。我沒辦法接近他。所以我揮手道別，然後就走了。

凱倫：我們下台後，我不小心撞到葛藍，我說：「抱歉。」然後他說：「你要道歉的事可多了。」

葛藍：我很生氣。

凱倫：他好像以為只有他自己的痛苦最重要。

葛藍：我開始對她大吼大叫，我記得我還用很難聽的話罵她。

凱倫：他不必經歷我受過的苦。我知道他很難過，可是他憑什麼？憑什麼兇我？

沃倫：我到後台，凱倫和葛藍在那邊吵架。

艾迪：我在凱倫出手打葛藍之前抓住她的手。

羅德：我把凱倫帶到後台的某個房間。還有另一個人帶走葛藍，先讓他們兩個分開。

葛藍：我到處找比利，想跟他說話，我很需要有個人說話。表演散場之後，我在旅館大廳找到他，我說：「老哥，我需要你幫忙。」他直接打斷我，說他沒空。

比利：卡蜜拉跟茱莉亞先上樓了，但我不急著上去。我站在旅館大廳，不曉得該怎麼辦。我的腦袋很混亂，然後在我回過神之前，我……（嘆氣）我已經朝旅館酒吧走過去，我走著，一步一步接近酒吧，想去點一杯龍舌蘭酒，那就是我那時想做的事，我想做的就是這個。葛藍進來找到我的時候，我正想走進去酒吧買醉。

葛藍：他不想理我。我說：「這件事很重要。就一下，拜託你，陪我說個話。」

比利：我只想專心做我那一刻想做的事，沒辦法管別的事。我的腦袋裡有個聲音在呼喚我，叫我去喝一杯龍舌蘭酒。那就是我想做的事。我幫不了別人，沒辦法為任何人做任何事。

葛藍：我站在大廳，我知道我看起來很痛苦，眼淚都快掉下來了。我不是個會哭的人。我這輩子大概沒哭超過兩次，其中一次是我媽在一九九四年過世的時候，另一次……重點是那個時刻我需要我哥，我想要我哥陪我。

比利：他揪著我的衣服，還說：「從小到大，我為你付出了這麼多，你他媽的連陪我講話五分鐘都不行嗎？」我用力拿開他的手，叫他走開，他就走了。

葛藍：你不應該老是跟哥哥混在一起，真的不該。你不應該睡同團團員，你也不應該跟哥哥一起工作，有太多這樣那樣的事，如果可以從頭來過，我會有不同的選擇。

凱倫：我回到旅館，用力關上門，坐在床上哭了出來。

沃倫：艾迪、彼特、羅德跟我在散場後一起抽大麻菸。其他人都不知道去哪了。

凱倫：然後我來到葛藍房間，敲了敲門。

葛藍：我可以理解為什麼我們不能生下孩子，我真的懂。但我覺得好孤單，失落又孤單。我們兩個人當中好像只有我覺得我們失去了什麼，只有我在為了這件事情難過。這才是我氣她的原因。

凱倫：他打開門，我站在門前想著：我過來幹嘛？無論對他說什麼都彌補不了任何事。

葛藍：為什麼她看不到我想像的未來？

凱倫：我說：「你不懂我。你希望我成為另一個人。」

葛藍說：「你不像我愛你那樣愛我。」

這兩句話都是事實。

葛藍：我們能怎麼辦？在那之後我們要怎麼和好？

凱倫：我靠近他，讓我的身體貼著他的身體。起先他不肯抱我，不肯把手放到我身上，可是後來他的手還是放上來了。

葛藍：我的手臂感受到她的溫暖。但不知道為什麼我記得她的手很冷。我不記得我們這個擁抱維持了多久。

凱倫：有時候我會想，如果我是葛藍，我可能也會想要有孩子。如果我知道有另一個人會帶小孩，有另一個人會放棄夢想，有另一個人會犧牲奉獻打理一切，任由我離家做想做的事情，週末才待在家……或許這樣的話我可能也會想要有孩子。

雖然，我不知道。我還是不確定自己想不想。

我猜我想說的是，我其實沒那麼氣葛藍不懂我，而且，說到底，我也不覺得我追求想要的事情有讓他那麼生氣。

葛藍：我們傷彼此傷得太重。那是我最後悔的事，畢生最大遺憾。因為我當時是那麼全心全意愛著她，就算到了今天，有一部分的我依然愛著她，因此有一部分的我永遠不可能原諒她。

凱倫：即使是現在，提到他還是有戳到痛處的感覺。

葛藍：那晚我上床睡覺前就知道，我不能再跟她待在同一個樂團。

凱倫：我們再也不可能每天都待在對方身邊。也許堅強一點的人可以，我們辦不到。

比利：我在吧檯旁邊坐下，點了一杯不加冰塊的龍舌蘭酒。酒很快就送過來了。我坐在那邊，拿起杯子，轉了轉杯身，聞了聞味道。這時兩個女人走過來，跟我要簽名，還說她們從沒看過像黛西跟我那樣的表演。我簽了兩張雞尾酒紙巾，不久，她們就離開了。

黛西：我回到旅館已經半夜了。我不記得自己做了什麼，我只記得我想避開比利。我猜我應該是在街上散了一下步之類的。後來醉醺醺走進旅館大廳，我右轉，想要去酒吧。我還記得我那時很希望可以失去意識。

但我好像搞不清楚自己想去哪裡還怎樣，因為後來我直接上了電梯，還想說：好吧，還是吞一吞紅中上床睡了吧。可是等我到了房間，我插不進房門鑰匙，不管怎麼試都沒辦法，我猜我那時大概發出很多噪音。

然後，我聽到了一個小孩的聲音。

比利：我拿起酒杯——就是那杯龍舌蘭酒——重新拿起來，盯著酒杯看，想像了一下喝起來的味道。清晰的煙燻味。我在發呆的時候，坐在我隔壁的男人問：「嘿，你就是比利・鄧恩，對吧？」然後我放下酒杯。

黛西：我就這樣卡在那邊，在走廊上，進不去我的房間。我跌坐在地板上，開始哭了起來。

比利：我說：「對，我就是。」

那個男人說：「我女友很喜歡你誒。」

我說：「那還真不好意思。」

他又說：「你怎麼會一個人待在酒吧裡？像你這樣應該想跟什麼女人在一起都可以吧。」

我說：「有時候人需要獨處。」

黛西：我看了看走廊，然後我發現……呃……卡蜜拉抱著茱莉亞到走廊上，從另一邊走過來。

作者：等一下。

*****

作者的話：雖然我已竭盡全力將自己從這些敘述中抽離，但在此，我必須放入一段我與黛西・瓊斯對話的逐字稿，因為，事實上，現在能驗證黛西這段重要回憶的人只有我。

*****

黛西：好喔。

作者：你穿了一件白色洋裝。

黛西：對啊。

作者：而且你坐在走廊上，打不開自己房間的門。

黛西：對。

作者：然後我媽……

黛西：對，你媽幫我打開門了。

作者：我記得這件事。我跟她在一起。我剛好做噩夢醒過來。

黛西：你那時候差不多五歲，我記得。所以……你的記性還真不錯。

作者：其實，我已經完全不記得了，可是你現在一說，我就想起來了，我也在那裡跟你們一起。可是我媽完全沒提起。我在想為什麼她沒跟我說過這件事。

黛西：我始終覺得，如果這件事要說出來的話，卡蜜拉會希望由我來說。

作者：喔，好，好吧，那，接下來發生什麼事？

黛西：你媽……呃，卡蜜拉……我……我是不是應該繼續直接用名字稱呼每個人？你之前說過我必須一直用她的名字。

作者：沒錯，繼續吧。叫我茱莉亞，叫我媽卡蜜拉，就跟之前一樣。

******

對話逐字稿到此結束。

******

黛西：卡蜜拉到走廊上，手裡抱著茱莉亞，問我說：「你需要幫忙嗎？」我不懂她怎麼會對我這麼好。

我說對，她拿了我的鑰匙，幫我進去房間。然後她也進來了，把茱莉亞放到床上。她要我坐下，幫我倒了一杯水。我說：「你可以走了，我一個人沒問題。」

她說：「不行，你不像沒問題。」

我記得我那時真的鬆了一口氣，因為她看透我了，但她也沒打算離開。她在我身邊坐下，沒有說任何客套話。她明白我們到底是怎麼回事，也很清楚自己想說什麼。我……很緊張。我覺得自己很無力、很失控，可是卡蜜拉卻那麼冷靜。

她說：「黛西，他愛你。這件事你知道，我也知道，可是他不會離開我的。」

比利：我跟那個男人說：「你懂的，有時候你需要讓頭腦冷靜一下。」

他問：「像你這樣的人會有什麼問題？」

他問我賺了多少錢，我就跟他說了，直接告訴他銀行帳戶裡的數字。

他說：「那你應該可以理解，我可能沒辦法太同情你。」

我點點頭。我明白。我拿起酒杯，放到嘴邊。

黛西：卡蜜拉說：「我想讓你知道，我不會放棄他，不會讓他離開我。我會看著他度過這一次，就像我之前看著他度過其他難關一樣。我們之間的一切比他的感情還重要，比你還重要。」

茱莉亞從床的另一邊鑽進被子裡，我看著她。

卡蜜拉又對我說：「我當然希望比利不會愛上別人。可是你知道我很久以前就做了什麼決定嗎？我早就決定好了，我不需要完美的愛情，不需要完美的老公，不需要完美的孩子，我不需要人生事事完美。我想要的是屬於我的，屬於我的愛情，屬於我的老公，屬於我的孩子，屬於我的人生。

「我不是完美的人，永遠都不可能完美，我也不會期望每一件事都完美，可是不完美的事情還是可以很強大。所以如果你還在等，等著事情發生變化，我……我只能跟你說，我不會變，我也不會讓比利變，也就是說，要改變的人會是你。」

比利：我嚐了一點，喝不到一小口，只是嚐味道。我用盡所有的理智才阻止自己喝下一大口，沒讓那些酒衝撞我的喉嚨。嚐起來像是舒暢和自由的味道。這時你會想到——感覺像，意思就是不等同。就算是這樣，舌尖上的那點味道依然是一種慰藉，我全身都放鬆下來了。

黛西：卡蜜拉又起來，幫我倒了另一杯水，還幫我拿了面紙，這時我才發現自己在哭。她說：「黛西，我跟你沒那麼熟，可是我知道你很善良，是個好人，我也知道我女兒希望長大後有一天可以變成你。所以我不希望你受傷，我希望你過得好，過得快樂。我真的這麼希望，你可能不覺得，但我真心這麼想。」她說她只想讓我知道一件事：「我沒辦法坐在那邊看著你跟比利互相折磨。我不希望我愛的男人這樣，我不希望孩子的爸這樣，我也不希望你這樣。」

我說：「我自己也不想這樣。」

比利：坐在我身邊的男人，就是女友喜歡我的那個，他看著我。他手邊有一大杯啤酒，他小口小口慢慢喝，看起來像在喝沒興趣喝的東西。

我看了他一眼，然後……我喝了。

我喝下一大口。

可能有半根手指的高度。然後我拿著酒杯，一副怕有人來偷的樣子。

他說：「或許我錯了。或許像你這樣的人還是有可能搞砸一些事。」我告訴自己放下酒杯。快放下。

黛西：卡蜜拉說：「黛西，你應該要離開這個樂團。」

這時茱莉亞已經睡著了。卡蜜拉說：「如果我錯了，你已經在設法放下這一切了，也很樂意讓他好好過他的日子，那你不必聽我的話。你不必對我負責。可是如果我說對了，那麼你離開，戒掉毒品和酒，建立一個沒有他的人生，就算是幫大家一個大忙。你這麼做可以救自己，而且，沒錯，是在幫他，同時也算是在幫我照顧孩子。」

比利：我無法放下。我的手抓著酒杯，我還想：希望這個人可以在我喝完之前拿走酒杯。直接從我手上搶走，丟到酒吧的另一邊。

黛西：我沉默了一下，試著思考卡蜜拉說的話。然後她又說：「我覺得你該離開了。但無論你決定怎麼做，黛西，你要知道我都會挺你。我希望你戒掉那些東西，好好照顧自己。這是我最支持你做的事。」

我問：「為什麼你要在乎我發生什麼事？」

她說：「我覺得這個世界上的幾乎每個人都在乎你。」

我搖搖頭說：「他們只是喜歡我，才不在乎我怎麼了。」

她說：「不，你這麼想就錯了。」她沉默了一下，又說：「你知道嗎？有件事我不曾跟比利說過——〈像你這樣的希望〉是我最愛的歌，不是這個樂團我最喜歡的歌，是所有歌裡面最喜歡的。這首歌讓我想到我愛過的第一個男孩，他叫葛瑞格，遇到他的那一刻，我就知道他不會像我愛他那樣愛我，但我還是想跟他在一起。然後就像我預料到的，他讓我的心碎了滿地。當我聽到那首歌的歌詞，你讓我回到那個時候，回到我的初戀，讓我想到我的那些心痛，我們的希望，還有我們的柔情。你讓那些感覺重新活過來了，你真的做到了。在這首歌裡面，你把明明得不到卻還是想要的那種渴望寫得很美。我在乎你，因為你在我眼裡，是一位非常厲害的作家，你受到的苦跟我愛的男人一樣，你們兩個都覺得自己是迷失的人，但其實你們是大家追尋的夢想。」

這些話我都記下了，我真的有在聽她講。然後我說：「那首歌不是……那首歌跟比利沒關係，如果你這麼想的話，我想澄清一下。那是在寫想要有家庭、有孩子的渴望，明明知道自己照顧不了家庭，覺得自己爛到沒救，不配擁有那些，但還是渴望著。當我看到你，還有你代表的所有事物，我就知道我永遠都不可能成為你。」

卡蜜拉盯著我看很久，然後說了改變我一生的話。她說：「別這麼早就說自己做不到，黛西。你會成為什麼樣的人，連你自己都還不知道。」我一直記得這句話，記得我自己還有改變的可能，記得我還有希望，記得像卡蜜拉．鄧恩這樣的女人覺得我……

卡蜜拉．鄧恩覺得我值得拯救。

比利：那個男人看了我的手，好像是在看我的結婚戒指，然後他問：「你結婚了？」我點點頭，他大笑，還說他女友會很震驚，然後他又問：「有孩子了嗎？」這個問題讓我嚇了一跳，讓我不得不理他。我又點點頭，然後他說：「有照片嗎？」我想到皮夾裡的照片，茱莉亞、蘇珊娜和瑪麗雅的照片。

然後我就放下酒杯了。

這個動作不容易。我的每一吋肌肉都在用力，我的手靠近吧檯的時候，感覺就像掉到濕水泥裡那麼難以移動。但我做到了，我把酒杯放下了。

黛西：凌晨不知道幾點的時候，卡蜜拉從我床上抱起茱莉亞，她抓著我的手，我也握了回去。她說：「晚安，黛西。」

我說：「晚安。」茱莉亞趴在卡蜜拉胸前，睡得很熟，她稍微動了一下，把頭靠到卡蜜拉的脖子旁邊，彷彿那裡是世界上最安全、最柔軟的地方。

比利：我拿出皮夾，給那個男人看那幾張女兒的照片，我這麼做的時候，他順手把我放在吧檯上的酒杯從我面前移到他那邊。

他說：「好漂亮的小女孩。」

我說：「謝謝。」

他又說：「會讓你想要好好活著奮鬥每一天，對吧？」

我說：「對，確實是這樣。」

他看著我，我盯著酒杯，然後……我覺得自己又有力量，可以離開那杯酒了。我不知道已經有多久沒有這種堅強的感覺了。我在吧檯上放下一張二十元紙鈔，然後說：「謝謝你。」

他說：「不客氣。」然後他把紙鈔拿起來還我，又說：「算我請你，好嗎？這樣我就可以記得自己幫大人物做了一件事。」

我拿回紙鈔，他跟我握了握手。

然後我離開了。

黛西：我為她開門，她抱著茱莉亞回到明亮的走廊上，她說：「我不是想冒犯你，但我希望不要再看到你了。」老實說，這句話刺傷了我，可是我明白她的意思。卡蜜拉走到她的房門口，回頭看了我一眼，那是我第一次發現她很緊張，她拿鑰匙開門，手指在發抖。

然後她進去房間，我再也沒看到她的人影。

比利：我回到我的旅館房間，關上門之後，我靠著門跪坐在地上。卡蜜拉跟孩子都睡著了，我看著她們，然後崩潰大哭，就坐在地板上哭。我那時對自己說：就這樣了，我不幹了。如果搖滾樂和我的人生非得選一個，我不會選搖滾樂了。

黛西：我搭最近的一班飛機離開了。

羅德：隔天早上，我發現黛西走了，她還留了字條，說她要離開樂團，再也不回來了。

沃倫：我一早醒來發現，黛西走了，葛藍和凱倫不願意待在同一個空間，然後比利又過來白巴士宣布，他要休息，不巡迴了。羅德只好取消剩下的巡迴行程。

羅德：沒有比利或黛西，我沒辦法安排巡迴演出。

沃倫：艾迪很氣——簡直氣瘋了。

艾迪：你這輩子能讓別人為你付出的時間就那麼多，你懂我的意思嗎？我不管這樣可以賺多少錢，我不是誰的跟班，不是簽了賣身契的僕人，我是一個活生生的人，我有權決定自己的職涯。

沃倫：彼特說發生什麼事都無所謂，他本來就想離開了。

葛藍：一切就這樣開始崩塌。

羅德：黛西下落不明。比利想要結束這一切。彼特想退團。艾迪拒絕跟比利一起工作。葛藍和凱倫不想跟對方說話。我去找葛藍說：「你去勸勸比利吧。」

葛藍告訴我說他不會「跟比利說任何屁話」。

然後我想：既然情況已經糟成這樣，我又該怎麼辦？我考慮過簽下別的樂團，從頭開始來過，但想到要照顧其他活得一團亂的人，同時幫他們打理事業，我……我不曉得誒。

沃倫：我好像是唯一沒在為這些事大驚小怪的人。

不過我們那幾年玩得很愉快。要是就這麼結束了……我覺得，我好像也不能再多做些什麼了，不是嗎？那，就只能這樣了吧。

比利：我一直都不太清楚為什麼黛西會離開。她走會不會是因為那天晚上、那場表演，我不知道。但我是這麼看的：沒有泰迪，我不知道要怎麼寫一張好專輯。沒有黛西，我不知道要怎麼寫出一張暢銷專輯。他們都不在了，我應該就做不到了。失去他們已經很痛苦了，我不想再因為寫不出暢銷的好專輯失去更多。

我對巴士上的大家說：「結束了，樂團、巡迴所有事情，都結束了吧。」

樂團裡沒有半個人提出反對意見——葛藍、凱倫、艾迪、彼特，甚至沃倫或羅德——都沒有。

凱倫：黛西一走，就像摩天輪停止轉動，我們都得下來了。

黛西：我離開樂團是因為卡蜜拉．鄧恩的請求。那是我這輩子做過最好的事。我之所以能拯救自己，都是因為你媽媽阻止我摧毀自己。

我可能跟你媽媽沒那麼熟。

但我跟你保證，我非常愛她。

我很遺憾聽到她去世的消息。

作者的話：我的母親卡蜜拉．鄧恩在本書完成之前去世了。

在研究的過程中，我跟她聊過好幾次，但我沒機會聽到她回顧七月十二到十三日在芝加哥發生的事，因為我在她過世後才得知事情的全貌。

二〇一二年十二月一日，她死於紅斑性狼瘡併發的心臟衰竭，享壽六十三歲。令人欣慰的是，她離世時，所有家人，包括我的父親比利．鄧恩，都在她的身邊。

彼時與此刻：一九七九年——現在

尼克・哈里斯：自從芝加哥體育館那場表演之後，黛西・瓊斯與六人組再也不曾同台表演，再也沒人看到他們同時出現在一個地方。

黛西：我離開芝加哥，直接去找席夢，跟她說了所有事，然後她帶我去勒戒中心。

我從一九七九年七月十七日至今，都沒碰過藥或酒。我離開勒戒中心後，人生也跟著改變了。從那時到現在，我能完成這麼多事都是因為當初那個決定。我能離開音樂產業，我能出好幾本書，我能開始冥想，我能到世界各地旅行，我能收養兒子，並發起野花行動（Wild Flower Initiative），我能讓人生變成我在一九七九年想像不到的美好樣子——都是因為我去勒戒，這一切才有可能成真。

沃倫：我跟麗莎・克朗結婚了。我們有兩個孩子，布蘭登（Brandon）和瑞秋（Rachel）。麗莎勸我賣掉遊艇，現在我住在加州的塔扎納，房子很大，旁邊都是購物中心。我的孩子都上大學了，再也不會有人要我在她們的奶子上簽名了，只有麗莎偶爾會叫我這麼做，為了讓我高興，所以我都會接受她的好意，畢竟外面還有上百萬男人可能幻想過在麗莎的奶子上簽名，我都會提醒自己別忘了這一點。

彼特・洛文（六人組的貝斯手）：對這些事，我沒什麼好多說的，我不討厭任何人或任何事，跟大家也都有很美好的回憶，只是我那部分的人生早就結束了。我現在開了一家人工草皮銷售公司，珍妮跟我住在亞利桑那州，我的孩子也都長大了。我過得很好。

這就是我所有想說的話了。我已經快七十歲了，但我會繼續向前看，懂了嗎？我不打算往回看。你可以把這些話放進你的書裡，不過我要說的也就這些了。

羅德：我在丹佛買了房子，有一段時間，克里斯跟我同居，我們在一起過了幾年快樂的日子，然後他離開了，我遇到了法蘭克（Frank）。我現在的生活圈很小，很好掌控。我在賣房地產。我覺得我同時得到了兩種生活的好處——過著單純的生活，但也有些年輕時的瘋狂故事可以說。

葛藍：樂團解散之後，凱倫跟我……我們也分手了，當不成朋友了。我們可能偶爾會巧遇，但也就這樣。

當你睡不著，想到的都是那些不夠愛你的人。你會一直想，你們可能會有什麼樣的未來，但你永遠都不會知道了。也許你沒那麼想知道。別告訴你的吉妮嬸嬸我說過這些話。我不希望她誤會。我愛她，我愛你的堂弟妹。

我超開心你爸跟我再也不必一起工作了，雖然我們三不五時還會一起彈個什麼，然後他還是會想要告訴我該怎麼彈我的吉他（大笑），但比利就是這樣。他也教我的孩子彈鋼琴，跟他們一起在後院搭樹屋。

我猜我想說的是，我很慶幸當初我們能一起組樂團，樂團解散之後我們也沒翻臉，他跟我還是兄弟。

總之，如果你還要寫「他們現在在哪裡」之類的東西，記得告訴大家我有自創的辣醬品牌「鄧恩辣死我的舌」（Dunne Burnt My Tongue Off）。

艾迪：我現在是唱片製作人。這可能是我就早該發展的方向。我在凡奈斯有一間錄音室，過得還不錯，算是後來居上吧。

席夢：迪斯可舞曲的發展到一九七九年就不行了，在那之後我還繼續唱了一陣子，可是我在舞廳的名氣就是沒辦法用廣播擴散，所以後來我把錢拿去投資，結了婚，生了崔娜，又離了婚。

現在崔娜比當年的我還要有名十倍，賺錢賺到手軟，她拍的那些音樂錄影帶超級莫名其妙，連黛西跟我都不會想到要做這麼瘋狂的事。她拍新歌〈狂喜〉（Ecstasy）的音樂錄影帶時，就試用了快樂丸。老天，大家現在都不用隱喻，就這樣直接講出來了。不過她真的很厲害，我必須稱讚她一下，畢竟她現在是歌壇一姐了。

沒錯！我的寶貝女兒現在是超紅的歌壇一姐了。

凱倫：離開六人組之後，我當了二十年的巡迴演唱會鍵盤手，在九〇年代末期退休。我做了人生最想做的事，一點都不後悔。

活了大半輩子，我這個人一直都喜歡一個人睡。葛藍是那種喜歡在另一個人旁邊醒過來的男人。如果我當年照他的意思選擇，我就必須習慣做其他人都在做的事，過其他人都想要過的生活，可是那不是我想要的人生。

也許，如果我屬於現在的年輕世代，婚姻對我可能會更有吸引力。這些年我看到很多年輕人結婚後的生活方式，真的很平等，沒有誰要服侍誰的問題。但那不是我當年可以預見的生活模式，那時候大概也沒多少人想像得到這種生活模式。我想要的生活就是無法跟結婚這個選項相容。我想要當搖滾明星，然後我想一個人生活，住在山上的房子，這些事我也都做了。

可是，你如果到了我這把年紀，還不會回頭看看自己的人生，想想做過的那些選擇……那麼，你應該沒什麼想像力吧。

比利：我放棄了一切，跟跑者唱片簽了權利轉讓合約。然後我從一九八一年開始幫流行歌手寫歌。這樣的生活很好，很平靜，很穩定，雖然八〇年代跟九〇年代我家很吵，因為還有三個愛亂叫的少女和一個很棒的女人跟我住在一起。

前幾天我聽到有人說我是為了家庭放棄事業，我想應該有這個原因吧，但我做的事沒有人家說的那麼偉大。我會放棄只是因為我達到極限了，這個原因大概沒什麼了不起的。應該是說，我知道如果我想要達到卡蜜拉對我的要求，我只能離開那個樂團。

你知道我為什麼那麼愛你媽媽嗎？

她是一個很不可思議的女人。有她在身邊是我這輩子最棒的事。就算你給我所有白金唱片認證，所有藥，所有金快活，所有玩樂時間和成功和名氣和其他的一切，想跟我換，我寧願把這些都還你，也不會讓你拿走我跟她在一起的回憶。她就是這麼好、這麼不可思議的女人，我根本配不上她。

我甚至不確定這個世界配得上她。當然，我不是說她沒缺點——她很強勢；到了九〇年代中期，她的音樂品味還變得非常可怕，一個音樂人很難受得了這點；她做的辣肉醬世界一等難吃，可是她以為很好吃，還一天到晚煮。（大笑）我說的事你都知道啊。她也有一些比較麻煩的缺點，一固執起來還會好幾年不跟你外婆講話，可是這種固執很多時候也會讓好事發生，像她對我就很執著，我能成為現在這個樣子，也多虧了她的固執。

她確診紅斑性狼瘡的時候，我想我們都很沮喪。我真的不希望任何人得這種病。不過我也決定藉這個機會回報你媽媽，當她太累、太痛的時候，就換我來做該做的事。我可以在家工作養你們，這樣責任的重擔就不會完全落在她身上，我可以當她的好夥伴，陪她度過這一切。

然後我們買了北卡羅萊納州的房子……差不多在二十年前，在你跟妹妹都上大學之後。我們沿著海岸一直找，想要找她夢到的那種房子，但我們沒找到，就決定自己蓋了。那附近沒有蜂巢，房子也跟歌裡寫的不太像，就只是兩層樓的農舍，旁邊有幾畝地，還有一個她可以常常去捕蟹的海灣。不過那裡就是她一直想要的家，可以給她那個家，我覺得自己是個幸運的男人。

我知道你也明白失去她有多難熬，我們現在都還在為這件事頭昏腦脹。

我承認，這些日子我覺得非常寂寞，你跟妹妹都在不同地方，你媽也走了。雖然已經過了五年了。她不應該這麼早走的。就算是習慣以眼還眼的上帝，讓卡蜜拉六十三歲就離世也實在太殘酷了。不過牌都已經這樣發了，她拿到這樣的牌——或者說我們拿到這樣的牌，我也只能繼續玩下去。

你應該知道，你從小到大，我很少跟你講到那段日子的事。我從來沒想過要用我的問題和我的往事來拖住你。你的人生不必為我而活，親愛的，我的人生才要為你而活。

但我想跟你說，我很感謝你問這些問題，讓我有點事做。

我希望我的回答可以讓你更了解一切，親愛的，我真的希望，你可以更了解你媽和我和那個樂團。有時候發現大家還在乎我們的事，我滿驚訝的。聽到廣播還會放我們的歌我也會嚇一跳。有時候我也會留心聽一下。前幾天，經典搖滾電台就放了〈關掉〉，我把車停在車道上，認真聽了一下。

（笑）我們做得還不錯聽。

黛西：我們做得很好聽，我們做得非常好聽。

最後一件想交代的事：二〇二二年十一月五日

寄件者：卡蜜拉・鄧恩
收件者：茱莉亞・鄧恩・羅追奎斯、蘇珊娜・鄧恩、瑪麗雅・鄧恩
日期：二〇一二年十一月五日，下午 11:41
主旨：你們老爸

嗨女兒們，

我需要你們幫忙。

我死了之後，給你們老爸一些時間。然後請記得叫他打電話給黛西・瓊斯。我的床頭櫃第二層抽屜有一本記事本，她的電話就在裡面。

告訴你們的爸爸，我說他們兩個至少還欠我一首歌。

愛你們的
媽媽

#《奧羅拉》專輯歌詞

追逐黑夜

禍害與我同時降臨
我一進城，街道隨即都染紅
讓我發亮，一切瞬間在火中
你若想怪罪，我當惡魔我光榮
拼盡全力，火上再加油
我已無憂，還想要更自由
加速前進到瀕臨炸裂
前往災難盡頭追逐黑夜
反把錯誤當正確
乍看是白光傾瀉
喔，你正在追逐黑夜
其實身後跟著夢魘
人生往事在腦海翻飛

傷疤都帶榮譽光輝
誰料得到我玩過的火柴已經成堆
竟如此希望一切化成灰
拼盡全力，火上再加油
我已無憂，還想要更自由
加速前進到瀕臨炸裂
前往災難盡頭追逐黑夜
反把錯誤當正確
乍看是白光傾瀉
喔，你正在追逐黑夜
其實身後跟著夢魘
拼盡全力，火上再加油
我已無憂，還想要更自由
拼盡全力，火上再加油
看著我的眼點亮打火機
你以為在追逐黑夜
但，快看，你身後跟著夢魘

走向決裂

你的個性有些毒
我也算可惡
你裝作不知道，其實
很清楚
我們真是絕配
若哪天走向決裂
列出你後悔的事物
我在第一行抽菸俯瞰全部
我們真是絕配
若哪天瀕臨決裂
我偏要讓你怒讓你哭
寶貝，我知道你怕到吐
我最懂你的樂與苦

要是說我理解有誤
我們真是絕配
若哪天走向決裂
笑一笑，寶貝
想想我們的新恨舊仇
你真捨得放手？
我們就是絕配
若哪天宣告決裂

難搞的女人

難搞的女人
讓她抱著你
讓她給你心靈慰藉
細沙流過指間就像
野馬不受控，但她是小公馬
赤腳在雪中狂舞
無論多冷，都不肯屈服
她是藍調卻偽裝成搖滾樂
無法擊敗，因為她永不停止歌唱
她會要你奔跑
朝錯誤方向
她會讓你執迷
一場又一場虛妄

喔，她想索討
你今生的救贖
讓你回頭
繼續向她告解
細沙流過指間就像
野馬不受控，但她是小公馬
赤腳在雪中狂舞
無論多冷，都不肯屈服
她是藍調卻偽裝成搖滾樂
無法擊敗，因為她永不停止歌唱
快遠離那個難搞的女人
看得到碰不著
你的心依然糾結
你只是個差勁的男人
逃離她
同時緊握偷來的愉悅

關掉

寶貝，我一直想要遠離你
一直想要用不同眼光看你
寶貝，我一直想要
一直想要
想要放棄，扭轉局面
可是陷太深，一切就沒救了
寶貝，我一直想要
一直想要
一直想要把感覺關掉
可是，你總是讓我動情
我一直想要改變我的感覺
一直想要告訴自己那只是錯覺
寶貝，我一直想要

一直想要
可是沒有跑道我不能起飛
然而我也不想再深陷情感泥淖
寶貝，我一直想要
一直想要
一直想要把感覺關掉
可是，你總是讓我動情
我跪下，張開手臂
想要設法生存下去
我求了又求只望老天傾聽
讓我的心臟繼續跳個不停
可是，你總是讓我動情
寶貝，我快要死掉
可是我還是想要
我不能總說都是為了你好
明明知道你不想要
一直想要把感覺關掉
可是，你總是讓我動情

我跪下，張開手臂
想要設法生存下去
我求了又求只望老天傾聽
讓我的心臟繼續跳個不停
一直想要把感覺關掉
可是，你總是讓我動情

拜託

拜託
取悅我、解放我
撫摸我、品嚐我
信任我、接納我
說清楚曖昧心思
告訴我沒會錯意
告訴我你的真心，告訴我你在想我
或者，親愛的，你乾脆忘了我
拜託
取悅我、解放我
安慰我、相信我
也許你還能拯救我
說清楚曖昧心思

告訴我沒會錯意
告訴我你的真心，告訴我你在想我
或者，親愛的，你乾脆忘了我
我知道你想得到我
知道你想抱著我
知道你想給我承諾
知道你想更了解我
那就別猶豫了，快行動吧
我已經快忍不下去
說清楚曖昧心思
別裝得像是我會錯意
告訴我你的真心，告訴我你是不是在想我
或者，親愛的，你忘得了我嗎？
拜託、拜託別忘了我
拜託、拜託別忘了我

新星

十字架般的詛咒
讓我付出所有代價
從此你的糾結也變成我的糾結
祈禱詞般的疼痛
讓我麻痺所有痛覺
從此你不敢做的事我都敢做了
我相信你會摧毀我
但我完好，因為有人想拯救
我們只是外表像新星
你看不到傷痕佈滿內心
當你的指尖劃過，每處都是溫柔
就算只有少少的，我願意給你所有
告訴你事實，只為了讓你羞

看你受不了，我又鬆開拳頭
我相信你會摧毀我
但我完好，因為有人想拯救
我們只是外表像新星
你看不到傷痕佈滿內心
你不肯給我等待的理由
我開始覺得有點驕傲
我正在尋找迷失的人
可是你已經被找到
你在等著修正的錯誤
然而我不會回頭
你在等著靜好的日子
然而世界太喧鬧
我相信你會摧毀我
但我完好，因為有人想拯救
我們只是外表像新星
你看不到傷痕佈滿內心

我要你後悔

當你面對鏡子
盤點靈魂
當你聽見我的聲音，記住
你已經讓我身心全損
你怎好意思安心睡
獨留我夜夜失眠憔悴
多希望世界壓垮你
親愛的，當我成為你思緒的點綴
我希望搖滾樂蕩然無存
我要你後悔
悔到崩潰
當你面對她
清算你讓我吃的虧

當你看到鬼影遠遠徘徊
就知道我還記恨一切
你怎好意思安心睡
獨留我夜夜失眠憔悴
多希望世界壓垮你
親愛的，當我成為你思緒的點綴
我希望搖滾樂蕩然無存
我要你後悔
悔到崩潰
我要你後悔
悔到崩潰
你怎敢自在安歇
留下我獨自破碎
我要你身心疲憊
我要你後悔
後悔放我飛
我要你後悔
我不會輕易後退

你應該悔不當初
後悔說不
你應該悔不當初
後悔讓我走
總有一天，你會悔不當初
我會讓你記住，直到我變成骷髏

午夜

不記得有多少午夜
最佳想法變記憶空缺
最美回憶隨時間消解
但我還記得你
不記得有多少清晨
破曉日光幾次照亮我的無眠
犯過再大的錯，我都不記惦
但我總想念你
你透明清澈如水晶
手捧著你像在捧心
你一遠離我就沒命
所有記憶將消失殆盡
沒有你

沒有你
記不得我曾經的模樣
搞不清時間方向
姓名、所在都遺忘
初衷失落，前途迷茫
你透明清澈如水晶
手捧著你像在捧心
你一遠離我就沒命
所有記憶將消失殆盡
沒有你
沒有你
記不得我的過往經歷
想不起誰曾背棄
連痛苦都突然遠離
只想有你
你透明清澈如水晶
手捧著你像在捧心
你一遠離我就沒命

所有記憶將消失殆盡
沒有你
沒有你

像你這樣的希望

聊天愉快，道別就忘
我漂亮，內在卻很荒唐
別吵，我熟睡的心
得到希望就會崩裂
我的罪業太髒
賭不起像你這樣的希望
拜託，我脆弱的心
得到希望就會崩裂
無論我多努力多忍耐
想得到的都贏不來
只能放棄，我的心
得到希望就會崩裂
人說愛會改變你

彷彿改變和愛都很容易
渴望無法動搖，但我的心
得到希望就會崩裂
有些事沒有起初
開始就是失敗的不歸路
多想說出渴望，但我的心
得到希望就會崩裂
想像千萬次都是壞結局
我的心仍不想停止渴求
心事太多，難以言喻
有些人不能期許
但也許我該賭一賭
先大膽下注
聽說有些希望值得心碎
也許我就該賭一賭
先大膽下注
即使心碎，希望也夠讓人醉

奧羅拉

當海面翻湧亂潮
當風帆頻頻動搖
當船長在祈禱
你來了，奧羅拉
奧羅拉、奧羅拉
當閃電劈裂雲霄
當天雷鼓掌叫好
當母親都在心焦
你來了，奧羅拉
奧羅拉、奧羅拉
當狂風疾速奔跑
當暴雨跟著胡鬧
連教士都在屋裡繞

你來了，奧羅拉
奧羅拉、奧羅拉
當我快葬身波濤
船身歪歪倒倒
烏雲散開
曙光到來
我說：這就是我的奧羅拉
奧羅拉、奧羅拉

謝辭

如果沒有我的經紀人泰瑞莎．朴熱情支持，這本書就不會存在。泰瑞莎，你對這個概念的喜愛，讓我得以將這本書化為現實。我很榮幸有你來操盤我的職涯，你的工作成果令我驚歎不已。感謝你鼓勵我勇於冒險，奔向高遠目標。

感謝艾蜜莉．史威特、安卓雅．麥伊、阿比蓋兒．昆斯、亞莉珊卓．葛林、布萊爾．威爾森、彼得．奈普、凡妮莎．馬丁尼茲、愛蜜麗．克拉格特：你們不但用無與倫比的能力完善處理所有工作，還像《六人行》的角色一樣可愛，讓我完全說不出來最喜歡誰，所以你們全部都是我的最愛，你們這麼支持我真的讓我很不好意思。

希薇亞．拉比諾，感謝你跟我一樣那麼喜歡史蒂薇．尼克斯，並且以這麼優雅、歡喜的姿態處理黛西．瓊斯帶來的混亂。

布拉德．孟德爾頌，感謝你總是當那個解惑的人。我想讓你知道我們家有多常出現「也許我們應該問布拉德」這句話。你就是我的傑瑞．馬奎爾——我說的是在電影結尾，眼眶含淚且用手指嘉許你做到了的那個傑瑞．馬奎爾。

感謝我在巴倫泰出版社的新朋友，加入這個團隊讓我覺得很光榮也很興奮。感謝我的編輯珍妮佛・賀喜：從我們第一次對話，我就有預感你會鞭策我成為更好的作家，你證明我是對的。我對你有深深的謝意，因為有你，我才能讓這本書展現更豐富的層次、更真實的表達。你總是用縝密的思考和開放的心胸處理每一個環節——我們因此得到獨特的成果，你所做的一切就是一種藝術。在這我也要給保羅・沛佩一個大感謝——感謝你做出這麼棒的封面。還有艾琳・坎恩，感謝你統籌一切。感謝卡拉・威爾許，你對這個故事的熱情讓一切變得有所不同，多虧了你，我立刻就覺得在巴倫泰像在家一樣自在。感謝金・霍維、蘇珊・柯可蘭、克莉絲汀・法斯勒、珍妮佛・嘉爾扎、昆恩・羅傑斯、艾莉森・羅德，還有行銷及公關團隊的其他成員，你們如此才華洋溢又充滿幹勁和熱忱，我很高興能把這本書交到你們手上。

我能寫出這本書也是因為有這一路上幫我的人。莎拉・肯廷、奎兒 漢德瑞克斯，還有心房出版社的美好人們，以及支持我其他作品的所有讀者和部落客，感謝你們。

克莉絲朵・帕特里雅琪，我不知道你怎麼辦到的，但你總是做得很好，感謝你還有書之火花公關團隊全體成員。

跟我之前寫過的書比起來，《黛西・瓊斯與六人組》需要更多人從旁協助。首先我需要我的兄弟傑克幫我建立音樂好品味——熊熊，非常謝謝你救了我。

我還需要有人來照顧女兒。我很幸運能做自己熱愛的事，但如果沒有其他人付出辛勞，我也不會有時間這麼做。我必須感謝我們的保姆麗娜努力把我們的女兒照顧得那麼好，讓我和我先生可以安心工作。我還要對我的姻親家人表示無盡感謝，謝謝你們願意時常接受我們的臨時請託，幫我們照看莉拉。我知道她跟你們在一起時過得很快樂。瑪莉亞，謝謝你。華倫，有你是我們的幸運。蘿絲，你一次又一次解救我們的緊急狀況。我真的打從心底感謝你們。

還有艾力克斯，我不曉得要從哪裡感謝起，因為你的協助在寫作這個故事的過程中無所不在。你跟我一起想出這個點子，教我音樂理論，跟我一起聽《謠言》這張專輯，跟我爭論林賽．白金漢和克莉絲汀．麥克維的關係，放棄正職增加在家的時間，成為主要的育兒者，幫我讀這本書讀了九百萬次，最重要的是，你讓我更了解要怎麼寫奉獻。當我寫到愛，我寫的就是你。我們在一起已經邁入第十年，我依然為你瘋狂。

最後，感謝我的世界中最重要的寶貝：莉拉．芮德。我的小船長，你帶來了讓我感激不已的改變，這本書還有書裡的感情和精神，都見證了我身為你母親的感受。在這世界上有好多生存方式，有時候我覺得我寫作只是想讓你知道，人生也可以這樣過日子。無論如何，我會設法讓你一直保有你的活力充沛、你的固執、你的好奇、你樂意跟任何人分享燕麥脆片的善良，因為你是獨一無二的。

臉譜小說選

黛西・瓊斯與六人組

Daisy Jones and the Six

原著作者	泰勒・詹金斯・芮德（Taylor Jenkins Reid）
譯者	徐彩嫦
書封設計	莊謹銘
責任編輯	廖培穎
行銷企畫	陳彩玉、林詩玟
業務	李再星、李振東、林佩瑜
副總編輯	陳雨柔
編輯總監	劉麗真
事業群總經理	謝至平
發行人	何飛鵬
出版	臉譜出版 台北市南港區昆陽街16號4樓 電話：886-2-25007696　傳真：886-2-25001952
發行	英屬蓋曼群島商家庭傳媒股份有限公司城邦分公司 台北市南港區昆陽街16號8樓 客服專線：02-25007718；25007719 24小時傳真專線：02-25001990；25001991 服務時間：週一至週五上午09:30-12:00；下午13:30-17:00 劃撥帳號：19863813　戶名：書虫股份有限公司 讀者服務信箱：service@readingclub.com.tw 城邦網址：http://www.cite.com.tw
香港發行所	城邦（香港）出版集團有限公司 香港九龍土瓜灣土瓜灣道86號順聯工業大廈6樓A室 電話：852-25086231　傳真：852-25789337
馬新發行所	城邦（馬新）出版集團 Cite（M）Sdn. Bhd.（458372U） 41, Jalan Radin Anum, Bandar Baru Sri Petaling, 57000 Kuala Lumpur, Malaysia. 電話：603-90563833　傳真：603-90576622 電子信箱：services@cite.my

城邦讀書花園
www.cite.com.tw

初版一刷　2024年4月
ISBN　978-626-315-465-0

定價：480元（本書如有缺頁、破損、倒裝，請寄回更換）

國家圖書館出版品預行編目資料

黛西・瓊斯與六人組／泰勒・詹金斯・芮德（Taylor Jenkins Reid）著；徐彩嫦譯. -- 初版. -- 臺北市：臉譜出版：英屬蓋曼群島商家庭傳媒股份有限公司城邦分公司發行, 2024.04
面；　公分. --（臉譜小說選）
譯自：Daisy Jones and the six.
ISBN 978-626-315-465-0（平裝）

874.57　　113000420